Coo-ee

Robert Leighton

Coo-ee

Boyscoutkertomus Etelämeren saarilta

toimitus ja jälkisanat
Reijo Valta

Osuuskunta Jyväs-Ainola

ISBN 978-952-5353-74-7

lulu.com

2017

1 Mies saarella

»Merkillistä», mutisi kadetti Kepple. »Minkä ihmeen vuoksi hän piiloutuu? Oletteko Te nähnyt häntä, Dogger?» hän huusi.

Matruusi Dogger seisoi paljain jaloin keulateljolla pitkä keksi kädessä, samalla kun höyrypursi yhä hiljemmin ja hiljemmin liukui valkoista rantaa kohden.

»En, herra», vastasi hän. »Saari näyttää olevan asumaton. Ei ole ainoatakaan asuntoa, eikä täällä liikuskele ainoatakaan villiä, se on varma».

Nuori kadetti tarttui höyrypilliin, ja kolme kimakkaa vihellystä, jotka karkottivat lentoon kokonaisen pilven vesilintuja laguunin pesintäpaikoista, hukkui kaikuun, jonka saaren jylhät vuoret synnyttivät.

»Katsokaa oikeanpuolitsi!» käski Kepple. »Juuri tuolla ylhäällä palmumetsän rinteessä näin hänet ensimäisen kerran, ja hän tulee kyllä jälleen esille. Kentiesi hän on parhaillaan pukeutumassa. — Vetäytykää alas sieltä edestä, Dogger. Laguuni on täynnä haikaloja. Puolella vauhdilla, Anderson. Katsokaa, ettemme joudu matalikolle. Chubb, ohjatkaa noita viittä palmua kohden! Siellä meidän pitäisi voida mennä maihin».

Pursi liukui hiljalleen eteenpäin. Vain koneen tykytys häiritsi hiljaisuutta.

Kepple katsoi kannelta läpinäkyvään syvyyteen, josta hän erotti eriskummaista värivaihteluita aaltoilevien merilevien ja harvinaisten näkinkenkien välissä ja näki pelästyneiden pikkukalojen kiitävän loistavina hopea- ja kultajuovina.

»Tässä laguunissa on joukottain helmisimpukoita», ajatteli hän ja katsoi taas hiekkarantaa ja palmuja. »Onko aivan varmaa, että tuolla kehäriutalla näkyi valkoihoinen mies?» kysyi Chubb.

»Näin itse hänet», vastasi Kepple. »Olin ohjaussillalla, kun herra Aplin huomasi hänet, ja katsoin hänet päällikön kaukoputkella. Hän viittasi meille — linnunpelätin mieheksi, mutta epäilemättä valkoihoinen».

»Eiköhän se ollut joku heittiö», sanoi Chubb. »Minä olisin varovainen, jos olisin Teidän asemassanne. Tuo linnunpelätin oli kentiesi vain syötti, ja siinä tapauksessa on palmumetsässä varmasti joukko mustaihoisia, jotka hyökkäävät kimppuumme, heti kun olemme päässeet maalle. Minä en tahdo tulla hakkelukseksi. Onko Teillä revolveri valmiina?»

Nuori Kepple hymyili. »Sattuu olemaan, mutta en luule sitä tarvittavan. Seis, Anderson!» Höyrypursi laski hiljaa mutkikkaaseen korallirantaan. Dogger hyppäsi maalle, ja yksi matruuseista kiinnitti kokkanuoran korallikallioon.

Kepple lähti Chubbin ja Doggerin kanssa palmumetsään. Vieläkään ei näkynyt mitään merkkiä miehestä, joka oli ollut yksinäisellä koralliluodolla, mutta äkkiä kadetti pysähtyi erään suunnattoman suuren näkinkengän luo. »Katsokaas, Chubb, tässä on merkki siitä, että tässä saaressa on asukkaita. Joku on istunut tässä vain puoli tuntia sitten.»

Chubb oli hämmästyneen näköinen. »Minä en käsitä, mistä Te sen päätätte, mutta minä myönnän, että tässä on hyvä istumapaikka.»

»Mukava kuin tuoli», lisäsi kadetti. »Ja tästä näkee hyvin kul-

kuväylän. Hän on istunut tässä, pureskellut suutupakkaa ja syljes-
kellyt ympärilleen. Hän sylkee hyvin, joten hän saattaa olla ame-
rikkalainen. Jos tahdotte useampia todistuksia, on täällä pitkä kas-
vinsyy, johon hän on tehnyt solmuja. Linnut ja kilpikonnat eivät tee
solmuja, Chubb.»

He menivät palmujen luo. Täältä he tapasivat kappaleen maa-
lattua puuta ja kokoskuorien tuhkaa sekä villisian luun. Kokoelma
helmisimpukoita oli lisätodistuksena siitä, että joku ihminen oli sii-
nä ollut.

Eräässä näkinkengässä oli järjestyksessä yksi tiu helmiä, ja täs-
tä voitiin helposti päättää, että yksi saaren asukkaista oli sivistynyt
ihminen. Dogger aikoi ottaa helmet, mutta Norman Kepple esti sen.

»Anna niiden olla! Hän voi ottaa ne itse mukaansa, jos hän
lähtee meidän kanssamme laivaan.»

»Hän olisi kyllä jo näyttäytynyt, jos meidän laivamme olisi ol-
lut kauppalaiva. On merkillistä, että muutamat ihmiset sillä tavoin
pelkäävät valkoista lippuamme.»

Dogger astui muutaman askeleen syrjään tovereistaan, ja jon-
kun ajan kuluttua hän seisoi pienen kojun edessä, joka oli miltei ko-
konaan suurien kiertokasvien peitossa.

»Täällä on hänen asuntonsa! Se on tehty vanhasta veneestä.»

Kepple ja Chubb tutkivat säälintunteen valtaamina tuon on-
nettomankurjaa kotia, joka muistutti koirankoppia ja tarjosi vain
tilapäisen suojan kuumanvyöhykkeen myrskyjä vastaan. Veneen
vahingoittumaton etuosa oli käännetty niin, että pohja oli tuulen
puolella, ja kasvinsyillä yhteen kiinnitetyt lankut muodostivat si-
säänkäytävän, joka oli suljettu veneestä saadulla kaapinovella.

Norman Kepple kyyristyi ja veti syrjään kiertokasvit, jotka

peittivät valkeaksi maalattuja lankkuja. »Hm! Minkähän vuoksi hän on raapinut nimen pois?»

Vain kaksi kirjainta, Y ja E osotti veneen kotipaikkaa. Lähemmin tarkastettaessa kävi selville, että siinä oli ollut kuusi kirjainta, joista Y oli toinen ja E viides.

»Sydney, epäilemättä», sanoi Kepple asiasta varmana.

Chubb ja Dogger olivat ryömineet kojuun ja tutkineet sen sisustaa tulitikun valossa, kun höyrypurresta annettu signaali kutsui heidät ulos.

Kepple johti matruusit pois metsästä. Anderson riensi heitä vastaan ja osotti rantaan, josta tuli mies pieni mytty alastomassa kainalossaan.

Kepple tarkasteli miestä huomaavaisesti.

Mies tuli nopeasti. Hän oli nähtävästi asunut saarella pitkät ajat. Hänen yllään oli ainoastaan muutamia ryysyjä, jotka olivat kiinnitetyt toisiinsa kasvinsyypunoksella. Lyhyet, rikkinäiset housut näyttivät purjekankaasta tehdyiltä. Aurinko oli paahtanut hänen ihonsa aivan tummaksi, mutta pitkä tukka ja parta olivat vaaleat. Hän näytti neljänkymmenen vuoden ikäiseltä.

Tervehdys tuon haaksirikkoisen ja nuoren kadetin välillä oli lyhyt. »Oletteko yksin tällä saarella?» kysyi Kepple. Mies katsoi tutkivasti Doggerin valkoiseen lakinnauhaan, jossa olivat sanat: »Risteilijä Pingvin», ja näytti rauhoittuneen. »Olen poikani», vastasi hän tylysti. »Minä olen yksin herra tällä pienellä maakappaleella Etelämeren keskellä. Kuukausi sitten tuella oli muutamia saarten alkuasukkaita, mutta sen jälkeen en ole nähnyt ainoatakaan ihmisolentoa. Te olette kaiketi tulleet täältä vettä hakemaan? Täältä on hyvä lähde heti palmumetsikön takana.»

Kepple nyökkäsi päätään kiitokseksi. »Olemme tulleet tänne Teidän tähtenne. Luulimme, että Te tahtoisitte tulla mukaamme.»

Mies vastasi välinpitämättömästi: »Olen kyllästynyt kookospähkinöihin ja plataaneihin ja yksitoikkoiseen, paahtavaan auringonpaisteeseen. Minua ihmetyttää, etten ole tullut mielenvikaiseksi niiden viiden kuukauden aikana, jotka olen täällä viettänyt, mutta — — —.» Hän tarkasteli risteilijää, joka näkyi ulkoreitiltä.

»Ei ole mitään, mikä estäisi Teitä seuraamasta meitä», sanoi Kepple. »Olemme tulleet noutamaan Teidät risteilijä Pingviniin.»

»Minä haluaisin päästä Honoluluun, jos Teidän matkanne antaa sinne», sanoi mies.

»Tuskin», vastasi Kepple. »Ei missään tapauksessa ennen kuin olemme käyneet Sydneyssä.»

Haaksirikkoinen näytti hämmästyneeltä. »Sydneyssä? Mutta minä tahtoisin päästä takaisin San Fransiskoon, josta olen kotoisin.»

Nuori kadetti katsoi häneen terävästi. »Mikä Teidän nimenne on?»

Epäröiden mies vastasi: »Jacob Lavington.»

»Ja Teidän laivanne nimi?»

Taas mies vastasi selvästi hämillään: »Kuunari Cornucopia San Fransiskosta. Se kärsi haaksirikon tuolla ulapalla viime myrskyn aikana ja upposi kaikkine miehineen, paitsi minua, jonka onnistui uida maalle.»

Kepple huomasi, että mies salasi jotakin. »Jos te uitte maalle, niin kuinka Te saitte tänne veneen, josta Te olette rakentaneet majanne?»

Jacob Lavingtonin otsa meni ryppyihin, ja hän näytti suuttu-

neen tuollaisen poikasen kuulustelun johdosta. Hän sylkäisi suu-
tupakkansa jätteet.

»Veneen? Löysin sen laguunista hiekkaan uponneena ja vedin
sen vähitellen maalle.»

»Aivan yksin?» kysyi Kepple epäillen. »Te ette näytä vahvalta.
Mutta minä luulen, että Te olette kadottaneet osan voimistanne
eläessänne yksinomaan kokospähkinöillä ja plataaneilla. Mutta, La-
vington, saatte kertoa historianne päälliköllemme, kun tulette lai-
vaan. Ottakaa nyt mukaanne helmenne, jotka minä näin tuolla, ja
mitä Te muuta tarvitsette ja lähtekää laivaan.»

Sillä aikaa kun Lavington meni hakemaan tavaroitaan, antoi
Kepple matruusien poimia kookospähkinöitä. Anderson ja Chubb
seisoivat purren luona.

»Arvasitte oikein, hän on yankee», huomautti Chubb sytyttäen
piippuaan. »Ja lisäksi hän puri suutupakkaa.»

»Minä erehdyin», sanoi Kepple. »Ainakin luulen niin. Tuo
mies ei ole amerikkalainen enempää kuin minäkään eikä ole kos-
kaan ollut San Fransiskossa. Mutta ei hän ole englantilainenkaan.
Luulen hänen olevan Austraaliasta, Sydneystä.»

»Ette lienekään aivan väärässä», huomautti Anderson, joka oli
skotlantilainen. »Odottakaas vaan hetkinen, minä panen hänet koet-
teelle. Pitäkää häntä silmällä, kun minä hoilotan!» Ja samalla kun
hän asetti kätensä suunsa eteen, hän huusi: »Coo-ee!»

Lavington kääntyi heti ympäri ja laahusti myttyään.

»Näettekös», lausui hymyillen Anderson. »Se on huuto, jonka
jokainen austraalialainen tuntee. Yankee siitä ei olisi ollut tietävi-
näänkään.»

»Hm», tuumi Kepple astuessaan purteen.

»Minusta on merkillistä juuri se, miksi hän tahtoo esiintyä amerikkalaisena.»

2 NANUMANGA

Kepple tuumi vielä kun hörypursi kookospähkinä- ja banaanilastissa pyrki pois tyynestä laguunista. Mutta ulkoväylää pitkin kuljettaessa hän sai ruveta pitämään silmällä nälkäisiä haikaloja. Yksi noista pedoista koetti rajulla hyppäyksellä tarttua veneen perässä olevaan lippuun, ja kun pursi samassa silmänräpäyksessä laskeutui aallonlaaksoon, leikkasi propelli sen vatsan halki ja värjäsi veden veripunaseksi.

»Olipa Teillä hyvä onni, kun onnistuitte uida maihin täällä, Lavington, ja lisäksi myrskyssä», huomautti Kepple. »Minä en käsitä, kuinka se oikein oli mahdollista».

»Tjaa», sanoi haaksirikkoinen, joka istui höyrypannun vieressä ja imi piippua, jonka matruusit olivat hänelle antaneet. »Onnihan se todellakin oli. Mutta nuo pedot söivät kaksi toveriani ja päällikön, jota minä koetin auttaa paperien pelastamisessa.»

»Mikä päällikönnimi oli?»

»Brown. Isaac Brown.»

»Isaac Brown ja Jacob Lavington?» sanoi Kepple itsekseen, katsoen ulapalla olevaa risteilijää. »Teillä näyttää siellä Cornucopiassa olleen kaikilla raamatulliset nimet.»

Kun höyrypursi kulki suurien viheriäisten maininkien keskellä, näkyivät vain risteilijän keinuvat mastot ja harmaat savupiiput, mutta kun oltiin aallonharjalla, näkyivät selvästi sen valkoinen kansi ja kanuunain suut.

Risteilijä heilui kovin tuulessa, mutta pursi pääsi onnellisesti sen viereen. Parin minuutin kuluttua oltiin laivassa, ja risteilijä Pingvin jatkoi taas matkaansa.

Puolen päivän jälkeen, kun oltiin jo kaukana kerrotusta saaresta, Kepple käveli edestakaisin takakannella, kun hänen kadettitoverinsa Harry Whitson liittyi hänen seuraansa.

»Minä kadehdin sinua, joka sait olla maissa iltapäivällä, Kep. Mahtoi olla kaunista siellä palmumetsässä.»

»Oli oikeudenmukaista, että tuli minunkin vuoroni,» sanoi Kepple.

»Minä en ole ollut maissa senjälkeen kun lähdimme Honolulusta, ja sinä olit maissa sekä Tongarevassa että Rakahangassa.»

»Vain jättääkseni erään alkuasukkaan edelliseen paikkaan ja hakeakseni raitista vettä viimemainitusta paikasta,» valitti Whitson. »Minulla ei ollut onnea löytää mielenkiintoista Robinson Crusoeta autiolta saarelta. Kesken kaiken, Kepple! Oletko nähnyt haaksirikkoista, senjälkeen kun hän laivaan tuli? Otettuaan lämpimän kylvyn, ja kun parturi on häntä vähän siistinyt, hän näyttää oikein kunnioitusta herättävältä. Eikä hän pitäne ollenkaan siltä, että hänet on sijoitettu miehistön joukkoon.»

»Minä toivon, ettei häntä päästetä kokoushuoneeseen,» 'sanoi Kepple. »Hän saattaa näyttää kunnioitusta herättävältä, mutta hän ei ole sitä. Ensiksikin hän väittää laivan olleen Cornucopia, San Fransiskosta, mutta luettelossa ei ole sen nimistä alusta. Edelleen hän väittää uineensa maalle haikalaparven läpi, mutta hänen on täytynyt mennä maihin veneellä, eikä hän ole tehnyt sitä yksin. Lisäksi hän sanoo löytäneensä lagunista veneenhylyn ja kuljettaneensa sen yksin ainakin 700 askelta rakentaakseeen siitä kojunsa, mutta hän ei

ole juuri mikään jättiläinen, ja ainakin kolme meidän parhaita mie-
hiämme olisi tarvittu vetämään veneenhylky ylös jyrkälle rinteelle,
jossa se oli palmujen joukossa. Hän on suuri lurjus.»

»Tokkohan hän saapui sinne yksin? Ehkä hänen toverinsa jäi-
vät saarelle?»

»Sitä minä juuri ajattelen», sanoi Kep. »Minun olisi pitänyt
koettaa ottaa selvää siitä seikasta, ennenkuin lähdimme pois, mutta
minä en silloin käsittänyt, että mies valehteli.»

Saari, josta Lavington pelastettiin, kuului Feeniks-saariryh-
mään. Pingvin oli risteillyt muutaman kuukauden Polyneesiassa ja
käynyt Englannin suojeluksen alaisissa saarissa Uuden Etelä-Wa-
lesin ja Havaii-arkepelaagin välillä, pitääkseen silmällä markkinoita
ja etupäässä toimittaakseen posti- ja poliisilaivan tehtäviä. Pingvin
lähti nyt luoteiseen Gilbert-saariryhmää kohti.

Matkalla ei tapahtunut mitään tärkeätä. Keppien, joka oli ko-
mennettu Britanniasta meripalvelukseen pitkälle merimatkalle, oli
opiskeltava. Muuan purjehduksenopettaja antoi hänelle tunteja ma-
tematiikassa, trigonometriassa ja mekaniikassa, muuan luutnantti
ampumisessa ja torpeedotehtävissä sekä ensimäinen koneenkäyttäjä
koneopissa. Se ei ollut mikään huvimatka.

Kun ilma oli suotuisa, tehtiin syvyysmittauksia. Kepple otti
osaa noihin mielenkiintoisiin, vaikkakin yksitoikkoisiin tehtäviin ja
hämmästyi meren syvyyttä niillä tienoin. Nuora juoksi, kunnes oli
lähellä loppua, ja eräässä paikassa huomattiin syvyyden olevan 3
350 syltä eli lähes neljä Englannin penikulmaa. Kep, joka hoiti sy-
vyydenosottajaa, oli juuri antamaisillaan raporttinsa, kun hän kuuli
huudon:»Purjeet, ohoi!»

Muuan kolmimastoinen kuunari meni ohi suoraan länttä kohti

myötävirtaa. Pingvin antoi kuunarille pysähtymismerkin; kuunari laski punasen lippunsa kolme kertaa ja ilmoitti sitten olevansa Nanumanga Liverpoolista. Laivassa oli kaikki hyvin.

Ennenkuin mittanauha oli otettu ylös ja lähdetty uudelleen liikkeelle, oli Nanumanga jo kadonnut, pysyäkseen näkymättömissä useampia päiviä, kunnes se tavattiin sellaisten seikkain vallitessa, jotka osottivat, ettei laivalla ollutkaan kaikki hyvin.

Pingvin oli ollut pohjoisessa päin Gilbert-ryhmän kehäriuttojen Taritarin, Apaiangin ja Kurian sekä suuren Ahaka-saaren luona. Se oli rangaissut erästä laivanpäällikköä, joka oli ottanut liian paljon matkustajia, sovittanut alkuasukasten ja kauppalaivan välisen riidan, ottanut tuoreita hedelmiä ja raikasta vettä, ja nyt se oli kauniin auringonlaskun aikana Tamana-saaren kulkuväylässä.

Jo edellisenä iltana oli saavuttu tämän saaren luo, mutta oli risteilty edestakasin ja sitten kierretty sen pohjoisen kärjen ympäri. Nyt Pingvin kulki eteenpäin sen länsipuolella.

Ensimäinen luutnantti ja Kepple olivat vahdissa kannella, Kep nousi komentosillalle ja tutki kaukoputkella metsäkumpuja.

»Ei näy mitään merkkiä alkuasukkaista,» hän huomautti luutnantille. »Voin uskoa sen,» vastasi tämä, »mutta te näette pian heidän kylänsä; se on tuon niemen takana, jota kohti me menemme. Siellä on syvä kanava, ja me voisimme mennä aivan heidän kojujensa keskelle, jos tahtoisimme, mutta sitä me emme kumminkaan tee, sillä siellä asuu joukko verenhimoisia ihmissyöjiä.»

»Tarkoitatteko todellakin, että he ovat ihmissyöjiä?» kysyi Kep.

»Tarkoitan», vastasi luutnantti hymyillen. »En tahdo väittää, että he syövät ihmisen lihaa joka ateria, mutta Tamanassa ei ole mitään kotieläimiä, paria vanhaa sikaa lukuunottamatta, ja Polyneesian saarilla, jossa ei ole mitään tavallista liharuokaa saatavissa, alkuasukkaat ovat tavallisesti taipuvaisia kannibalismiin. Jos sinne voitaisiin viedä nautakarjaa ja lampaita, lakkaisi se, mutta asukkaat eivät elä kookospähkinöillä. Tietystikään Gilbert-saarien kansa ei ole yhtä villiä kuin Salomo-saarten ja Uuden Guinean, mutta erään kuunarin valkoihoinen miehistö teurastettiin ja syötiin juuri tuolla saarella vuosi sitten, niin ettei jäänyt muuta kuin napit ja kengänanturat jälelle. Päättäkää tästä, ovatko he kannibaaleja?»

»Katsokaas tuonne!» huusi Kep. »Siellä on joku laiva. Voin erottaa punasen lipun saagopalmujen yläpuolella ja purjeen myöskin.»

Hän oli tuskin saanut sanotuksi nämä sanat, kun he kuulivat laukauksen.

»Joku ampui linnun», tuumi Kep.

»Tuskin», lausui luutnantti. »Minä kuulin samalla huutoa.»

Hän pani laivan kulkemaan täyttä vauhtia. Hetkisen kuluttua näkyi kuunarin valkoinen runko yksinäisten palmujen keskeltä.

Juuri kun sen kansi alkoi näkyä, nousi savupilvi, jota seurasi pamaus, ja samalla kuului reitin toiselta puolelta hurja huuto.

»Siellä taistellaan», sanoi luutnantti. »Me tulemme hyvään aikaan.»

»Se on sama kuunari, jonka me näimme äskettäin», huudahti Kep, »se on Nanumanga».

Kapteeni Mayhew, jonka aamiaisen laukaus oli keskeyttänyt, kiiruhti komentosillalle.

»Villit ovat hyökänneet englantilaisen kuunarin kimppuun, herra kapteeni», selitti luutnantti.

»Mahdollisesti on kuunari hyökännyt villien kimppuun», tuumi kapteeni. »Me olemme nähneet kerran sellaisen tapauksen, Thornleigh. Muistatteko Veronican jutun?»

»Aivan hyvin, herra kapteeni», vastasi luutnantti Thornleigh, kun reitti laajeni ja tuli näkyviin laguuni, »näettekö noita veneitä, jotka ovat täynnä väkeä ja kulkevat laivaa kohti?»

»Näen, ja ulvovan väkijoukon tuolla rannalla», lausui kapteeni. »Olette oikeassa, Thornleigh. Laittakaa kaikki kuntoon!»

Parin minuutin kuluttua oli Pingvinillä ankara hyörinä. Konesähkösanomalaitos oli käynnissä, miehistö asestautui ja laskeutui veneisiin, ja yksi kanuunoista oli valmis antamaan mahtavan äänensä kajahtaa.

Kun laguuni laajeni, näki Kepple Nanumangan ankkuroituna ja purjeiden lepattavan hiljaisessa tuulessa. Peräkannella seisoi nuori poika ja kookas merimies savupilven ympäröiminä kuusinaulaisen kanuunan vieressä, joka äskettäin oli uudelleen laukaistu.

Kuula oli sattunut yhteen veneeseen, ja villit uivat nyt sen kappaleiden keskellä.

Kuunarin ja rikkiammutun veneen välillä oli pieni laivavene, joka epätoivoisin ponnistuksin pyrki pakoon, samalla kun villit heittivät sitä keihäillä ja kivillä. Veneen perässä oleva merimies ampui kivärillään laukauksen toisensa jälkeen ulvovia villejä kohti.

»Oletteko valmis, Jarvis?» kysyi luutnantti komentosillalta.

»Valmis, herra luutnantti!», kuului vastaus.

»Ampukaa kerran laivaveneen ja sen ahdistajien väliin.»

Samassa putosi kanuunankuula villien ensimäisen veneen eteen la synnytti mahtavan vesipylvään.

»Vielä yksi!» komensi upseeri.

Jarvis tuumi, että oli synti sillä tavoin tuhlata ampumavaroja ja odotti, kunnes villien veneen korkea kirjailtu keula tuli ampumalinjaan; silloin hän laukasi, ja samassa oli tuo korkea keula säpäleinä.

Villit ahdistivat noita laivamiehiä niin ankarasti, etteivät he huomanneet risteilijän tuloa, ennenkuin tämä ampui.

Samaan aikaan oli Kep huomannut, että pari kuunarin venettä oli vallattu. Ne olivat kiinnitetyt rantaan, ja hän arveli, että niiden miehistö oli tämän näytelmän aiheuttanut. Rannalla seisoi kolme- tai neljäsataa villiä huutaen ja viittoen.

Kaksi risteilijän venettä, varustettuina kolmeleiviskäisillä kanuunoilla, laskettiin vesille, toinen kolmannen luutnantin, toinen toisen luutnantin ja kadetti Whitsonin johdolla.

Oikeanpuoleinen höyrypursi oli lähtövalmiina toisen luutnantin ja Kepplen johdolla. Heidän siinä odottaessaan lähtömääräystä näki Kep kuunarin veneen saapuvan kuunarin viereen. Etukokassa oleva merimies näytti haavoittuneelta, ja toiset kantoivat hänet laivaan.

Kep tuumi, eikö laivan lääkäri olisi pitänyt ottaa mukaan.

»Tuo raukka, joka juuri otettiin laivaan, on haavoittunut, ja me tapaamme kenties matkallamme useampiakin haavoittuneita».

»Tohtori Nevin tulee», sanoi luutnantti Gresham. »Hän on alhaalla hakemassa välinelaatikkoansa.»

Kun katsoi ylöspäin, näki hän Jarvisin kanuunoineen suojelevan molempia veneitä. Thornleigh huusi hänelle:

»Ammu yksi laukaisu tuon joukon yli, joka on tuon peltikattoisen talon edustalla!»

Luoti osui erinomaisen hyvin, se lensi villien päiden päällitse ja pysähtyi heinikkoon heidän taakseen. Alkuasukkaat hajaantuivat, ja missä tuo joukko oli ollut, nähtiin kolme miestä liikkumattomina polttavassa auringonpaisteessa.

He olivat puetut tavalliseen, valkoiseen pukuun, jota kuumassa vyöhykkeessä käytetään. Kepple näki nyt yhden villin juoksevan kivääri olalla kuunarin takaa ja merimiesten luo. Mies pysähtyi ja katseli kumpaakin vuorotellen. Toisen merimiehen vieressä hän kumartui nostaakseen hänet pystyyn, mutta samassa häntä läheni takaapäin pari villiä. Hän kääntyi ja ampui.

Toinen villeistä kaatui, toinen pakeni. Mies pani kiväärinsä maahan, nosti liikkumattoman ruumiin olalleen ja lähti kulkemaan risteilijän veneitä kohti.

»Kaikki on valmiina», ilmoitti Anderson.

»Täysi vauhti», komensi Graham ja niin lähti höyrypursi suoraan Nanumangaa kohti. Poika, jonka Kep oli nähnyt kuunarin peräkannella, seisoi nyt portaiden vieressä ja odotti höyrypurtta. Luutnantti Gresham nousi laivaan tohtori Nevinin kanssa.

Poika teki kunniaa molemmille upseereille. »Kiitos siitä, että tulitte», hän sanoi luutnantille. »Minä aijoin juuri kutsua lääkäriä, mutta minä huomaan, ettei häntä tarvita. Perämiehemme on pahoin haavoittunut: reikä päässä ja vasemman käden valtimo poikki. Olemme juuri kantaneet hänet alas, ja Te, herra tohtori, löydätte hänet veripilkkuja seuraten».

»Lähden ottamaan selvän hänen tilastaan», sanoi lääkäri ja lähti alas.

»Missä on kapteeninne?» kysyi luutnantti Gresham.

»Maissa, herra luutnantti, lastauspäällikön ja toisen perämiehen kanssa», vastasi poika. »Alkuasukkaat hyökkäsivät heidän kimppuunsa, ja perämies Wraggen piti juuri lähteä heitä auttamaan, kun villit lähtivät liikkeelle veneineen.»

»Päällikön ei olisi pitänyt jättää laivaa ilman suojatta tämänkaltaiseen paikkaan», sanoi luutnantti. »Se oli aivan liian vaarallista».

»Hän meni maihin tapaamaan erästä lähetyssaarnaajaa, hyvää ystäväänsä», selitti poika.

»Minä jätän tohtorin laivaan Teidän kanssanne ja lähden maihin», jatkoi Gresham. »Sinä olet nyt turvassa, poikani, ja minä tahdon vain sanoa sinulle, ettei sinun olisi pitänyt laukaista tuota kanuunaa».

Samassa kun hän palasi höyrypurteen, hän lähetti Kepplen kuunariin ottamaan sen päällikkyyden haltuunsa.

Niin tapasi Kepple ensi kerran Martin Chipperfieldin aavistamatta, kuinka läheisiksi ystäviksi he olivat tulevat vastaisissa vaaroissa ja seikkailuissa.

3 Komentajaksi

Chipperfield katseli mielenkiinnolla höyrypurren kulkua laguunin poikki. »Oliko se joku Teidän kanakamerimiehiänne, joka antoi haavoittuneen miehen alas?» kysyi Kep.

Chipperfield vastasi surullisesti: »Oli. Hänen nimensä on Nonouti Tom, ja hän pelasti kapteenin. Luulen, että kapteeni on hyvin pahasti haavoittunut, sillä hänen ja herrain Blaken ja Ashtonin tila näytti toivottomalta. Mutta minä en käsitä, kuinka on käynyt toisille miehille ja professorille», hän lisäsi.

»Professorille?» lausui Kep ihmetellen.

»Niin, sellainen oli laivassamme», vastasi Chippeifield. »Hän meni maihin kerätäkseen hyönteisiä. Hän ei tee koskaan muuta. Mutta tuolta hän tulee pandamuspalmujen keskellä, puhellen erään upseerinne kanssa!»

»Laskimme ankkurimme eilen iltapäivällä», sanoi laivapoika. »Villit olivat kyllä ensin ystävällisiä, kun me menimme maihin hakemaan kokospähkinöitä, — eivätkä he vielä tänä aamunakaan, kun veneet menivät maihin, osottaneet mitään vihollisuuden merkkiä. Mutta pian kokoontui joukko alkuasukkaita ja silloin alkoi ottelu».

»Villit näyttivät aikovan piirittää laivanne», sanoi Kep. »Te kaiketi juuri sentähden laukaisitte kanuunanne?»

»Niin. Me olisimme olleet hukassa, jos he olisivat päässeet lähemmäksi», sanoi Chipperfield synkkänä. »He olisivat hakanneet meidät kappaleiksi ja ryöstäneet laivamme, jollei risteilijä olisi juuri silloin saapunut.»

Hän viittasi muutamiin jälellä oleviin kanakamerimiehiin.

»Katsokaas, kuukausi sitten oli yksi veneistämme maissa hakemassa työväkeä, ja villit luulivat meidän olevan samallaisia kuin työväenottolaivat, jotka vaanivat alkuasukkaita ja vievät heidät orjuuteen Fijiin tai Queenslantiin. He epäilevät jokaista kunniallista kauppalaivaakin tuollaisen ala-arvoisen ammatin harjoittajaksi. Kun Teillä, herrani, on täällä nyt päällikkyys», hän jatkoi, »pyytäisin päästä alas katsomaan, tarvitseeko tohtori apua.»

Kepple nousi komentosillalle, josta hän näki, mitä ympärillä tapahtui. Pingvin oli kulkenut lähemmäksi ja ankkuroi juuri noin 150 sylen päähän Nanumangasta.

Villien veneet olivat kadonneet metsäisen niemekkeen taa eikä näkynyt juuri muita villejä kuin muutamia naisia ja lapsia, jotka olivat paenneet erään pienen salmekkeen rannalle noin kilometrin päähän kylästä.

Luutnantti Gresham oli saapunut maihin, ja muutamia valkopukuisia matruuseja kulki edestakaisin kylän ja veneiden väliä, joihin he kantoivat verilöylyn uhreja. Kuolleiden poisvieminen ja palmumetsään tai rannan kallioiden taa piiloutuneiden haavoittuneiden etsiminen vei paljon aikaa, ja kolmas luutnantti oli sillä aikaa ajamassa takaa hyökkäyksen johtajia. Luutnantti Gresham kutsui hänet takaisin, ja pian lähti höyrypursi uudelleen liikkeelle, hinaten molempia veneitä.

Tohtori Nevin ja nuori Chipperfield olivat palanneet kannelle sidottuaan huolellisesti perämiehen.

»Oikein kelpo poika tuo», sanoi tohtori Kepille. »Vahva kuin aikamies ja keveäkäsinen kuin tyttö. Oli aivan merkillistä, että hän pystyi niin hyvin auttamaan minua valtimohaavan sitomisessa. Mutta tuolta näyttää tulevan minulle työtä.»

Hän laskeutui höyrypurteen ja sieltä Nanumangan veneihin. Kapteeni Speeding, toinen perämies ja lastauspäällikkö olivat kuolleet; samaten neljä kanakalaivamiestä ja yksi valkoihoinen matruusi.

»On turhaa ottaa heitä laivaan, Gresham», sanoi tohtori. »Antakaa heidän olla; ja laskettakoot heidät syvyyteen laguunin ulkopuolelle.»

Hän siirtyi toteen veneeseen. Siellä oli kolme kanakamiestä ja muuan erittäin pieni, harmaahapsinen mies, jonka silmälasit ja ulkomuoto kaikin puolin heti osotti hänen olevan professorin, josta Chipperfield oli puhunut. Heistä ei kukaan ollut vahingoittunut.

Luutnantti Gresham meni kuunarin kannelle. »No, poikani», hän sanoi Chipperfieldille, »kertokaa minulle, kuinka kaikki on tapahtunut. Pieni ystävämme, professori Hercules J. Hudson, sanoi minulle, että olitte matkalla Sydneyhin.»

»Se oli matkamme päämäärä», vastasi poika kyyneleet silmissä. »Mutta minä en tiedä, kuinka me nyt pääsemme sinne, kun perämies on pahasti haavoittunut ja miehistönä on alkuasukkaita, jotka eivät osaa hoitaa purjeita.»

Hän alkoi itkeä. Hänen surmattujen toveriensa kamala näky oli vienyt hänen rohkeutensa.

»Kuinka monta valkoihoista on jälellä?» kysyi upseeri.

Chipperfield katsoi häntä kyyneleisin silmin.

»Professorista ei ole mihinkään. Hän on vain maamyyrä. Meitä on jälellä ainoastaan haavoittunut perämies ja minä.»

»Eipä ole asemanne juuri toivorikas,» sanoi luutnantti. »Mitä aijotte tehdä?»

Chipperfield kokosi voimansa ja sanoi: »Voin kyllä purjehtia Wraggin avulla, jos kestää kaunista säätä, mutta myrskystä en voine selviytyä. Lähden matkalle. Herra tietää, kuinka se päättyy.»

Luutnantti Gresham otti häntä kädestä kiinni ja lausui ystävällisesti: »Lähtekäämme alas ja tuumikaamme, mitä voimme tehdä hyväksenne.»

Norman Kepple sai päällikkyyden kannella. Hän käski pelastuneiden merimiesten nousta laivaan, ja he tekivätkin sen, mutta professori ei näyttänyt tahtovan jättää venettä.

Hän katseli tylsänä laidan yli ja tarkasteli veneen ympärillä uiskentelevia haikaloja. Mutta viimein, kun yksi niistä kävi liian tungettelevaksi, hän nousi laivaan hyönteisverkkoineen ja rasioineen ja esitti itsensä Kepplelle.

Ennenkuin hän lausui sanaakaan, Kepple huomasi, että hän oli amerikkalainen. Sandaaleista panamahattuun mitattuna hän oli enintään viisi jalkaa pitkä. Hänen kasvonsa olivat sangen kapeat ja auringonpaahtamat, ja hänellä oli suippopäinen leukaparta. Hän poltti suurta sikaria, ja hänen petolinnunnokkaa muistuttavaa nenäänsä koristivat kultasankaiset silmälasit, joiden toinen lasi oli tehty lyhytnäköistä, toinen kaukonäköistä varten. Hän tarkasti kadettia tarkalleen silmälasien ylitse.

»Yksi lisää», hän lausui. »Näyttää siltä, kuin te olisitte ottanut tämän proomun päällikkyyden. Olen utelias tietämään, mitä Te aijotte tehdä tällä. Minun käsittääkseni olisitte tehneet parhaiten, jos olisitte valinneet suorimman tien Honoluluun ja antaneet kauaskantavien kanuunainne sillä aikaa suojella meitä.»

»Saatamme Teidät nyt ensiksi pois tästä laguunista, herrani,» sanoi Kep. »Herra on amerikkalainen?»

»Oikein,» sanoi professori karistaen tuhkaa sikaristaan, »Pohjois-Amerikan Yhdysvaltain alamainen ja luonnonhistorian professori suuressa Chicagon yliopistossa.»

»Sangen hauskaa, herra professori,» sanoi Kep. »En voinut odottaa tapaavani täällä Tyynellämerellä niin mainiota miestä tällaisessa laivapahasessa. Mutta tiede saa Teidät lähtemään moniin kaukaisiin seutuihin.».

»Aivan niin,» vastasi professori. »Parhaillaan kerään aineksia erääseen kirjoitukseeni Polyneesian antropologiasta. Se on minun erikoisalani, nuori mies. Täällä — hän osotti Tamana-saarta — ei koskaan tätä ennen ole käynyt ketään etevää antropologia, vaikka se on koko Tyynenmeren mielenkiintoisimpia saaria. Te voitte ajatella, kuinka minua harmittaa, kun tutkimukseni tällä tavoin keskeytyi. Olin toivonut saavani tehdä tärkeitä tieteellisiä havaintoja näiden alkuasukkaiden joukossa, mutta nyt ennätin panna merkille ainoastaan sen, että he ovat yhtä taitavia aseitaan käyttämään kuin niitä valmistamaankin. Olen pahoillani, kun en saanut otetuksi niistä ainoatakaan kokoelmiini.»

»Tiedätte kaiketi, että nämä villit ovat ihmissyöjiä?» kysyi Kep.

»Tietysti,» vastasi professori. »Juuri se seikka minun mieltäni kiinnittääkin enemmän kuin heidän taloutensa. Ho ovat puhdasrotuisia villejä alkuperäisine tapoineen, sivistyksen pilaamattomia — erittäin huomattavaa kansaa, joka säilyttää yksinkertaisuutensa ja on kuitenkin taiteellista sanomattomassa määrin. Erään ihonkoristelu oli hämmästyttävä. Olen monasti ajatellut, että on ikävää, ettei kukaan ole keksinyt valokuvauskoneella varustettua ampuma-asetta. Tämä ajatus on rahan arvoinen, nuori mies, miljoonien arvoinen.»

Kun Gresham oli tutkinut laivakirjat ja huomannut niiden olevan kuten olla pitikin, hän lähti takaisin risteilijään, jättäen päällikkyyden Kepplelle. Risteilijän läsnäolo oli rauhoittanut alkuasukkaita, eikä enää ollut mitään vaaraa maihin mennessä. Kun luukut suljettiin, astui eräs luutnantti Kepplen paikalle, ja tämä lähti risteilijään. Hänet kutsuttiin aterialle kapteenin pöytään, ja sen jälkeen kapteeni Mayhew sanoi hänelle:»Kepple, aijon antaa Teille erään päällikkyyden. Jätän Nanumangan Teidän haltuunne. Te saatte viedä sen Sydneyhin. Sillä on huono miehistö ja kallis lasti. Me emme voi jättää sitä oman onnensa nojaan, ja minun luullakseni Teille on paljon hyötyä siitä, että saatte vähän aikaa olla purjelaivassa. Te olette tosin nuori saadaksenne sellaisen edesvastuun, mutta minä luotan siihen, että suoritatte tämän tehtävän hyvin.»

»Kiitos, herra kapteeni», sanoi Kepple ylpeänä kapteenin luottamuksesta, vaikkei hän tietänyt, oliko hänen oltava iloinen vai suruissaan tämän odottamattoman päällikkyyden johdosta. »Milloin minun virantoimitukseni alkaa, herra kapteeni?»

»Se on jo alkanut», sanoi kapteeni. »Me lähdemme heti, kun olemme rangaisseet noita villejä, ja minä toivon, että Te olette jo matkalla, ennenkuin Pingvin nostaa ankkurinsa. Jos ilma pysyy kauniina, pitäisi Teidän olla Sydneyssä viikkoa aikaisemmin kuin me, ja minä toivon tapaavani Teidät siellä. Luutnantti Gresharn näyttää Teille mitä tietä on kuljettava, ja antaa kaikki mitä tarvitsette.»

4 Pahaa verta

»Teistä ei saattanut olla juuri mieluista päästessänne tällaisen laiva-pahasen päälliköksi, Teistä, joka olette tottunut hienon sotalaivan elämään.»

Kepple lopetti tähystelynsä. Hän oli seisonut puoli tuntia ja katsellut kaukoputkellaan hitaasti katoavaa harmaata risteilijää. Nyt se oli enää vain kuin pieni pilkku taivaanrannalla; sen teki huomat-tavaksi ainoastaan savupatsas, joka kohosi pilviin.

»En valita tätä vaihdosta, Chipperfield», vastasi hän pannen kaukoputken pois. »Tietysti oli ikävä erota tovereista, mutta Nanu-manga ei ole ollenkaan niin perin huono, jos tämä vain olisi hiukan puhtaampi. Tämä epäkohta voidaan kuitenkin korjata. Jos kestää tällaista tyyntä säätä, maalaamme tätä vähän ja paikkaamme isoa purjetta; tähän komentosiltaan olisi pantava pari uutta lankkua. Jou-ce, jonka otin mukaani, saa laittaa ne.»

Hän meni vasemmalle puolelle, jossa hiljalleen liehuva mesaa-nipurje suojasi ankaralta auringonpaisteelta.

»Jos minä olen täällä tiellä, lähden tieheni», sanoi professori ja nousi tuoliltaan kynä toisessa ja käsikirjoitus toisessa kädessä.

»Ette suinkaan, herra professori», vastasi Kepple, »olkaa hyvä ja istukaa vain paikallanne.»

Chipperfield seurasi nuorta kadettia, ja he seisoivat kauan ja katsoivat, kun miehet vähitellen järjestivät tavaroita, jotka oli otettu mukaan Pingvinistä.

Jouce oli koreassa uniformussaan jyrkkä vastakohta noille ruskeaihoisille kanaakeille, joille hän antoi käskyjään kielellä, jota useimmat heistä eivät ymmärtäneet.

»Oletteko koskaan eläissänne nähnyt tuollaista yhtymää» kysyi Chipperfield Keppleltä.

»Olen ollut siksi kauan Tyynellämerellä, että tunnen eri saarien asukkaat, mutta ne ovat kaikki erilaisia keskenään.»

»Tuo kiharatukkainen tuolla luukun luona on Fiji-saarilta ja vieressään oleva mies on Marshallin saarilta. Nonouti Tom tulee Gilbert-saarilta. Mies, joka parhaillaan nostaa ankkuriköyttä, on Rotumasta ja tuo pitkä tatuoitu mies on täysverinen mauri, joka yhtyi meihin Honolulussa. Herra Joycen näyttää olevan vaikeata saada puheensa ymmärretyksi.»

»Enpä ole koskaan nähnyt tällaista laivamiehistöä», mutisi Joyce kiukustuneena siitä, ettei hänen käskyjään noudatettu. »Kuuletteko, Robinson Crusoe!» hän huusi. »Sanokaa tuolle tyhmeliinille, että hän kävisi pois leipälaatikon päältä. Kuka sellaisia leipiä syö, joiden päällä hän on maannut!»

Pitkällä ruskeatukkaisella miehellä, jolle hän huusi, oli öljyinen koneenkäyttäjänmekko valkoisten, likaisten liinahousujen päällä, mutta hänen olemuksensa osotti, ettei hän ollut koneenkäyttäjä eikä merimies. Etelämeren saarten asukkaihin perehtynyt olisi heti pitänyt häntä entisenä laivahylkyjen ryöstäjänä. Kun hän toisti Joycen käskyn, hän käytti salaperäistä kieltä ja potki noiden mustaihoisten laivamiesten paljaita jalkoja.

»Robinson Crusoe ei tietenkään ole hänen oikea nimensä?» sanoi Chipperfield, joka nojasi kyynärpäillään laivan laitaa vasten.

»Ei», sanoi Kep hymyillen, »mutta se sopii hänelle sangen hyvin. Me löysimme hänet kuukausi takaperin eräältä Feniks-saarelta, jossa hän oli elänyt aivan yksin. Herra tietää, kuinka hän sinne joutui. Hänen nimensä on Lavington. Hän on amerikkalainen ja toivoo pääsevänsä San Fransiskoon, josta hän on kotoisin!»

»Vai niin», sanoi Chipperfield kulmakarvojaan rypistäen. »Sitten minä olen erehtynyt. Minä luulin nähneeni hänet Sydneyssä tai Brisbanessa. Mutta jos hän aikoo San Fransiskoon, minkä tähden hän sitten seuraa meitä Uuteen Etelä-Walesiin?»

Kepple kohautti olkapäitään. »Mikäli minä käsitin pelastaessani hänet, näytti hänestä olevan jotensakin sama minne hän joutui. Kaikkialla hänen oli parempi elää kuin tuossa autiossa saaressa, jossa hänellä oli seuranaan ainoastaan laivalintuja ja krapuja ja ruokanaan banaaneja ja kookospähkinöitä.»

»Minä panin merkille, että hän joka tapauksessa tuli sangen mielellään Pingvinistä Nanomangaan», huomautti Chipperfield. »Kentiesi hänestä elämä risteilijällä tuntui liian ankaralta.»

»Luulen meidän väkemme häntä kohdelleen kovanpuoleisesti», sanoi Kepple. »He olivat hänelle vihaisia sentähden että hän teki vääryyttä pelissä. Halloo!»

Tämän viimeisen huudon aiheutti se, mitä parhaillaan tapahtui yläkannella. Alkuasukas, jonka Lavington oli käskenyt pois leipälaatikon päältä, oli Nonouti Tom, sama Gilbertsaarelainen, joka äskettäin oli pelastanut kapteeni Speedingin ruumiin ihmissyöjien käsistä. Tommy oli närkästynyt pahoinpitelystä ja meni jonkun hetken vaiti oltuaan vihaisen näköisenä Lavingtonin eteen.

»Te ette lyö tätä poikaa», lausui hän. »Miksi Te lyötte? Luulette olevanne hieno upseeri, joka on tullut tänne sotalaivasta. Te ette ole oikea merimies, mutta hyvin ilkeä ihminen. Tämä poika on tuntenut Teidät jo pitkät ajat.»

Lavington alkoi sivellä hermostuneesti paitaansa katsoen tuohon kanakiin, joka koetti tuntea hänet tai muistella, missä hän oli hänet ennen nähnyt. Hänen kasvonsa olivat tulleet kalpeammiksi. He seisoivat hetkisen vastatusten valmiina otteluun, mutta Joyce meni heidän väliinsä ja antoi alkuasukkaalle astian tiivistettyä maitoa vietäväksi varastoon.

»Tommy ei ole tänään sellainen kuin tavallisesti», selitti Chipperfield. »Hän suree kapteenin kuolemaa. Hän seurasi kapteeni Speedingiä niinkuin koira ja olisi tehnyt hänen puolestaan mitä tahansa. Hän laittoi aina asiat niin, että hän sai seurata häntä matkoilla. Se oli hänen tapansa osottaa kiitollisuuttaan. Monta vuotta sitten Tommyä syytettiin siitä että hän olisi varastanut rahaa sillä laivalla, jossa kapteeni Speeding oli silloin perämiehenä. Osa rahoista löydettiin häneltä, ja näytti siltä, että hän oli rikoksellinen. Hänet vangittiin ja olisi saanut raipparangaistuksen, mutta perämies pyysi ja sai hänet vapaaksi. Todisteita ei ollut muuta kuin lastauspäällikön syytös, ja sittemmin kävi selville, että tämä itse oli varas. Tommy on laivan parhaita miehiä. Te voitte luottaa häneen kaikessa.»

Professori Hudson oli noussut tuoliltaan ja keskusteli nyt ruorimiehen kanssa tehden muistiinpanoja kirjaansa.

»Herra Kepple, minä en koskaan päästä ohi oppimistilaisuutta», sanoi hän, kun Kepple läheni. »Nyt olen saanut opetusta polyneesian kielessä. Ruorimies on hyvin mielenkiintoinen näyte rodustaan Ystävyydensaarilta. Hän sekä hänen varjonsa käyttävät tavallisesti nimeä Tonga. Tällä kertaa hän ja hänen varjonsa ovat erillään. Tämä on nyt ruuanlaittajan apulaisena.

Kep nyökäytti kunnioittavasti päätään professorille, joka jatkoi: »Ystävyydensaarilla on voimassa laki, jolle ei ole vastinetta muissa maissa. Jos joku syyttää toista törkeästä rikoksesta ja tämä todistetaan, rangaistaan rikoksellista siten, että hän joutuu syyttäjän orjaksi. Tämä poika — hän osotti ruorimiestä — syytti kuninkaan poikaa rikoksesta, kuningas oli tuomarina ja hänen täytyi tuomita oma poikansa elinaikaiseen orjuuteen. Seuraus oli se, että minne tahansa ystävämme Tonga menee, täytyy hänen orjansa seurata häntä kuten varjo.»

»Jos he ovat niin erottamattomia», sanoi Kepple, »minä järjestän asiat niin, että he saavat tästä lähin saman vahtivuoron.»

»Sama oli myös kapteeni Speedingin mielipide», sanoi professori.

Kepple meni sitten alas puhumaan haavoittuneen perämiehen kanssa, tutkimaan hänen karttojaan ja katsomaan hyttiänsä. Hän tutki yhdessä Wraggen kanssa laivan papereita, ja he sopivat laivan vahtivuoroista. Joyce sai toistaiseksi toimia ensimäisenä perämiehenä ja Chipperfield toisena. Vaikkei Lavington ollut merimies, laskettiin hänkin miehistöön kuuluvaksi ja sai tehtäväkseen kanaakien silmälläpidon kanssissa. Väki ei ollut kehuttavaa, mutta kuunari oli hyväkulkuinen, kuten Wragge huomautti, ja kauniin sään vallitessa heidän piti ilman vaikeuksia päästä Sydneyhin.

Kahtena ensimäisenä päivänä Tamanasta lähdettyä laiva kulki hyvää vauhtia ja osotti tosiksi perämiehen sanat sen merikelposuudesta, mutta kolmantena päivänä tuuli heikkeni, ja illalla Nanumanga seisoi aivan paikallaan peilityynellä merenpinnalla.

Pilvien väristä ja raskaasta ilmasta meren pinnalla Kepple

päätti, että tyyntä kestäisi muutaman päivän, jonka tähden hän päätti maalauttaa laivan valkeaksi.

Joyce johti töitä. Laivastossa kasvaneena hän oli oppinut pitämään puhtautta arvossa ja oli sentähden mielissään, kun laiva sai uuden värin ja väki alkoi tottua järjestykseen ja kuuliaisuuteen. Lavingtonkin, joka oli luonteeltaan laiska, totteli hänen määräyksiään. Samalla aikaa kun neljä miestä työskenteli ulkopuolella, hän johti kanaakien työtä sisällä.

»Hän osaa sangen hyvin polyneesiata», huomautti professori, joka istui varjossa peräkannella, järjestellen innokkaasti perhosiaan. »Hän puhuu jokaisen kanaakin kanssa hänen omaa kieltään — erittäin hyödyllinen taito, varsinkin kun tahtoo lausua jonkin abstraktin ajatuksen.

»Kuulkaas, mitä tuo mies tuolla huutaa: — Te bakwa! — Roria te bakwa? Luulen, että hän on nähnyt haikalan.»

Se oli Tom, joka kiipesi ylös kannelle. Hän paiskasi harjan kädestään ja juoksi kanssiin. — Kepple ja professori menivät kansisillalle.

»Heidän ei tarvitse pelätä», huomautti professori, kun kanaakit kiirehtivät kannelle. »Se on erehdys, kun luullaan hain voivan hypätä vedenpinnan yläpuolelle.»

Tom palasi nyt keittiöstä haisiima ja suolainen lihapala kädessä. Hän laitteli juuri siimaa järjestykseen, kun Lavington saapui ja lähetti hänet takaisin työhön, ottaen häneltä pyydyksen ja viskaten sen mereen.

Tom meni alakuloisena ja otti harjansa.

»Kiiruhda», huusi Lavington vihaisesti. »Nopeasti!» Ja samassa hän juoksi ja potkasi häntä.

Silmänräpäyksessä kääntyi Tom ympäri ja otti veitsensä, ja ennenkuin kukaan ennätti heitä hillitsemään he olivat hurjassa sylipainissa. Lavington oli tarttunut vasemmalla kädellään Tomin ranteesta kiinni, ja he riehuivat kuin pedot koettaen saada toisiaan nurin.

Joyce juoksi heitä erottamaan, mutta ennenkuin hän ehti paikalle, oli Tom päässyt irti ja viskasi kädestään veitsen, joka tarttui kansipuuhun kiinni. Lavington otti veitsen ja hyökkäsi Tomia vastaan, mutta sattui tallaamaan märän harjan päälle ja kaatui. Tom hyppäsi syrjään ja Lavington putosi suinpäin mereen.

»Pitäkää varanne!» huusi Kepple. »Hai! Hai!»

Miehistö kiiruhti paikalle. Kepple pani tällä hetkellä merkille, ettei Lavington suinkaan ollut niin hyvä uimari, kuin hän oli itsensä esittänyt.

»Kovasti, kovasti!» huusi professori, joka näki hain tulevan Lavingtonia kohti. Se oli enää vain parin sylen päässä hänestä, kääntyi ja aikoi juuri tarttua uhriinsa, kun kuului loiskahdus, ja hai alkoi kiitää pois.

Muutaman silmänräpäyksen kuluttua nousi Martin Chipperfield vedenpinnalle ja tarttui tyynesti Lavingtoniin leuan alta kiinni. Hetkisen kuluttua hän kiipesi takaisin kannelle ja auttoi Lavingtonin ylös. Sitten hän juoksi hyttiinsä muuttamaan vaatteitaan.

»Se oli rohkea teko», sanoi professori, »ja kaikki kävi niin nopeasti, etten minä ennättänyt älytä, mitä hän oikein teki. Näittekö Te, herra Kepple?»

»Näin. Hän hyppäsi jalat edellä hain selkään ja pelästytti sen,» selitti Kep. »Se oli rohkea teko, ja ilman sitä tuo mies olisi ollut kuolemanoma.»

Chipperfield oli todellakin pelastanut Lavingtonin varmasta kuolemasta. Mutta myöhemminhän ja Kepple saivat valittaa, että hän oli sen tehnyt.

5 Toinen perämies

»Se oli uljas teko,» sanoi Kepple kiitollisena, »kun Chipperfield palasi kannelle kuivissa vaatteissa. Kepple oli alkanut pitää hänestä ja antoi hänelle lempinimen Chip.

Tämä nauroi. »On helppoa saada hai säikähtämään,» hän vastasi vaatimattomasti solmiten kaulaliinaansa.

»Minä en olisi siihen kuitenkaan kyennyt,» jatkoi Kepple, »Te hyppäsitte apuun hetkeäkään empimättä.»

»Jos olisin ehtinyt ajattelemaan, en olisi kenties uskaltanutkaan. Mutta minä näin kerran erään alkuasukkaan karkoittavan hain samalla tavalla.»

»Mutta jos olisitte hypännyt syrjään, olisitte ollut mennyttä miestä. Hai olisi niellyt teidät yhdellä kertaa.»

»Oletteko kuullut puhuttavan, että hai olisi joskus niellyt miehen yhdellä kertaa?» kysyi professori. »Käytännöllisenä zoologina olen huvitettu kaikista tällaisista asioista.»

»Olen», vastasi Kepple.

Professori tarkasteli häntä toisella silmällään.

»Hai on nälkäisin merieläin. Se voi syödä mitä tahansa tovereistaan alkaen hiilipalaseen saakka. Ja sen ruuansulatuskyky kilpailee strutsin tunnetun ruuansulatuskyvyn kanssa. Hai voi verrattain lyhyessä ajassa kuluttaa enemmän kuin oman painonsa. Mutta pureksiminen on siitä mieluista, eikä se voi niellä kerrallaan muuta kuin pienen suupalan; Luulo, että se voi niellä miehen kokonaan, ei perustu tieteelliseen todistukseen, herra Kepple. Se on erehdys samaten kuin sekin luulo, että silli voi tukehuttaa valaan. Olen itse nähnyt juuri täällä Tyynellämerellä kuolevan valaskalan sylkevän tämän kuunarin maston paksuisia läkkikalan palasia. Läkkikalan liha on nimittäin rasvavalaan tavallista ruokaa. Juuri läkkikalan n.s. valaansuomukset aiheuttavat valaan sisässä sen kiihotuksen, joka synnyttää tuon arvokkaan tuotteen, jota sanotaan itämaiseksi ambraksiksi ja jota käytetään hajuvesiteollisuudessa.»

»Minä olen luullut, että rasvavalas samaten kuin amerikkalainen puhveli olisi jo kuollut sukupuuttoon näiltä tienoilta,» huomautti Kepple.

»Tjaa, minä luulen, että niin on asianlaita,» myönsi professori. »Mutta minä puhun siitä ajasta, kun minä nuorena poikana olin täällä setäni kanssa erään nantucketilaisen valaslaivan mukana.» Ja senjälkeen hän alkoi pitää pitkää esitelmää rasvavalaiden ruumiinrakenteesta, tavoista ja kauppa-arvosta.

Hänen parhaillaan puhuessaan veti Chipperfield Keppleä hihasta ja kuiskasi:»Robinson Crusoe tahtoisi puhua Teidän kanssanne.»

Kep kääntyi Lavingtonin puoleen, ja tämä alkoi puhua teeskennellyllä nöyryydellä:

»Anteeksi, herra Kepple, mutta minä haluaisin kysyä, mitä aijotte tehdä tuolle alkuasukkaalle, joka äskettäin teki niin rajun ja aiheettoman hyökkäyksen minua vastaan. Aijotteko panettaa hänet rautoihin?»

Kepple katsoi hämmästyneenä.»Panettaa hänet rautoihin? Tehän itse teitte hyökkäyksen. Jos rangaistus tulisi kysymykseen, saisitte sen Te. Annoin Teidän tehtäväksenne pitää silmällä alkuasukkaita, mutta en oikeutta potkia heitä. Muistakaa se älkääkä potkaisko heitä enää tästä lähin, muuten — »

»Mitä sitten?» kysyi Lavington katsoen häneen terävästi.

»Tämä asia saa päättyä tähän» sanoi Kep päättävästi. »Menkää takasin kanssiin, ja jos Teillä toisen kerran on joitakin valituksia tehtävänä, kääntykää lähimmän päällysmiehenne puoleen.»

Lavington lähti, mutta, hänen katseensa oli niin uhkaava, että Kepple olisi säikähtänyt sitä, jos hän olisi nähnyt sen.

»Tuon miehen ei onnistu saada minua vakuutetuksi siitä, että hän on amerikkalainen,» huomautti professori. »Puhuin hänen kanssaan eilen illalla ja huomasin, että hän tietää jotensakin saman verran San Fransiskosta kuin minä Timbuktusta. Minulla matkustajana ei ole syytä sanoa mitään miehistöstä, mutta minun käsittääkseni herra Lavingtonin luonteessa on jotain kieroa.»

Professori Hudson ei ollut yksinään tuota mielipidettä.

Joyce oli nähnyt, että Lavingtonin ja Tomin välinen viha oli pitkäaikaisempi, ja vaikkei hän hyväksynytkään sitä, että Tom oli turvautunut veitseensä, asettui hän kuitenkin Tomin puolelle.

Seuraavana iltana oli Joyce vahdissa kannella. Kävi heikko tuulenhenki, ja laiva liukui hiljalleen valoisan meren pinnalla. Tom hoiti peräsintä.

»Sinä saat kiittää taivasta ja herra Keppleä, ettet joutunut rautoihin sen johdosta, mitä teit iltapäivällä,» sanoi Joyce hänelle. »Sinulla ei ollut mitään oikeutta uhata häntä veitsellä, ymmärrätkö?»

Tom katsoi perämieheen lempeine tummine silmineen ja vastasi tyynesti huonolla englanninkielellä:

»Tämä poika ei anta kukaan lyödä. Se hyvin huono mies. Olen

tietänyt sen aikaa takaperin. Hän ottanut minut kanotistani laivaan ja vienyt Queenslantiin. Sai tehdä paljon työtä.»

»Vai niin,» sanoi Joyce, »hän on siis ollut orjakauppiaana?»

»Ompi ollut,» selitti Tom ja lisäsi: »Yks' päivä tämä poika viel' lyö hänet.»

»On parasta, että odotat, kunnes pääsemme maihin.»

»Minut odottaa. Sitten koettaa.»

Tuuli parani. Joyce laittoi purjeen ja meni alas tekemään merkintöjä. Hän oli paljain jaloin ja kulki äänettömästi. »Häh!» huudahti hän hämmästyneenä, kun hän avasi oven. »Lähtekää heti täältä! — Kuka Teille on antanut luvan tänne tulla? — Ulos heti paikalla!»

Lavington tutki siellä nimittäin karttaa ja laivan suuntaa.

»Mitä tämä oikein merkitsee?» kysyi Joyce ottaen kartan Lavingtonin kädestä ja sysäten häntä ovea kohti.

»Kaikki hyvin, herra Joyce,» vastasi Lavington. »Olen nähnyt, mitä tahdoin. Valtamerensaaren tällä puolella on vaarallinen vedenalainen kari, ja minä halusin tietää, onko se merkitty laivan kartalle. Mutta sanokaa minulle, Joyce, minkätähden laivan kulkusuunta on merkitty musteella eikä lyijykynällä.»

»Sentähden ettei mikään laivahylynryöstäjä saisi muuttaa sitä,» sanoi Joyce. »Korjatkaa nyt luunne täältä pian, älkääkä tulko tänne toista kertaa, muistakaa se!».

6 KEP PANNAAN KOETUKSELLE

Samana kuutamoisena yönä alkoi Valtamerensaari näkyä. Kepple oli tyytyväinen, kun laivalla oli ollut niin suora suunta. Tyynen sään aikana oli merivirta vienyt heidät syrjään, mutta hänen laskunsa olivat olleet oikeat, sillä he kulkivat aivan saarta kohti, ikäänkuin magneettinen voima olisi heitä sinne vetänyt.

Seuraavana aamuna kierrettiin kari eteläpuolitse, ja kaikki olivat kannella, Wragg myöskin käsi sidottuna.

Kepple oli saanut kapteeni Mayhewiltä määräyksen poiketa Valtamerensaareen ja ottaa laivaan konsuliasiamies, jonka oli määrä matkustaa Sydneyhin ensi tilaisuudessa. Kuunari olisi joka tapauksessa poikennut tuohon saareen ottamaan raitista vettä, ja Wragg luuli, että siellä odotti heitä lähetys kopraa.

»Vielä lisäksi kopraa,» sanoi professori hymyillen, kun hän kuuli Wraggin puhuvan tästä mahdollisesta lastinlisäyksestä. »Kohtalo on todellakin ollut armollinen Etelämeren saaria kohtaan, kun se on antanut niille niin sopivaa vaihtotavaraa. Maailma ei koskaan saa liian paljon kopraa.»

»Se on minulle arvoitus, minne se kaikki menee,» sanoi Kep. »Jokainen laiva Tyynellämerellä näyttää olevan lastattu sillä. Mihinkä sitä oikeastaan käytetään, herra professori?»

»Katsokaas,» selitti tämä, »jokainen tonni kopraa sisältää noin kolme-, neljäsataa litraa kookosöljyä. Tämä öljy liukenee glyseriiniin ja steariiniin, josta saadaan enemmän kuin puolet koko maailman suopa- ja kynttilämäärästä. — Olen oikein iloinen sentähden, että Te aijotte laskea maihin tässä, herra Kepple,» hän alkoi tarkastellen Kepplen kaukoputkella saaren metsäisiä kukkuloita. »Olen utelias näkemään, missä kohden Valtamerensaaren asukkaat eroavat muiden Tyynenmeren saarten asukkaista.»

Juuri kun kuunari kääntyi laguuniin, Kepple huomasi, että eräs australialainen priki nimeltä Diana oli siellä aivan kylän vieressä. Hän antoi laskea ankkurin neljäntoista sylen päässä rannasta ja lähetti heti Joycen veneellä maihin. Sitten hän lähti syömään aamiaista professorin ja Wraggin kanssa.

Joyce palasi tunnin kuluttua tuoden sen tiedon, että konsuliasiamies oli kuollut noin kolme viikkoa sitten, ja että apulainen hoiti hänen tehtäviään kunnes uusi virkamies saapuisi.

Kepple antoi nyt Joycen huolehtia kopran ja muutamien palmuöljyastiain lastaamiselta.

Työ kesti pitemmän aikaa kuin Kepple oli luullut, sillä hän oli jättänyt laivan kauas reitille, joten veneiden täytyi tehdä pitkiä matkoja.

Noin tuntia ennen auringonlaskua tuuli lakkasi kokonaan. Samaan aikaan näkyi lännestä pilvi, joka kasvoi tavattoman nopeasti. Ilma oli painostavan lämmin.

Kep kulki levottomana peräkannella. »Tulee myrsky, Joyce, ja meidän on liian myöhäistä lähteä merelle. Siellä me olisimme olleet paljon paremmassa turvassa kuin tässä.»

»Minun käsittääkseni meillä ei ole mitään syytä tulla levottomiksi,» vastasi Joyce.

»Mutta minä tulen, sillä minä aijon ryhtyä valmistuksiin sen varalta,» sanoi Kep. »Menkää ja kiinnittäkää veneet huolellisesti.

Ottakaa latvamastot pois, sulkekaa kaikki luukut ja laittakaa kaikki selväksi suurimmalla kiiruulla.»

»Ymmärrän, sir.»

Tuulta ei vielä tuntunut, mutta laivaa keinuttivat kovasti suuret tasaiset mainingit. Prikistä saapui sanantuoja varottamaan, että myrsky teki tuloaan, ja neuvoi lähtemään merelle. Kepple pudisti päätään vastaten: »En ennätä. Ja minun asemani on parempi kuin Teidän. Olette liian lähellä maata. Olisi hyvä jos voisitte päästä vähän meihin päin sieltä koralliriutan luota.»

Oli kuuma kuin uunissa, ja aallot vyöryivät luotoa vastaan onnettomuutta ennustavalla pauhulla.

Pimeyden läpi kuuli Kep prikin päällikön huutavan: »Coo—ee! Mitä aijotte tehdä. Tulee suuri myrsky. Ettekö voi koettaa päästä merelle ja hinata meitä perässänne?»

»Emme», vastasi Kepple. Hän käsitti kyltti, kuinka vaarallista oli jäädä niin lähelle maata, mutta hän näki mahdottomaksi päästä sellaisessa pimeydessä. »Minä luulen voivani olla tässä. Mutta Te olette liian lähellä rantaa. Lähettäkää tänne touvi, me koetamme hinata Teidät vähän tännemmäksi!»

Kep antoi Joycen tyhjentää puolenkymmentä palmuöljyastiata keulan kylkeen. Laiva heilui niin ankarasti, että raakapuut olivat vähällä tavata veteen. Alhaalta kuului ääni, joka osotti jotakin särkyneen. Professorin hyönteiskokoelmat putosivat hyllyiltään. Lastiruumassa särkyi joukko lasitavaraa.

Kepplen avuntarjous otettiin Dianassa vastaan, ja Joyce odotti lyhty kädessä laivan laidalla prikistä tulevaa venettä, kun ankara tuulenpuuska tempasi äkkiä lyhdyn hänen kädestään.

Kuunarin peitti vesiryöppy, ja se nytkähti sellaisella voimalla, että jok'ikinen mies meni nurin.

Maalta kuului, kuinka jättiläispuut kaatuivat. Aallot vyöryivät kannen ylitse, ja ankkurivitjat pingottuivat kovasti.

Kepple tarttui Joycen olkapäähän }a huusi hänen korvaansa: »Laskekaa ankkurivitjoja vielä kymmenen syltää.»

Joyce ponnisteli Lavingtonin, Chipperfieldin ja Tomin kanssa.

»Tämä on suuremmoista» sanoi professori, joka kompuroi kannelle öljyvaatteissa. Hän otti Kepplen kädestä kiinni ja huusi: »Olen valmis tekemään, mitä käskette. Enkö voi jollakin tavalla auttaa?»

»Menkää ja katsokaa, etteivät kanaakit peloissaan hyppää mereen», sanoi Kep. »Sanokaa heille, ettei niin kauan ole mitään hätää, kun ankkurivitjat kestävät.»

Musta öljyinen aalto kohosi samassa heidän eteensä kuin vuori ja syöksyi heitä vastaan. Kep tarttui professorista kiinni ja molemmat paiskautuivat laivan laitaa vastaan. »Menkää takaisin hyttiin», huusi Kepple. Hän sai vaivaloisesti oven auki ja professorin sisään. »Olkaa varovainen ja pitäkää lujasti kiinni käsipuista.»

Sama aalto oli temmannut irti loorinkiveneen, ja Kepple koetti kiinnittää sitä uudelleen. Samassa tuli toinen aalto ja paiskasi sen mereen.

»Meidän laivamme pysyy hyvin kiinni,» ilmoitti Chipperfield. »Mutta priki on mennyt kappaleiksi, murskautunut korallisärkkää vastaan kuten lasipullo. — Kenties voimme vielä hellittää ankkurivitjoja muutaman sylen?»

»Ei», vastasi Kep. »Kiinnittäkää se vain lujasti.»

Kepple ponnisteli miehineen tuntikauden. Senjälkeen ei auttanut muu kuin odottaa myrskyn taukoamista. He eivät tietäneet, kuinka paljon kello oli, mutta he arvelivat, että se oli kymmenen, kun tuuli alkoi heikentyä ja sade lakkasi. Kepple, Joyce ja Chipperfield lähtivät nyt ottamaan selkoa siitä, mitä vaurioita oli tullut. Kokkapuu oli taittunut, ruhvin luukun ja kaksi venettä olivat aallot vieneet. Mutta mastot olivat vahvat ja runko oli vahingoittumaton. Dianasta näkyi vain muutamia kappaleita valkoista vaahtoa vasten sen ankkuripaikalla. Mutta kauempana näkyi muutamia miehiä, jotka koettelivat pysyä laudankappaleiden päällä.

»Voisimmeko auttaa heitä?» sanoi Kep Joycelle.

»Koettakaamme,» vastasi tämä. »Alihangan vene on vahingoittumaton.» Lavington, Tom ja pari muuta kanaakia — Tonga ja hänen varjonsa — laskivat sen vesille ja lähtivät Joycen johdolla pelastamaan haaksirikkoisia.

He pääsivät onnellisesti perille ja toivat Dianan jälellejääneen miehistön Nanumangaan.

»Heidän joukossaan on kaksi valkoista,» sanoi Chipperfield Kepplelle. »Aijotteko ottaa heidät mukaan? Meille olisi pari, kolme miestä hyvään tarpeeseen vai kuinka?»

»Aivan niin,» vastasi Kep, »mutta en ole vielä selvillä, mitä noiden tummaihoisten suhteen olisi tehtävä. Tuo keulassa oleva mies näyttää kiinalaiselta, eikö niin? Pitäkää Te huolta heistä, Chipp. Minä lähden katsomaan, mitä vahinkoa alhaalla on tullut.»

7 LAVINGTONIN SUUNNITELMA

Nanumanga oli koko viikon korjauksen alaisena Valtamerensaaren edustalla. Kokkapuu laitettiin eräästä Dianan raakapuusta. Dianasta saatiin muuten vähän pelastetuksi, sillä suurin osa rungosta oli mennyt pohjaan.

Miehistöstä olivat hukkuneet muut paitsi ne kuusi miestä, jotka Joyce pelasti — kaksi valkoihoista merimiestä, kiinalainen ruuanlaittaja ja kolme kiharatukkaista alkuasukasta Salomoninsaarilta.

Nämä olivat iloisia päästessään Nanumangassa Sydneyhin, ja heidän työnsä vahvisti Kepplen toivoa, että hän heistä saisi arvokkaan lisän miehistöönsä.

Kepple suuntasi nyt kulkunsa länttä kohti. Tasainen tuulenhenki kuljetti kuunaria kuumassa auringonpaisteessa, eikä moneen päivään tarvinnut kertaakaan muuttaa purjeita. Kaikki kävi niin hyvin, että Kepple toivoi voittavansa takaisin sen ajan, joka oli mennyt hukkaan Valtamerensaaren luona. Mitä hänen miehistöönsä tuli, niin se pysyi rauhallisena, vaikka se olikin kokoonpantu niin monesta toisilleen vihamielisestä kansanlajista. Vieläpä Lavingtoninkin viha Tomia kohtaan näytti lauhtuneen, eikä Lavington antanut enää mitään syytä epäluuloon. Mutta laivassa oli yksi henkilö, joka oli sitä mieltä, että Lavington sittenkin oli vaarallinen, ja se oli professori Hudson.

»Te olette varhain jalkeilla:», sanoi Chipperfield eräänä aamuna, kun hän kohtasi professorin.

»Minulla on vielä jälellä joukko valokuvalevyjä, ja minä olen utelias näkemään, millaisia silmänräpäyskuvia voi saada valtamerellä.»

Hänen pimeähuoneensa oli pienessä sopessa keittiön takana. Hän oli ollut siellä noin tunnin verran, kun hän äkkiä huomasi, että joku liikkui ohuen seinän toisella puolella. Pian sinne tuli toinenkin henkilö.

»Merkillistä, etten minä tuntenut sinua ennenkuin eilen illalla, Ned», sanoi toinen. »Mutta sinä et olekaan entisen näköinen, ja vain tuo ihokoristus rinnassasi toi mieleeni muinaiset ajat, jolloin yhdessä toimimme orjakauppiaina. Totuuden sanoakseni, luulin sinun joutuneen telkien taakse Ballaratin jutun johdosta.»

Kuului pidätettyä naurua. »Tuomio ei koskaan kohtaa minua», vastasi toinen. »Pojat eivät turhaan nimittäneet minua Elohopea-Nediksi. Mitä siihen tulee, ettet sinä tuntenut minua, niin nojaa, minä en tahtonut, että sinä olisit tuntenut minut! Enkä minä olisi ollenkaan astunut tuohon veneeseen, jos olisin tietänyt, että saisin pelastaa sinun kaltaisesi ihmisen. Mutta kuules, George Trimble, sinä et saa sanoa sitä, että sinä tunnet minut. Niin kauan kun minä olen tässä laivassa, minun nimeni on Jacob Lavington, ymmärrätkö. Jacob Lavington, kotoisin San Fransiskosta, entinen Cornucopian lastauspäällikkö!»

»Lastauspäällikkö!» toisti Trimble nauraen. »Metsäsissi ja laivahylynryöstäjä ovat nimityksiä, jotka sopivat sinulle paljon paremmin. Mitä sinä tässä laivassa teet? Sinä et ole aikonut kulkea Sydneyhin saakka, siitä minä olen varma. Sydney on sinulle liian kuuma paikka.»

»Kenties», myönsi Lavington. »Joka tapauksessa olen matkalla toisaanne päin.»

Nyt seurasi hiljaisuus, jonka aikana professori kuuli, että lamppuun kaadettiin öljyä.

»Mikä kepponen sinulla nyt on mielessä, Ned? — minä tarkoitan: Jacob?» kysyi Trimble. »Kaiketi sinä otat minut mukaan yritykseen? Minä olen valmis kaikkeen, kuten tiedät. Ja minä olen menettänyt kaikki, mitä olen omistanut, paitsi näitä ryysyjä, jotka ovat päälläni, ja olen — — —»

»Ole vaiti!» sanoi Lavington. »Sinä et olisi kadottanut mitään, jos vain sinun päälliköilläsi olisi ollut jonkunverran järkeä. Te olitte liian kaukana laguunissa. Me olisimme myös menneet lähemmäksi, jollei meillä olisi ollut laivassa meriupseeria, joka ymmärsi, kuinka oli meneteltävä. Ja tämä laiva on kyllä pelastamisen arvoinen. Tämä ei ole ollenkaan mikään huono alus.»

»Ei», myönsi Trimble, »tämä on hieno kuin huvijahti. Kuka tämän omistaa — — Jacob?»

»Tätä nykyä», vastasi Lavington hetkisen vaiti oltuaan, »tämä kuuluu eräälle liverpoolilaiselle toiminimelle. Nuori Chipperfield, joka tekee toisen perämiehen tehtäviä, on laivan omistajan poika.» — Lavington hiljensi ääntään, mutta professorilla oli hyvät korvat ja hän kuuli edelleen: »mutta minä luulen, että tämä laiva saa uuden omistajan, ennenkuin se ensi kerran laskee ankkurinsa.»

»Pyhä Jerusalem!» huudahti Trimble. »Minä en koskaan olisi tullut ajatelleeksi sellaista, kun se purjehtii upseerin johdolla. Mutta sinä voit luottaa minuun, Ned — — — minä tarkoitan Jacob! Sekä kolmeen salomoninsaarelaiseeni ja Barney Stretchiin.»

»Se on hyvä se, George», sanoi Lavington. »Pidä nyt kielesi kurissa siihen saakka, kunnes Salomoninsaaret alkavat näkyä. Sitten saat tietää, millainen on suunnitelmani. Mutta pidä kaikkialla silmäsi auki. Joyce heittiö on nuuskinut jälkiäni hermostuttavalla tavalla, ja tuo vanha kärpästenpyydystäjä näkee mutkallisine silmälaseilleen enemmän kuin kaksi muuta yhteensä.»

Aamiaisen aikana samana päivänä professori Hudson oli entistä miettivämpi ja vaiteliaampi. Hän otti lautaselleen marmelaadia sinapin asemesta, ja useamman kerran hänen katseensa näytti kohdistuneen kiväriin, joka oli kaapissa häntä vastapäätä. Ja kun Kepple huomautti, että tuuli heikkeni, hän vastasi vain yskimällä.

»Teillä on tänään huono ruokahalu», huomautti Kepple leikkisästi. »Minä luulen, ettei Teille tee hyvää se, että Te nousette aamuisin niin varhain ylös.» —

»Lyötte kirveenne kiveen, nuori ystäväni», vastasi professori. »Tosiasia on, että minä olen hermostunut. Levyjen kävi hullusti kaiken sen vaivan jälkeen, mikä minulla oli niiden järjestämisessä Valtamerensaarella. Se harmittaa minua, herra Kepple, eikä tuota juuri mitään lohdutusta se tieto, että uusia voin saada vasta Fijisaarilta.»

»Fijisaarilta?» huudahti Kep. »Mutta emmehän me mene edes niitä lähellekään! Meidän tiemme kulkee Korallimeren kautta, Santa Caruzin- ja Salomoninsaarten välitse.»

»Minä kuulen sen», lausui professori. »Mutta minä ajattelen, että Teillä on oikeus muuttaa suuntaamme asianhaarain mukaan, ja jos minä olisin Teidän asemassanne, tekisin sen heti ja lähtisin suoraan Fijiin. Salomoninsaaret ovat pahin paikka, mitä on maapallollamme, ja — — —»

Hän keskeytti puheensa kuullessaan askeleiden äänen ylhäältä kannelta, ja hänen kätensä haki taskusta revolveria. »Tuolla ylhäällä on joku hätä», sanoi hän. »Minä lähden katsomaan.»

Kun hän pääsi portaille, kuuli hän huudon: »Katso purjetta, ohoi!»

Kep tuli heti hänen perästään ja näki Lavingtonin katselevan perämiehen kaukoputkella.

Lavington alkoi heti hoiperrella taaksepäin ja pudotti kaukoputken. Hän oli säikähtyneen näköinen, hänen ruskeat kasvonsa tulivat harmaiksi ja hän hapuili laitapuuta saadakseen siitä tukea.

8 VIHERIÄINEN LAIVA

Oli purjehdittu monta päivää näkemättä edes pienintäkään koralli-saarta, joka olisi tuonut vaihtelua, ja vaikkakin kaukaa näkyvä purje oli omiaan herättämään huomaavaisuutta, oli Lavingtonin käyttäy-tyminen kuitenkin selittämätöntä ja sai olettamaan, että vastaan-tuleva laiva synnytti hänessä pelkoa.

Kepple ei nähnyt muuta, kuin että Lavington sattumalta pu-dotti kaukoputken. Ja sitten hänen kasvonsa olivat saaneet jälleen luonnollisen ruskean värinsä, ja hän pyysi anteeksi, että hän oli käyttänyt kaukoputkea, jota hänen ei ollut lupa ottaa paikaltaan.

Kepple otti kaukoputken ja katsoi samaan suuntaan, jonne La-vington oli katsellut. Hän ei nähnyt mitään erityistä. Lavington tuli hänen luokseen, katsoi hänen olkapäänsä yli ja sanoi:

»Luulen, että katsotte liian kauas: Ehkä tahdotte katsoa lähem-mäksi.»

Sitten hän meni takaisin peräsimeen, jonka hän oli jättänyt.

»Nyt näen sen», huudahti Kepple, kun hän näki jotain noin viidentoista kilometrin päässä vasemmalla puolella. »Näen valkean purjeen, mutta sieltä ei tule laivaan, vaan hylätty laivahylky.»

Professori oli hakenut toisen kaukoputken, ja he tarkastelivat nyt huomaavaisina laivahylkyä, joka avuttomana kellui loistavalla merenpinnalla.

Sen viheliäinen alihanka oli puoleksi sotkeutuneen taklauksen peitossa. Veneet olivat poissa ja kannella oli sadottain valkoisia merilintuja. Eräässä raakapuussa riippui likainen riepu.

»Minä katson, mikä sen nimi on», sanoi professori.

»Se on ollut taklattu prikiksi», sanoi Kepple. »Vai mitä Te luulette, Joyce? Oletteko katsonut sitä?»

»Olen, sir», vastasi Joyce. »Muodosta päättäen se on ollut priki. Sen on yllättänyt sama myrsky, jonka käsissä me olimme Valtamerensaaren luona. Laivassa ei ole ketään. Miehistö lienee mennyt veneisiin, mutta näillä tienoilla on paljon haikaloja. Lähetämmekö veneen ottamaan siitä lähempää selkoa?»

»Ehkä, kun tulemme vähän lähemmäksi», vastasi Kep. »Oletteko varma siitä, ettei laivassa ole ketään?»

Joyce kohautti olkapäitään. »Ei ainakaan ketään näy. Jos siellä joitakin olisi, olisi heidän pitänyt jo huomata meidät ja antaa jonkunlainen merkki.»

»Ei ole ollenkaan varmaa, että he ovat huomanneet meidät, jollei heistä kukaan ole ollut tähystämässä», sanoi Kepple. »Ampukaa yksi tyhjä laukaus toisella kuusinaulaisella, niin saamme nähdä. Missä on herra Chipperfield?»

Vastaukseksi Joyce osotti prammitankoa, jossa Chipperfield seisoi käsivarsi maston ympäri. Sillä aikaa kun Joyce latasi kanuunaa, laskeutui Chipperfield alas ja meni Keppien luo.

»Oli onni, ettemme kulkeneet tuota kohti yöllä, kun tuuli tyyntyi», sanoi hän. »Aijotteko antaa ampua yhden laukauksen sitä kohti?»

»En ennen, ennenkuin joku on ollut siellä ja tutkinut sen», vastasi Kep. »Annamme vain merkin nähdäksemme, onko siellä ketään, jota en muuten luule. Minusta näyttää, että se on ajelehtinut jo kuukausimääriä, koska sen ympärillä on niin paljon meriruohoa.»

»Tuolla meriruoholla ei ole suuria edellytyksiä kasvaa kovassa tuulessa», huomautti professori. »Minä luulen, että se on ollut tuossa tyynessä paikassa sen aikaa, kuin me olemme tulleet Valtamerensaarilta. Me olemme kulkeneet etelään, ja minä luulen, että me olemme jättäneet tuulialueen ja joutuneet ikuiseen tuulettomuuteen.»

Lavington, joka oli jättänyt tarpeettomaksi käyneen peräsinpyörän, tuli myös katselemaan hylkyä. Koko miehistö oli peräkannella lukuunottamatta keulan kanaakeja ja kiinalaista ruuanlaittajaa, joka oli kiivennyt kansihytin katolle. Kun Lavington huomasi, että kaikki valkoihoiset olivat kanuunan ympärillä, meni hän hiljaa ylähangan puolelle ja kiipesi alas kajuuttaan. Professori näki hänet vilaukselta, kun hän meni ovesta sisään. Lavington hiipi äänettömästi portaita alas ja tarjoiluhuoneen ohi salonkiin. Hän epäili hetkisen, kun hän näki varjon kulkevan aamiaispöydän valkealla pöytäliinalla, ja kuunteli kannelta kuuluvaa puheensorinaa. Hän ei ollut koskaan ollut siellä alhaalla, ja sentähden hän tarkasteli huolellisesti ympärilleen. Eräästä auki olevasta ovesta hän näki eräällä hyllyllä rivin valokuvia. Sängyssä oli kadettilakki ja vyö. Muut ovet olivat kiinni paitsi yksi, jota kohti hän nyt suuntasi äänettömän kulkunsa. Hän näki kaapin, jossa oli pyssyjä ja revolvereja. Hänen silmänsä loistivat, ja hän otti yhden revolverin. Se ei ollut ladattu. Hän katsoi ympärilleen, avasi erään laatikon ja löysi sieltä patroonarasian. Hän otti varovasti kuusi patroonaa, latasi revolverin ja aikoi juuri pistää sen taskuunsa, kun hänen ranteeseensa tarttuu lujasti laiha, mutta jäntevä käsi.

»Minä luulen Teidän suostuvan siihen, että panette tuon aseen samaan paikkaan, josta sen otitte», sanoi professori tyynesti. »Minä en luule tässä laivassa tarvittavan ampuma-asetta. Ja tuossa toisessa

— laivahylyssä, jota me juuri olemme katselleet kaukoputkillamme
— ei myöskään kaikesta päättäen ole mitään merirosvoja.»

Lavington säikähti. Kun hän kääntyi ympäri, kosketti hänen oikea poskensa kylmää terästä, ja hän näki professorilla yhtä vaarallisen aseen kuin se, jota hän itse piteli epävarmasti kiinniotetussa kädessään. Professori teki samassa nopean liikkeen, ja revolveri putosi Lavingtonin kädestä lattialle.

»Minä luulen, ettei laivamiesten ole lupa tulla tänne, ja että Te olette kulkenut harhaan», jatkoi professori.

»Neuvon Teitä sentähden heti lähtemään täältä. Minä toivon, ettei Teillä ole mitään tätä neuvoani vastaan. Hyvästi!»

Sanaakaan sanomatta, mutta uhkaavan näköisenä lähti Lavington tiehensä, mutisten: »kirottu yankee!»

Samassa kuului kanuunanlaukaus, joka karkotti tuhatlukuisen lintulauman lentoon laivahylystä. Kep tarkasteli sitä kaukoputkellaan ja Chipperfield ilman, mutta mitään vastamerkkiä ei annettu.

»Menkää minun hyttiini ja tuokaa sieltä suuri kaukoputkeni, Chip», käski Kep.

Chip meni alas ja tapasi professorin kiertelemässä asekaapin avainta.

»Sanokaa, Chip, aikooko herra Kepple lähettää veneen tutkimaan laivahylkyä», kysyi professori pistäen avaimen taskuunsa ja ottaen pöydältä sikarin.

»En tiedä», vastasi Chip ja otti kaukoputken.

»Jos laivassa on joku lähettää hän sen kyllä, vaikka se ottaakin aikaa. Meillä pitäisi olla pieni höyryvene, herra professori! Vaikkei siellä olisikaan ketään ihmistä, voisi sieltä mahdollisesti pelastaa arvokasta tavaraa.»

»Tietysti», sanoi professori ja seurasi häntä kannelle. »Mutta minä toivon, ettei herra Kepple lähetä venettä. Ajatelkaas, jos nousisi tuuli eikä vene pääsisikään enää koskaan takaisin.»

Chip ei kuunnellut enää professorin puhetta, vaan juoksi Kepplen luo. Professori poltteli rauhallisena sikariansa ja haki Lavingtonia ympäri laivaa.

Tämä oli peräkannella, jossa Joyce ja Trimble antoivat merkkejä. Joyce laittoi juuri järjestykseen B-yhdistelmää. Hän pyysi Trimbleä hakemaan lipun kattoikkunalta, ja molemmat miehet juoksivat samalla kertaa sitä hakemaan.

He viipyivät kauemmin, kuin olisi ollut tarpeellista, ja professori näki, että Lavington kuiskasi jotakin Trimblelle, joka taas vastasi.

Kepple saapui samassa paikalle ja sanoi: »Te teette turhaa työtä. Siellä ei ole ketään. Mutta minä olen nähnyt sen nimen. Se on Coo—ee. Luulen sen olevan Australiasta.»

9 NEUVOTTELU

Kun Kepple puhui, hän katsoi sävyisästi Lavingtoniin muistellen heidän ensimäistä kohtaustaan autiolla saarella.

Lavington säpsähti. Hän veti henkeään ja vei kätensä kostealle otsalleen.

»Coo-ee!» toisti Wragg. »Sen täytyy olla saman laivan, joka oli kerran vieressämme Sydneyn satamassa muutama vuosi sitten. Se oli ollut helmenpyynnissä, mutta oli silloin myytävänä ja tuskin polttopuuksi kelpaava. Sillä näytti olleen pelottavan huono onni.»

Kepple kääntyi Chipperfieldin puoleen lausuen:

»Ilmoittakaa minulle, jos näette jonkun signaalin tai tuulenmerkin. Ja lähettäkää Tom ja mauri siivoomaan hyttini.»

Jacob Lavington käveli koko aamupäivän kannella tai loikoili kanssissa, pitäen salaa silmällä professoria ja Keppleä, kun jompikumpi näistä tuli näkyviin. Hän oli utelias tietämään, oliko professori ilmoittanut Kepille revolverijutun.

Mutta kun hän katsoi peräkannelle, näki hän professorin istuvan kaikessa rauhassa nojatuolissaan, lukevan ja tekevän muistiinpanoja, eikä Kepplen kasvojen ilmeet osottaneet hänen saaneen kuulla mitään tavatonta. Joyce, jonka kanssa professori oli erittäin hyvissä väleissä, käveli kannella Wraggin kanssa, samalla aikaa kun Chipperfield valvoi loppumatonta puhdistustyötä.

Kuunarista tuli hieno kuin sotalaiva, ja Joycesta sanottiin, että jos joku solmu oli huonosti tehty tai joku hela kiillottamatta, hän ei saanut rauhaa, ennenkuin oli tehty kuten hän tahtoi.

Työ keskeytyi kuitenkin silloin tällöin hetkeksi, sentähden että katseltiin laivahylkyä. Ehkä heitä olisi hämmästyttänyt, vaikka se olisi äkkiä täysin purjein mennyt heidän ohitsensa kuten »Lentävä hollantilainen.»

Oli aivan tyyni. Nanumangan ympärillä kierteli joukko vastenmielisen näköisiä maneetteja, ja meren pinnalle nousi syvyydestä kummallisia matelijoita katsellen himmeine silmineen aurinkoon päin. Miehet liikkuivat laivassa hitaasti tohvelit jalassa suojana polttavaa laivankantta ja tervaa vastaan, joka kiehui saumoissa. He loikoivat laiskoina liikkumattomien purjeiden siimeksessä, josta he poistuivat vain vilvotellakseen vesitynnyrissä tai puolipimeässä kanssissa.

Kaikkialla vallitsi äänettömyys, jonka keskeytti vain rotan vikinä lastiruumassa tai kiinalaisen ruuanlaittajan kolina keittiössä. Chin-chin oli todellakin miehistöstä ainoa, jonka täytyi tehdä työtä.

Sellaisen kuumuuden vallitessa ei voitu lähettää venettä tutkimaan laivahylkyä, sillä se oli vielä viiden meripenikulman päässä. Tuskin edes kanaakitkaan, jotka olivat tottuneet troopillisen auringon polttaviin säteihin, olisivat halunneet niin vaivaloiselle ja kaikesta päättäen turhalle matkalle. Sitäpaitsi näytti siltä, että laivahylky vähitellen läheni.

Puolenpäivän aikana tuli Kep takaisin kannelle ja huomasi välimatkan todellakin pienentyneen.

»Voisimme lähettää veneen sinne auringon laskettua», sanoi hän Wraggille. »Silloin on viileämpää, ja saamme kuutamon. Toivoisin vaan, että Pingvin olisi täällä. Saisimme erinomaisen maalitaulun.»

Wragg ja Chipperfield söivät sinä päivänä murkinan yhdessä Kepin ja professorin kanssa. Tom oli tarjoilijana. Kep oli vähän ärtyinen. Tottuneena sotalaivan mukavuuksiin, häntä alkoi ikävystyttää olo purjelaivassa, joka tyynellä ilmalla oli aivan avuton.»Että meidän pitikin joutua tähän tuulettomuuteen!» hän lausui tuskaillen.»Ja näyttää siltä, että saamme tässä ollakin pitkän aikaa!»

»Jos olisimme jatkaneet matkaamme lounatta kohti, emme olisi joutuneet tähän tuulettomuuteen», sanoi professori.

»Ja antaneet Teille tilaisuuden tutkia Fijisaarten antropologiaa», huomautti Kepple.

»Emmekä olisi joutuneet Salomoninsaarten läheisyyteen», jatkoi professori.»Suokaa anteeksi, herra Kepple, mutta minä en juuri ikävöi Salomoninsaaria. Toivoisin pääseväni suorinta tietä Sydneyhin, jossa on osa kokoelmiani».

»Mutta me emme mene maihin Salornoninsaaristossa», sanoi Kep, »joten Teidän ei tarvitse pelätä, että joudutte mustanahkojen ruuaksi.»

Professori joi lasin kookosmaitoa ja lausui:

»En pelkää tulevani jälkiruokana tarjottavaksi joillakin ihmissyöjäin päivällisillä. Mutta minä olen ravannut pitää luennon Chicagon antropologiselle seuralle ja tahtoisin olla täsmällinen.»

»Syynä siihen, että ehdotan toisen tien», hän jatkoi banaania kuorien, »on se, että minä olen asiain ja tapahtumain merkillepanija, ja tällä matkalla olen kaikessa hiljaisuudessa harjottanut tätä kykyäni, jonka luonto on minulle hyväntahtoisesti lahjoittanut vastapainoksi nimelleni Hercules. Minä olen tehnyt huomioita, herra Kepple, erinäisiä huomioita.»

Hän katsoi ylös, kun kattoikkunaan ilmestyi varjo, ja oli vaiti, kunnes hän näki Joycen sinisen kauluksen ja valkoisen mekon. Hän pitensi vaitioloaan, kunnes Tom oli tarjonnut kahvin, ja sitten hän jatkoi:»Tässä laivassa on tekeillä sellaista, mikä Teidän pitäisi tietää, herra Kepple. Sanoakseni ajatukseni merimiesten tavalla, me purjehdimme matalassa vedessä».

»Kuinka niin?», sanoi Kep hämmästyneenä. »Teimme mittauksia tänä aamuna ja huomasimme näillä tienoilla olevan vettä viidentoista sylen syvyydellä».

Professori sytytti sikarin ja jatkoi:»Minä puhun vertauksellisesti, mutta voin sanoa sanottavani selvemminkin. On tosiasia, että ainakin yksi laivamiehistä on saanut päähänsä, että tämän laivan olisi aika saada toinen omistaja, ja tutkittuaan Teidän karttojanne hän on tehnyt suunnitelman päästäkseen päällystöstä ja ottaakseen laivan haltuunsa heti, kun Salomoninsaaret alkavat näkyä. Sikäläiset alkuasukkaat ovat hänen kannattajiaan. Aikooko hän lahjoittaa heille laivan tai miehistön tai tehdä meille jotakin vielä pahempaa, sitä en tiedä, mutta sen minä tiedän, että hän aikoo ottaa ohjakset käsiinsä Nanumangassa».

Kepple katsoi professoria, ikäänkuin hän olisi luullut tämän saaneen auringonpiston.

»Nanumanga on minun päällikkyyteni alainen», vastasi hän, »ja tapahtukoon mitä tahansa, se kulkee suunniteltua tietään. Minä arvaan, että tarkoitatte herra Jacob Lavingtonia. Hän ei voi saada mitään sellaista aikaan, vaikka tahtoisikin».

»Se ilahuttaa minua», jatkoi professori. »On rauhoittavaa, että me purjehdimme Hänen Majesteettinsa laivaston upseerin turvissa.»

Wragg katsoi vuorotellen professoria ja Keppleä ja lausui:

»En tiedä, minäkin vähän epäilen Lavingtonia». Samalla hän nousi pöydästä ja meni asekaapin luo.

»Se on lukossa», sanoi professori ja puhalti suuren suuren savupilven.

»Kuka sen lukitsi?» kysyi Kepple säikähtyneenä.

»Minä», vastasi professori tyynesti. »Se on tavallaan varovaisuustoimenpide».

»Tarpeeton sekaantuminen», huomautti Kepple.

»Minä myönnän sen, sir», sanoi professori tyynesti. »Kun minä olen vain matkustaja, ei minulla ole sen kanssa mitään tekemistä. Minä huomaan, että minun olisi pitänyt antaa sen miehen ottaa mukaansa revolveri patroonineen, panematta rikkaa ristiin?»

Kepple hypähti seisoalleen. »Tarkoitatteko, että joku laivamiehistä on ollut täällä ja aikonut ottaa täältä revolverin?» kysyi hän kiivaasti.

Professori imi sikanaan muutaman kerran ja jatkoi: »Hän latasi sen huomattavalla huolellisuudella, sir. En luule hänen pidolleen ampuma-asetta ensi kertaa. Mutta, matkustajan kannalta asiata katsoen, en voi kuitenkaan sanoa, että hän olisi rikoksen tehnyt. Minä tein joka tapauksessa hänelle pienen huomautuksen, eikä hän ottanut asetta mukaansa, kun hän lähti. Minä luulen olevan parasta, että Te otatte tämän avaimen pöydän ylitse».

»Kiitos, herra professori, sanoi Kepple, »paljon kiitoksia. Pidän Lavingtonia silmällä. Luulen kuitenkin olevan parasta, että hän luulee, etten minä tiedä mitään asiasta».

»Minun mielestäni olisi joka tapauksessa syytä mainita asiasta Joycelle», sanoi professori. Hän on tyypillisin sinitakkinen englantilainen, mitä olen matkoillani nähnyt. Hän on suurenmoinen».

Joyce saapui samassa kajuuttaan naputettuaan ovelle, ja seisoi hypistellen lakkiaan.

»Suokaa anteeksi, että tunkeudun tänne. Mutta luulen Teidän tahtovan tietää, sir, että laivahylystä näkyy jonkunlainen signaali».

»Signaali?», huudahti Kepple. »Siellä on siis joku — elossa?» »Niin luulen, sir. Se on vain joku riepu. Kenties se on ollut siinä ennenkin, mutta en ole sitä huomannut ennenkuin nyt, kun rohkenin katsoa Teidän kaukoputkellanne.»

Martin Chipperfield otti hattunsa tuolin alta ja lausui: »Sieltä ei näkynyt mitään sellaista merkkiä, kun minä katsoin».

»Minkä näköinen se on?»

»Juuri se saattaa minut levottomaksi», vastasi Joyce ja katsoi kadettiin. »Se on keltainen riepu».

»Varoitusmerkki», lausui professori, »siis ruttoa».

»Tämä saattaa meidät vaikeaan asemaan», sanoi Kepple. »Siellä on laiva hädässä Tyynenmeren keskellä, me täällä niiden varottamina, jotka meidän pitäisi pelastaa».

»Se naula vetää», sanoi professori. »Amerikan Yhdysvaltain alamaisena olen aina ihaillut sitä uhrautuvaa rohkeutta, joka on Teidän maanmiehillenne ominaista. He ovat saattaneet virua siellä kuukausimääriä sairastaen keltakuumetta, koleraa tai keripukkia. He tarvitsevat lääkärinapua. Kenties he kärsivät lisäksi ruoan puutetta; vettä heiltä aivan varmaan puuttuu. Mutta joka tapauksessa tuo keltainen riepu tahtoo sanoa: »Älkää tulko tänne, hyvät ihmiset! Me tarvitsisimme vähän apua, mutta Teidän tähtenne me emme tahdo sitä. Antakaa meidän kuolla rauhassa. Älkää missään tapauksessa tulko tänne, vaan menkää ohi. Se on todellakin suurenmoisesti tehty, herra Kepple, se on oikein englantilaista».

»Ottakaa pieni valaanpyyntivene», sanoi Kepple Joycelle kuuntelematta professorin puhetta. »Ottakaa mukaan astia vettä — parasta nritä meillä on — sairaille sopivaa ruokaa, lääkelaatikko ja puhdistusaparaatti. Älkää unohtako lyhtyjä, ja — synti, ettei meillä ole sen vertaa pumpuliruutia, että voisimme räjäyttää sen ilmaan, sitten kun haaksirikkoiset on siitä pelastettu. Mutta kaiketi me saamme sen jollain tavoin upotetuksi. Ottakaa työaseita mukaan, vaikka ne ovatkin ruostuneet».

»Ettehän toki itse aijo lähteä tälle matkalle sir?» sanoi Joyce.

»Miksi en? En voi käskeä sinne ketään muuta?»

»Pyydän saada huomauttaa», sanoi Joyce, »ettei ole tavallista, että kapteeni jättää laivansa tällaisissa tapauksissa».

Martin Chipperfield kääntyi Kepplen puoleen lausuen:

»Luulen, että tällaiset tehtävät kuuluvat toiselle perämiehelle. Olen valmis matkalle, heti kun vene on vesillä».

»Ehkä minä saan seurata mukana, Chip», sanoi professori, »En ole tosin mikään lääkäri, mutta tunnen sentään useampia kuuman vyöhykkeen tauteja. Minussa itsessäni ovat olleet ne miltei kaikki, ja minä luulen, että minun luinen ruumiini kestää kaikki basillit».

Hän seurasi toisten mukana kannelle. Kun Kepple oli tullut vakuutetuksi siitä, että merkki todellakin näkyi, professori astui hänen luokseen sanoen:

»Poika tahtoo tehdä tämän matkan, ja on parempi, että hän menee, kuin se, että Te lähtisitte».

»En ymmärrä, minkä tähden», vastasi Kep.

»Chip ymmärtää sen», sanoi professori. »Hän on teräväpäinen poika. Hän käsittää, että jos jätätte laivan, annatte Lavingtonille valtit käteen. Herra Kepple, minä tunnen sen miehen perinpohjin ja olen valmis lyömään vetoa siitä, että jos astutte tuohon veneeseen ja jätätte hänet tänne, ette enää koskaan eikä kukaan muukaan tuosta veneestä astu jalkaansa tämän laivan kannelle.»

»Se on naurettavaa», sanoi Kepple, »aivan lapsellista».

»Älkää olko niin varma asiasta», sanoi professori pidätetyllä kiivaudella. »Se mies on aika veijari. Sanoin äsken, että me purjehdimme matalassa vedessä, ja nyt minä voin sanoa, että kaikki riippuu siitä, mitä teette viiden minutin kuluessa. Vaiti, hän tulee tuolta», lisäsi hän hiljaa, »Hän on pitänyt meitä silmällä».

10 KADONNUT NIMI

Jacob Lavington kulki yli kannen aivan välinpitämättömän näköisenä niiden valmistelujen suhteen, joita tehtiin laivahylkyyn lähtöä varten, mutta hän katsahti useasti salavihkaa Keppleen ja professoriin, joiden hän arvasi puhuvan hänestä.

Hän lähestyi heitä, mutta ei saanut selvää siitä, mitä he puhuivat, kun he tiesivät hänen kuuntelevan heidän keskusteluaan.

» — — ovat korkeammat ilmakerrokset tutkimattomat», sanoi professori. »Kuten juuri huomautin, ei nopeuden ja painon välistä suhdetta vielä voi pitää lopullisesti ratkaistuna. Mutta minä varmaankin ikävystytän Teitä!»

Lavingtonilta pääsi helpotuksen huokaus, kun hän vetäytyi syrjään siinä uskossa, ettei hänen tarvinnut vähääkään pelätä tuota pientä tiedemiestä. Vakuutettuna siitä, ettei häntä epäilty, hän meni miesten luo, jotka laittoivat venettä kuntoon. Joyce käski hänen ottaa osaa valmistuksiin, ja hän alkoi nostella veneeseen matkaa varten kannelle varattuja tavaroita.

Kepple tarkasteli häntä jonkun matkan päästä. Kumartuessaan lyhtejä ottamaan Lavington sanoi sävyisästi: »Kenties olisi syytä ottaa kompassi mukaan, sir?»

Kepple katsoi häneen hämmästyneenä. »Mitä varten? Tuskinpa sitä tarvittaneen.

»Ei voi koskaan edeltäpäin mitään tietää», sanoi Lavington. »Santtaisi tulla sumua tai myrsky ja erottaa meidät. Ei ole koskaan

vahingoksi, jos on varovainen. Laivuri, jonka kanssa minä purjeh-
din, ei koskaan lähtenyt merelle varustamatta venettään kuin vii-
meistä matkaa varten. Hän otti merikortin mukaan. Minä en epäile,
että voisitte kulkea Tyynenmeren poikki ilman kompassia ja meri-
korttia, mutta minä ajattelin vaan, kuinka huonosti Teille voisi käy-
dä».

Kun hän puhui, oli hänen silmissään ilkeä kiilto.

»Teidän ei tarvitse olla levoton minun suhteeni», sanoi Kep.
»Minä en aijo ollenkaan lähteä mukaan».

»Mitä?» Lavington säpsähti ja näytti pettyneeltä. »Minä luulin,
että olisitte lähtenyt itse mukaan. Joku sanoi niin — se oli varmaan
Joyce. Mutta sitte on asianlaita aivan toinen.» Samassa hän meni
ikäänkuin sattumalta Trimblen luo, ja Chipperfield kuuli hänen sa-
novan: »Ei tule mitään. — Hän ei lähde itse mukaan.»

»Enkö minä jo sanonut sinulle, ettei hän itse lähde», huusi
Trimble.

Vene laskettiin hitaasti vesille, sillä kuumuus teki miehistön
veltoksi, ja Kepple tiesi, kuinka vastenmielisesti Etelämeren saarten
asukkaat työskentelevät auringonpaisteessa. Hän ei ollut muuten
läheskään varma siitä, että hän menetteli oikein. Onhan vaarallista
mennä laivahylkyyn, jonka oletettiin olevan jonkun kamalan taudin
saastuttaman, joka saattoi tarttua hänen omaan miehistöönsäkin.
Mutta toiselta puolen oli hänen velvollisuutensa lähettää pikaista
apua noille onnettomille. Hän ei kadottanut hetkeksikään tätä mie-
lestään.

Mutta sitäpaitsi hänen piti suojella Nanumangaa sitä vaaraa
vastaan, jonka professori kuvitteli uhkaavan.

Kepple ei pelännyt Lavingtonia, vaikka tämä oli koettanut revolverinkin varastaa. Mutta kuitenkin hän huomasi, ettei Lavingtoniin voinut luottaa, ja hänen ensimäinen velvollisuutensa oli suojella Nanumangaa salavehkeiltä.

»Ei, Joyce, Te jäätte laivaan», sanoi Kep sentähden, kun Joyce tahtoi astua veneeseen. »Chipperfield saa veneen päällikkyyden ja itse valita sen miehistön. Professori Hudson lähtee hänen kerallaan.»

»All right, sir», vastasi Joyce.

Kun vene oli valmiina ja Chipperfield kääntyi ympäri väkeä valitakseen, tuli Lavington Kepplen luo ja sanoi: »Kuulin juuri, että tuo laivanhylky. tuolla on ruton saastuttama. Eikö ole sangen uskallettua, sir, lähettää sinne niin monta miestä?»

Siihen saakka ei oltu lausuttu sanaakaan hytin ulkopuolella siitä, että tuo keltainen merkki tarkoitti sellaista. Kep ihmetteli, mistä Lavington oli saanut tuon ajatuksen, ja vastasi lyhyesti:

»Se on minun asiani. Te voitte luottaa siihen, että minä olen ryhtynyt tarpeellisiin varokeinoihin.»

»Täydellisesti», vastasi Lavington. »Mutta minä ajattelin ehdottaa, että olisin mennyt sinne yksin pienellä veneellä. Minä voisin desinfisioida itseni, ennenkuin tulen laivaan takaisin. Olisi vähemmän vaarallista, jos yksi lähtisi.»

Kep hämmästyi miehen harvinaista ja odottamatonta rohkeutta ja tuumi, mistä se johtui. Oliko Lavingtonilla joku salainen syy koettaa päästä yksin laivahylkyyn?

»Ehdotuksenne on sangen kaunis», sanoi Kep. »Mutta ette näy ajattelevan sitä, että voisi tulla sumu tai myrsky. Voisitte jäädä sille matkalle, eikö niin?»

Lavington tuli entistä punasemmaksi, kun Kepple käytti hänen omia sanojaan häntä vastaan, mutta hän vastasi terävästi: »Olen varma siitä, että pitäisitte huolen minusta, sir.»

»Valaanpyyntivene on jo valmiina, ja sitäpaitsi täytyy vastuunalaisen päällikön olla mukana», vastasi Kep, joka oli päättänyt tehdä tyhjiksi kaikki Lavingtonin suunnitelmat, olivatpa ne millaiset tahansa.

»Ette voi missään tapauksessa saada siihen täyttä miehistöä», vastasi Lavington. »Kanaakit ovat saaneet vihiä rutosta. Te voitte itse nähdä, kuinka he nyt ovat piilossa.»

Kepple huomasi, että tämä oli totta, ja rypisti otsaansa.

»Jollei Teillä ole mitään sitä vastaan, lähden minä yhdeksi, esitti Lavington. Näytti siltä, että hän kaikesta vaarasta huolimatta tahtoi päästä laivahylkyyn.

Mutta Kepple ei ottanut huomioon tätä hänen salattua intoaan. »Minulla ei ole mitään sitä vastaan», vastasi hän heti. Oikeastaan tuo ehdotus oli hänelle hyvin mieluinen.

Chipperfield oli myös huomannut, että monet alkuasukkaat olivat piiloutuneet. Hän kääntyi Tongan puoleen, joka seisoi lähellä varjoineen.

»Sinä tulet mukaan?» Tonga katsoi toveriinsa ja vastasi: »Minua ei mukaan. Toveri pelkää. Paljon haikaloja, paljon tautia. Aijon jäädä tänne.»

Chip kääntyi nyt Tomin puoleen. »Sinä tulet mukaan?»

»Minä mukaan. Minä väkevä. Minä soudan, tapan hain», vastasi Tom.

»Minä myös», sanoi pitkä mauri. »Minä ei pelkää.»

»Liehakko!» huusi Chip pikimustalle olennolle, joka istui kanssissa.

Liehakko oli täysverinen neekeri Kalaharin rannikolta. Professori oli antanut hänelle tuon nimen, kun hän oli nähnyt hänen eräänä päivänä puhdistavan heloja nauraen ja jutellen oman kuvansa kanssa, jonka hän näki metallista. Nimi sopi hänelle hyvin, sillä hän nauroi alinomaa, niin että hänen valkoiset hampaansa näkyivät. Ne loistivat nytkin, kun hän nousi ja tuli esille.

»Minä tuima soutamaan», sanoi hän nauraen ja astui veneeseen molempien kanaakien ja Lavingtonin seuraamana.

»Pitäkää silmällä Lavingtonia», sanoi Kep Chtpille, kun tämä tuli kajuutasta tuoden professorin auringonvalon. »Ja pistäkää tämä taskuunne.» Hän oli antanut Chipille täydelliset ohjeet ja ojensi hänelle nyt pienen revolverin. Chip kätki sen nenäliinaansa ja astui veneeseen.

Professori istui suuren auringonvalonsa alla ja huiskutti Kepille ja Joycelle, jotka seisoivat kannella ja katselivat, kun vene liukui tasaisesti tyynellä merenpinnalla. Hän ihaili sitä näkyä, jonka valkea kuunari synnytti, istui sitten pitkän aikaa vaiti, mutta senjälkeen hän otti esille kynänsä ja kirjoitti jotakin paperilapulle, jonka hän antoi Chipperfieldille. Chip luki sen, puristi kokoon ja viskasi mereen.

»Katsokaas tuota», sanoi professori äkkiä ja osotti vesisuihkua, jonka valas synnytti.

Soutajat lakkasivat soutamasta ia katsoivat osotettuun suuntaan, mutta Chipperfield kääntyi ympäri ja katsoi kuunaria.

»Olette oikeassa», kuiskasi hän.

»Niin luulen», vastasi professori, joka vielä katseli suihkua, joka kohosi korkealle valaan pään päällä.

Hän oli kirjoittanut: »Tarkastakaa kuunaria, kun minä käännän heidän huomionsa toisaanne. Silmäni pettävät, jollei ole maalattu peittoon sen nimeä, joka oli keulankyljessä, kansiveneessä ja poijuissa. Lavingtonin työtä!»

11 KUMMITUSLAIVA

»Minusta ei ole ollenkaan merkillistä, että tuo valas on tullut näille tienoille», sanoi professori välinpitämättömästi. »Se on toivonut saavansa täältä runsaasti ravintoa, eikä se ole erehtynytkään. Meri on todellakin eläviä olioita täynnä.»

»Minä olen laskenut seitsemänkymmentäkolme haikalaa; laivasta lähdettyä», sanoi Chip.

Miltei joka aironvedolla tuli näkyviin maneetti, ja airoihin karttui meriruohoa.

Joka neljännestunnin kuluttua Chip antoi miesten levätä. Hän ohjasi venettä suoraan laivahylkyä kohti, mutta hän huomasi, että sitä painoi hiukan syrjään heikko virta, joka ei näyttänyt jaksavan liikuttaa raskasta laivaa.

He olivat olleet matkalla noin tunnin, ennenkuin he pääsivät puoliväliin, mutta kun aurinko alkoi painua taivaanrannalle, hän otti nopeamman tahdin toivoen, että he ennättäisivät perille ennen pimeän tuloa.

»Mitä sinä nuuhkit, Tommy?» kysyi Liehakko olkapäänsä ylitse, kun he lähenivät laivahylkyä.

»Laiva haisee kuin kuollut valas», vastasi Tommy, »haisee kovin pahalta.»

»Siihen katsoen että olemme Tyynellämerellä, ilma ei ole niin raitis kuin odottaisi», lausui professori. »Mutta minä en ole samaa mieltä, että se haisisi kuolleelta valaalta, Tommy. Minä tunnen vähän sitä hajua. Se on väkevä. Muistan, että se kerran oli niin väkevä, että ikkunat menivät rikki. Se on toisellainen, se. Tämä on mädännyskaasujen seos, jotka kaasut syntyvät auringonvalon vaikutuksesta merenpintaan ja sentähden, ettei täällä ole tavallisia ilmakasveja.»

»Mutta joka tapauksessa haju tulee yhä pahemmaksi, mitä lähemmäksi me pääsemme», huomautti Chip.

»En kiellä» myönsi professori, »että tuo laivahylky on yhteydessä asian kanssa. Se on mahdollista. Mikäli minä tästä näen, se on ikäänkuin joukko mädänneitä jätteitä. Mitä pikemmin se saadaan upotetuksi meren pohjaan, sitä parempi. Minä luulen, ettei tuossa laivassa voi olla mitään elävää olentoa.»

»Odottakaas», sanoi Chip. »Minä huudan.» Hän huusi niin kovasti kuin jaksoi: »Coo—ee!»

Mutta kukaan ei vastannut. Eikä näkynyt mitään liikettä.

»Ei», sanoi professori, »siellä ei ole ketään.»

»Siinä tapauksessa on tuon keltaisen rievun ripustanut piru», vastasi Chip. »Ja totta puhuen, minun rohkeuteni alkaa horjua. Meidän olisi pitänyt lähteä matkalle aikaisemmin. Minusta ei ole mieluista olla tämän läheisyydessä auringon laskettua.»

Soudettiin lähemmäksi ja Chip alkoi tehdä valmistuksiaan.

Hän pukeutui antiseptisellä liuoksella valettuun liinapukuun. Kun hän napitti sitä kiinni, huusi hän uudestaan saamatta vastausta.

»Sanokaa, mitä aijotte tehdä», sanoi professori. »Aijotteko mennä yksin laivaan?»

»Aivan varmasti», vastasi Chip päättävästi. »Minun täytyy ottaa mukaani paperit, jos siellä on sellaisia. Ajattelin uida sinne, kun otimme päässeet kyllin lähelle, mutta täällä on liian paljoa haikaloja.

Meidän täytyy nyt soutaa sen luo, niin että pääsen laivaan. Te odotatte jonkun matkan päässä, kunnes minä olen tarkastanut sen hytit ja annan Teille merkin tulla hakemaan minua.»

Lavington kuunteli huomaavaisena Chipin puhetta ja sanoi: »Eikö olisi parempi, että antaisitte minun mennä sinne, sir?» Hän aukaisi nyt ensi kerran suunsa laivasta lähdettyä.

Chipperfield ei vastannut mitään. Hän katsoi alenevaa aurinkoa ja sanoi sitten: »Lisätkää vauhtia! Vetäkää rivakasti!»

Soutajat panivat parastaan, mutta meriruohoa oli niin paljon, että airot tarttuivat niihin miltei joka vedolla, ja vene kulki sangen hitaasti. Chip näki lisääntyvällä pelolla auringon alasyrjän lähenevän taivaanrantaa.

»Vetäkää rivakasti vain!» hän huudahti vimmastuneena. »Vielä pari vetoa, ja me olemme perillä!»

Hänen katseensa oli kiintyneenä laivan runkoon, joka nyt oli veneen vieressä. Erivärisiä merikasveja riippui sen laidalta, ja harvinaisia merieläimiä kuhisi sen ympärillä.

»Coo—ee!» huusi Chip vielä kerran.

Veneen keula kohosi äkkiä. Lavington syöksyi mauria kohti, ja samassa tuli esiin suuri hai joka taittoi Lavingtonin airon.

»Vaiti!», sanoi professori ottaen kiinni Chipperfieldin käsivarresta. »Kuulkaa!»

Tuntui kuuluvan keskeytynyttä kolinaa, ikäänkuin ruostuneet vitjat olisivat koskettaneet kattoa. Chip veti henkeään. Väristys kävi hänen ruumiinsa läpi. Kylmä hiki nousi hänen otsalleen.

»Siellä on joku», huudahti hän liikutettuna. Mutta hän hillitsi itsensä. »Ota kiinni noista vitjoista, Tommy, ja vedä venettä lähemmäksi laivaa!»

Hän kuunteli uudelleen. Kuului taas ääni, joka kauhistutti häntä, — valittava, kuten merilinnun huuto.

»Takasin! — — Lähtekää täältä!» kuului ikäänkuin joku olisi varottanut.

Chipperfield kuunteli ja sytytti vavisten salalyhdyn. Sitten hän ojensi tulitikut Liehakolle ja käski sytyttämään muut lyhdyt.

Kun hän nousi uudelleen pystyyn, hänen silmiään häikäisi omituinen valo, joka ikäänkuin loistava sumu ympäröi laivahylyn. Professori ja neljä soutajaa katselivat ympärilleen ja toisiinsa, ikäänkuin olisivat siirtyneet toiseen maailmaan. Heidän kasvonsa, vaatteensa ja vieläpä hiuksensa ja silmänsäkin loistivat ihmeellisesti vihreässä valossa.

Professori koetti päästä selville siitä, mikä tämän viheriäisen valon synnytti, mutta turhaan.

Joku limainen ja kylmä esine kosketti Chippin kättä, joka piteli ruoritankoa. Hän säikähti, ja samassa tarttui neekeri häneen kiinni ja veti hänet teljolle.

»Päästäkää irti, päästäkää irti!» huusi neekeri. »Se puree.»

Kun Chip katsoi alas, näki hän näyn, joka oli omiaan kauhistuttamaan.

Pitkä, lihava, puoleksi viheriäinen raaja liikkui hiljaa laitaa pitkin ikäänkuin tavattoman pitkä kaalimato. Ensin hän ei nähnyt sen toista päätä, mutta kun hän katsoi tarkemmin, huomasi hän sen ulottuvan monen kyynärän pituudelta veteen, jossa se yhtyi suureen, loistavaan, viheriäiseen ruumiiseen, joka oli laivan ja veneen välillä.

Tuo ruma ruumis oli varustettu suurilla mustilla silmillä, ja niiden takana oli kahdeksan tai yhdeksän raajaa, joista muutamat olivat liikkumattomina vedenpinnalla, toiset ilmassa, samalla kun se kahdella raajallaan piti kiinni prikistä.

Chip säikähti, kun hän näki sen ojentavan lähintä raajaansa ja lähtevän venettä kohti.

»Suurin läkkikala, minkä minä olen koskaan nähnyt», mutisi professori. »Meidän olisi mitattava se.»

Hän sai käteensä kirveen ja alkoi voimakkaasti hakata sen liha-vaan raajaan juuri kun se taivutti sen laidan yli. Kirves oli terävä ja liha pehmeätä, ja muutamalla iskulla hän oli hakannut poikki raa-jan, joka putosi loiskahtaen veteen.

Puna ja Liehakko soutivat täysin voimin. Tommy oli keulassa keksi kädessä ja sai viimein kiinni laivahylyn vitjoista sekä veti ve-neen sen viereen.

Chipperfield nousi laivan laidalle ja ripusti pienen sähkölam-pun hihnan avulla kaulaansa. Hän oli jo aikaisemmin sitonut sala-lyhdyn ruumiinsa ympäri köytettyyn hihnaan, joten kätensä olivat vapaat.

»Päästä irti, Tommy», huusi hän, hypäten laivan kannelle. Tuo omituinen viheriäinen valo oli kyllin voimakas valaisemaan kaikki. Hänen ei tarvinnut sytyttää lamppuaan tietä löytääkseen, mutta hän tiesi, että Kepple tai Joyce katseli kuunarista, ja tahtoi antaa heille tiedon siitä, että hän oli perillä, ja sentähden hän asetti lampun so-pivaan paikkaan vastaukseksi siihen merkkiin, jonka hän näki neljän tai viiden meripenikulman päässä olevasta Nanumangasta.

Samalla kun hän hetkisen ajatteli, mitä tietä hän lähtisi kulke-maan, hän tarkasteli ensin kanssia ja sitten peräkantta. Kannella oli paljon merilintuja. Kun hän astui askeleen eteenpäin, syöksyi lauma rottia lastiruumaan, josta nousi kostea löyhkä.

Hän meni peräkannelle, jossa oli suuri rikkinäinen purje raakapuuhun kiinnitettynä. Pirstaleet olivat vereksiä, ja niiden nojalla hän päätti, että laiva oli äskettäin haaksirikkoutunut.

Hän avasi erään oven, jonka saranat nitisivät, sytytti sähkölamppunsa ja meni erääseen käytävään.»Ohoi! Onko täällä ketä?» hän huusi saamatta vastausta. Hän katsoi ruokasäiliöön.

Siellä oli vähän porsliiniastioita hyllyllä, lattialla oli lasinpalasia, ja kokoon mennyt pöytäliina oli täynnä rotanjälkiä. Hän ei mennyt ottamaan selkoa, oliko ruokavaroja jälellä, vaan jatkoi matkaansa hyttiin, jossa lattialla oli vaatekappaleita, ruostuneita kiväreja ja pistooleja, veitsiä ja haarukoita rikkinäisten huonekalujen joukossa.

Erään laatikon päällä oli muutamia kynttilöitä, joista steariini oli kaluttu pois, joko sen sitten olivat tehneet rotat tai ihmiset. Avonaisen kattoikkunan kautta sinne tuli viheriäinen valonsäde.

Siitä, että kattoikkuna oli auki, hän päätti, ettei miehistö ollut jättänyt laivaa myrskyn aikana.

Keskellä mahonkipöytää oli pellistä tehty laatikko, jonka kansi oli auki. Sen lukossa oli avainkimppu. Avaimet eivät olleet ruosteessa. Laatikon vieressä oli levällään kirja sekä mustepullo ja kynä.

Muste ei ollut kuivunut, ja kynää oli täytynyt käyttää myrskyn jälkeen, sillä muuten se olisi pudonnut.

Hän seisoi hetkisen hiljaa ja kuunteli luullen kuulleensa askemerkkejä, joita kirjoitusta taitamaton oli tehnyt. Ennenkuin hän sulki kirjan, hän käänsi pari lehteä ja huomasi, että se oli laivan päiväkirja.

Laatikossa olivat nähtävästi laivan paperit. Hän lukitsi sen sentähden, pisti sen kainaloonsa ja avaimet taskuunsa. Laatikon kannessa oli nimi »Coo-ee».

Hän seisoi hetkisen hiljaa ja kuunteli luullen kuulleensa askeleita. Hänen sydämensä sykki voimakkaasti. »Onko siellä kuka?» hän huusi epävarmalla äänellä. Ei kuulunut mitään vastausta.

Hän katsahti äkkiä aukiolevan oven kautta salonkiin. Ja kun hän tuli sinne, näki hän keltaisen lipun, joka oli sidottu keppiin, joka oli pistetty luukusta ulos. Hän silmäili merelle ja näki veneen jonkun matkan päässä; siinä oli tuli sekä keulassa että peräosassa.

Toverien näkeminen antoi hänelle uutta rohkeutta. Mutta kun hän ojensi itsensä, kuuli hän taas tuon ratisevan äänen, joka sai hänet värisemään.

Mikä se oli? Tuo merkillinen ääni kuului hänen korviinsa tulleen kattoikkunan kautta. Hän katsoi hermostuneena ylöspäin. Varmasti siellä jotain liikkui.

Hän suuntasi lamppunsa valon kattoikkunaa kohti ja päästi huudon ja oli vähällä pudottaa laatikon, kun hän kauhukseen huomasi, että tuo liikkuva esine oli hirvittävän läkkikalan raaja.

Hän tarttui lujemmin kiinni laatikon kantimeen ja nojasi pöydänlaitaa vasten. Koko hänen ruumiinsa vapisi, mutta hän ei aikonut vielä palata. Hänen piti ensin täyttää tehtävänsä. Hän katsahti ympärilleen nähdäkseen, oliko siellä vielä jotain mukaan otettavaa.

Kun hän seisoi siinä, kuuli hän jälleen ruostuneiden vitjojen kalinaa. Se kuului pimeästä käytävästä, jonka läpi hän äsken oli kulkenut.

Hän katsoi sinne päin jännitettynä, miltei peläten. Hänen sydämensä tuntui lakanneen sykkimästä, kun hän näki pitkän varjomaisen haamun, joka kulki epävarmoin, horjuvin askelin nojaten käsillään käytävän seinää vasten ja vetäen perästään vitjoja, jotka riippuivat säärivarsista.

Chipperfield veti henkeään, rohkaisi mielensä ja huusi: »Halloo!»

Tuo olento lähti samassa takaisin virkkamatta mitään. Oliko se kummitus? Chip suuntasi lamppunsa valon käytävään päättäen ottaa selvän, oliko elävä olento vai kummitus.

Äkkiä tuli valo olennon takana kirkkaammaksi. Oman lamppunsa valossa näki Chip toisen olennon hiipivän esiin ruokakammiosta, ja kun valo sattui viimemainitun kasvoihin, näki hän Jacob Lavingtonin.

Olento heidän välissään pysähtyi, värisi, tapaili käsipuuta ja Chip kuuli hänen lausuvan käheällä äänellä: »Barrable!»

Senjälkeen tuo pitkä olento nosti kätensä pystyyn ja vaipui maahan päästäen pelottavan huudon, joka kaikuna heijastui takaisin laivahylyn seinistä.

12 VAARALLINEN LIPAS

Tämä kamala huuto kuului yön hiljaisuuden läpi veneeseen saakka ja sai professorin kauhistumaan. »Takasin sinne, pojat!», huudahti hän, ja Tom ja Liehakko alkoivat heti soutaa.

»Se mies ei hyvä toveri laivassa», sanoi Tom. »Hän huono mies. Luulen, että tappaa herra Chipperfieldin.»

Liehakko pudisti kiharaista päätään. »Sinä et tiedä, Tom. Ei sama ääni».

»Sinä olet oikeassa, Liehakko», sanoi professori. Se ei ollut herra Chipperfieldin ääni eikä myöskään Lavingtonin. Mutta meidän on otettava selvä, mitä tuo huuto tarkoitti. Soutakaa sydämenne pohjasta, pojat, ja laskekaa minut laivaan!»

Chipperfield astui esiin ja valaisi kaatuneen kasvoja. Kaatunut oli nuori mies, tuskin vanhempi kuin 20-vuotias, kalpea ja laiha. Pitkien öiden tuskat kuvastuivat hänen ilmeettömistä silmistään, laihoista poskistaan ja verettömistä huulistaan. Hän oli miltei alaston, luultavasti rasittavan kuumuuden vuoksi.

Chipperfield laskeutui polvilleen hänen viereensä. »Oletko sairas, toveri?» hän kysyi. »Kuka sinä olet? Kerro jotakin tästä laivasta. Missä on muu miehistö?»

»Ei maksa vaivaa puhua hänen kanssaan», lausui Lavington. »Hän on kuuro — aivan kuuro. Hän ei kuule sanaakaan siitä mitä hänelle sanotte.»

Chipperfield nousi äkkiä pystyyn. »Mistä Te sen tiedätte?» kysyi hän. »Te ette ole puhunut hänen kanssaan. Tunnetteko hänet?» Lavington nosti lyhtyään, niin että sen valo lankesi hyttiin ja vastasi sekavasti: »En. Kuinka hänet tuntisin? En ollut nähnyt häntä enkä tietänyt hänestä mitään, ennenkuin hän huusi. Mutta hän ei vastannut mitään. Hän huusi silloin, kun hän näki minun tulevan ruokakammiosta, ja kaatui säikähdyksestä. Arvelen, että hän piti minua kummituksena.»

»Hän näytti tuntevan Teidät», jatkoi Chip ja otti taskustaan konjakkipullon. »Hän nimitti Teitä Barrableksi. Kenties se on oikea nimenne». Samassa hän avasi pullon ja kaasi siitä miehen suuhun.

Lavington mutisi jotakin itsekseen ja sanoi sitten ääneen: »Luulen, että hän on hullu samassa määrin kuin kuurokin.»

Chipperfield vetäytyi kauhistuneena takaisin. Konjakki ei saanut miestä virkoamaan, ja hänen kätensä, jota Chip piteli, tuli kankeaksi ja kylmäksi. »Hän on kuollut».

Lavington katsoi häneen sivuuttaen hänet aikoen mennä hyttiin. »Niin», sanoi hän, »kuollut ruttoon, minä luulen. Jos olisin Teidän sijassanne, sir, en viipyisi hänen läheisyydessään kauempaa kuin välttämätöntä on. Voitte itse saada tartunnan. Ja tuhlaatte vain hyvää konjakkia. Olisi parempi, että ennemmin antaisitte minulle yhden siemauksen».

Chipperfield korkkasi pullon jälleen ja pani sen taskuunsa, jonka jälkeen Lavington lähti tiehensä heiluttaen lyhtyään. Hän kulki nopeasti, aivankuin tarkotuksellisesti, hyttiä kohti.

»Teidän ei tarvitse mennä sinne», huusi Chip. »Menkää kannelle ja kutsukaa vene tänne».

»Heti. Silmänräpäyksen perästä», vastasi Lavington.

Chip katsoi hänen jälkeensä ja näki hänen ottavan ruostuneen revolverin ja sitten tarkastelevan ympärilleen, nähtävästi patroonia etsien. Varmuudella, joka saattoi olettamaan, ettei hän ollut tässä laivassa ensimäistä kertaa, hän avasi useampia laatikoita.

Erittäin tarkasti hän tutki erästä laatikkoa, mättäen siitä lattialle kirjoja ja sanomalehtiä, sikareja y. m. Se oli nähtävästi kapteenin laatikko. Mutta hän ei löytänyt, mitä hän etsi, sillä hän kääntyi pois pettymystä osottavasti huudahtaen, ottaen mukaansa ainoastaan pienen, kudotun pussin, joka kimalteli kuten metalli. Hän pisti sen taskuunsa ja seisoi hetkisen ikäänkuin ihmetellen. Sitten hän jatkoi etsiskelyään.

Chipperfield näki hänen ryömivän pöydän alle, nostavan maton päätä ja avaavan erään luukun, jonka hän selvästi ennestään tiesi olevan olemassa.

»Mitä Teillä siellä on tekemistä?» kysyi Chip kärsimättömästi. »Kiirehtikää tänne ottamaan selkoa, onko täällä vielä joku hengissä. Menetätte siellä turhaan aikaa».

Chip kulki edellä ja käski Lavingtonin tulla perästä. Hän pani pois laatikon kainalostaan ja meni kanssiin, mutta hänen täytyi kääntyä takaisin huonon ilman ja suuren rottalauman vuoksi, joka kiiti pitkin lattiata.

Hän teki ovelta havaintojaan. Makuusijalla näytti olevan jäännös kuolleesta merimiehestä, — tuskin muuta kuin luuranko. Toinen olento istui lattialla jotain kirstua vasten nojaten, rottien luita myöten syömänä.

Siellä ei ollut jälkeäkään ruokatavaroista eikä pisaraakaan juomavettä, yhtä vähän kuin ruokakammiossa ja keittiössäkään, jossa hän kävi paluumatkalla. Ja kaikki ravintoaineet oli otettu pois varastopaikasta.

Lamppuhuoneessa hän havaitsi, että lamput ja öljykannut olivat aivan tyhjät. Vavisten hän jätti tuon epämieluisen näyn ja otti ennenmainitun laatikon. Hän aikoi juuri kutsua venettä, kun Lavington kiiruhti paikalle ikäänkuin peläten, että hän jätettäisiin sinne. Hänellä oli, paitsi lyhtyään, suuri vaatekäärö ja sukeltajan kello.

»Mistä Te sen olette saanut?», kysyi Chip. »Onko se sukeltajan puku?»

»Siltä näyttää», vastasi Lavington laskien käärön laivankannelle. »Löysin sen hytin lattian alta. Tämä laiva lienee ollut helmienpyydystäjä. Me voisimme saada suuren joukon helmiä ja helmisimpukoita, jos voisimme mennä lastiruumaan».

»Olen ollut siellä», vastasi Chip. »Siellä ei ollut muuta kuin pilaantuneita vaatteita ja koprasäkkejä. Eikä tuota sukeltajanpukua ole koskaan käytetty, sen osottaa tehtaanmerkki. Mutta kopra on kyllin kuivaa palaakseen. Aijon sytyttää sen tuleen hetkisen kuluttua».

Lavington nyökäytti tyytyväisenä päätään.

»On parasta päästä tästä yhdellä kertaa. Mutta minä tiedän paremman keinon. Varastossa on laatikko pumpuliruutia, sekä muita räjähdystarpeita».

Chip katsoi häneen epäillen. — »Mistä Te sen tiedätte? Te ette ole ollut lastiruumassa?»

»Me saisimme selvän kaikesta, jos vain löytäisimme päiväkirjan ja muut laivan paperit», sanoi hän vältellen. »Olen etsinyt kaikkialta päiväkirjaa».

»Vai niin», lausui Chip. »Olisitte voinut säästää itseänne siitä vaivasta. Päiväkirja ja kaikki laivan paperit ovat tässä laatikossa».

Lavington katseli laatikkoa, jota Chip piteli. »Päiväkirja ja paperit?» toisti hän innokkaasti, »oletteko varma siitä?» Ja hän astui askeleen lähemmäksi. Hänen mielensä teki tarttumaan tuohon laatikkoon. »Juuri mitä olen etsinyt — minkävuoksi tulin tänne», mutisi hän itsekseen. Sitten hän kääntyi mielistelevästi Chipin puoleen peittääkseen intoansa. »Emmekö voisi katsoa, mitä laatikossa on, saadaksemme täyden varmuuden asiasta?»

Chipperfield vetäytyi taaksepäin, kun hän astui lähemmäksi.

»Ei maksa vaivaa», sanoi hän. »Panin päiväkirjan tähän laatikkoon ja lukitsin tämän, ennenkuin läksin hytistä. Minä en tarvitse mitään muuta, kun olen kerran saanut selville, ettei miehistöstä ainoakaan ole enää elossa. Tuon sukeltajan puvun voitte jättää tänne. Ei ole syytä ottaa mukaan mitään, josta voisi rutto tarttua. Olette jo saaneet ruton omiin vaatteisiinnekin, arvelen. Teillä ei muuten ollut mitään oikeutta tulla tänne laivaan ilman luvatta».

»Älkää olko levoton tartunnan suhteen», sanot Lavington kumartuen ja pannen lyhdyn pois kädestään. »Tuo raukka tuolla käytävässä kuoli nälkään, kuten kaikki hänen toverinsakin ovat tehneet. Minä en aio jättää tätä sukeltajanpukua tänne, sillä minä tarvitsen sitä vielä».

Hän vavahti ja kääntyi ympäri, kun hän kuuli airojen äänen. Hän astui äkkiä eteenpäin, tarttui Chipperfieldin käsivarresta kiinni ja koetti siepata laatikon, työntäen poikaa ammottavaa lastiruumaa kohti. »Anna laatikko minulle, penikka!» hän huusi vihaisesti.

Mutta Chipperfield oli pitänyt silmällä hänen pienimpiäkin liikkeitään ja oli valmis ottamaan hyökkäyksen vastaan. »Vai niin, vai tätä tahdotte?» huusi hän. »Näkyy, että tiesitte enemmän tästä laivasta kuin mitä olette puhunut. Ette ollut hytissä ensimäistä kertaa. Mutta minä olen saanut määräyksen ottaa paperit mukaani, ja olen varma siitä, että ette niitä saa».

»Ole varovainen poikani!» lausui Lavington. Hän astui kuten painija toinen käsi edellä Chipeä kohti, tarttuakseen hänen kurkkuunsa, samalla kuin hänellä oli veitsi toisessa kädessään. Mutta hän horjahti heti takasin nähtyään revolverin, jota Chipperfield piti tyynesti häntä kohti ojennettuna.

»Kädet ylös!» komensi Chip.

Kuten kahlehdittu peto seisoi Lavington liikkumattomana revolverin suun edessä. Hän ei nostanut käsiään ylös, ja hänen toinen kätensä puristi veistä entistä lujemmin.

»Te pelastitte minut, kun haikala aikoi surmata minut», mutisi hän, »ja sentähden en tee Teille mitään pahaa. Tahdon ainoastaan tuon laatikon, ja sen minä myös otan».

Hän otti hiljaa askeleen eteenpäin, mutta veti jalkansa yhtä hiljaa takasin, kun pojan sormi kosketti liipasinta.

»Kädet ylös!» komensi Chip. »Jos astutte askeleenkaan lähemmäksi, olette kuoleman oma. Ja pudottakaa veitsi pois!»

»En!» vastasi Lavington. »En, ennenkuin olette antanut minulle laatikon. Muuten ei revolverinne ole ollenkaan ladattu.»

Chip kohotti vähän revolveriaan ja laukaisi. Lavingtonin hattu putosi laivankannelle. »Seuraavalla kerralla tähtään paremmin», hän sanoi kylmästi.

Lavington kumartui ottaakseen hattunsa, mutta sensijaan että olisi noussut jälleen pystyyn, hän alkoi ryömiä lähemmäksi ja lähemmäksi.

Äkkiä häneen tarttui takaapäin kiinni jäntevä käsi. Hän kaatui selälleen, samalla kun kylmä revolverinpiippu kosketti hänen otsaansa.

»Luulen, että aikeenne ei onnistunut tällä kertaa, herra Lavington», kaikui professori Hudsonin ääni. »San Fransiskon kirjoittamattoman lain mukaan vaatii hyvä käytöstapa, että pidätte kätenne ylhäällä, kun toinen ojentaa Teitä kohti revolverinsa, ymmärrättekö? Olkaa niin ystävällinen ja pudottakaa pois veitsi, joka on oikeassa kädessänne!»

Lavington viskasi veitsensä lastiruumaan. Nyt hän sai nousta pystyyn, ja samalla kun professori vartioi häntä vei Chip laatikon veneen luo ja antoi sen Nonouti Tomille.

»Älä pudota tätä laatikkoa!» sanoi hän. »Älä anna hain ottaa sitä. Minä sytytän heti laivahylyn tuleen».

Tom nyökkäsi päätään ja lausui: »Hai pelkää tulta».

»Liehakko!» huusi Chip. »Pane sanko täyteen raikasta vettä ja kaada puolet tästä pullosta siihen. Ymmärrätkö?»

»Hyvin tiedän», vastasi neekeri. »Tartunta. Laiva haisee kuin Malabar-suo. Valkoiset miehet sairaaksi».

»Oletteko tutkinut kaikki tarkoin?» kysyi professori, kun Chip tuli takaisin. »Luulen, ettei täällä ole mitään mukaan otettavaa, ja että olisi parasta lähteä täältä niin pian kuin mahdollista. Oletteko nähnyt miehen, joka huusi joku aika sitten?»

»Olen», vastasi Chip vakavana. »Hän makaa kuolleena tuolla käytävässä, ja hän oli yksin elossa laivan miehistöstä. — Ehkä Te ja Lavington haluatte desinfisioida itsenne vedellä, jota Liehakko laittaa. Minä sytytän sillä aikaa kopralastin».

»Ette siis upota tätä?» kysyi professori.

»En». Chip astui lastiluukun luo vahva köysi kädessä. »Tässä on kuparinen suojus pohjassa, emmekä voi kaivaa reikää vedenpinnan alapuolelle. On helpompi sytyttää tämä tuleen. Kopra palaa kuten taula».

»Niin», myönsi professori, »se on parasta polttoainetta mitä minä tiedän. Ihmettelen, ettei Englannin laivasto käytä sitä hiilen asemesta. Se on kentiesi vähän kalliimpaa ja ottaa vähän enemmän tilaa, mutta se on monessas suhteessa parempaa kuin kivihiili. Luuletteko tarvitsevanne apua siellä alhaalla?»

Chip pudisti päätään. »Tulen aivan hyvin yksin toimeen».

Ennenkuin hän meni alas lastiruumaan, hän kiipesi isoon mastoon ja katsoi Nanumangaa. Pitäen sähkölamppua edessään hän alkoi painaa sen nappia. Kepple oli opettanut hänelle Morsen aakkoset. Pian hän näki kuunarista vastamerkinannon ia huomasi vastauksen nopeudesta, että sen antoi Kep itse.

Ensimäinen kysymys oli: »Mistä johtuu se viheliäinen valo, joka sieltä näkyy tänne?»

Chip vastasi: »Se on luonnonilmiö ilman näkyväistä syytä. Kaikki hyvin. Panen prikin tuleen. Ei ketään mehistöstä elossa».

Kun Chip tuli alas kannelle, tapasi hän professorin ja Lavingtonin väittelemässä sukeltajanpuvusta, jonka Lavington olisi tahtonut ottaa mukaan.

»Antakaa hänen ottaa kiinni sen toisesta päästä ja kuljettaa sitä hinaten!» sanoi Chip. »Ja jos molemmat olette desinfisioineet itsenne, on parasta, että astutte veneeseen».

Kun professori astui veneeseen, lausui hän: »Lastiruumasta tulee kostea haju. Te voitte kärsiä sitä, kunnes pääsette takaisin?»

»Tästä lähtevät suoraan tikapuut», vastasi Chip.

»Hyvä», sanoi professori, »siinä tapauksessa minun ei tarvitse pitää vaaria köydestä?»

»Ei», vastasi Chip ja lisäsi kuiskaten: »Pitäkää Jacobia silmällä!»

Lastin haju oli sietämätön. Sadottain kuolleita rottia oli rikkisyötyjen koprasäkkien vieressä. Muutamat jälelläolevista olivat mäyräkoiran kokoisia, ja niiltä oli jäänyt lastia jälelle vain parisen tonnia. Suuren osan siitä ne olivat pureskelleet hienoksi jauhoksi.

Chip veti esille pari kolme säkkiä ja jätti niiden väliin aukon, lonka hän täytti kookospähkinän kuorilla. Ennenkuin hän sytytti ne, kiipesi hän kannelle hengittämänsä huonon ilman huumaamana. Professori seisoi vielä laivankannella, ja Lavington otti toisen sangollisen desinfisioimisnestettä. Chip juoksi heidän luokseen, riisui päällysvaatteensa ja pisti ne desinfisioimisnesteeseen, jota hän sitten kaatoi päälleen, ennenkuin hän puki vaatteet uudelleen ylleen.

»Veneeseen nyt molemmat, ja olkaa valmiit matkalle», sanoi niin ottaen lamppunsa ja pullonsa. »Tulen takasin parin minutin perästä».

»Luulen, että Teidän olisi syytä huuhdella itseänne myös sisällisesti ottamalla siemaus konjakkia», esitti professori.

Chip joi kulauksen ja antoi pullon professorille. Samassa hän huomasi, että tuo merkillinen viheriäinen valo heikkeni ja sensijaan alkoi kuuman vyöhykkeen kuu valaa hopeaista valoaan. Hänestä katosi kaikki varjojen pelko, jonka olo tuossa kummituslaivassa oli synnyttänyt, ja hän laskeutui lisääntyneellä itseluottamuksella prikin synkkien varjojen keskuuteen, välittämättä jättiläiskokoisista rotista, jotka vikisivät hänen jaloissaan.

Hän palasi kokoomiensa polttoaineiden luo, raapaisi tulitikun, sytytti kookossyyt ja huomasi tulen lähtevän nopeasti leviämään. Kun hän pääsi kannelle, nousivat koprasta jo suuret liekit.

Hän astui veneeseen ja asettui perään. Mauri työnsi veneen liikkeelle, ja neljä soutajaa alkoi soutaa. Lavingtanin taittuneen airon sijaan oli pantu yksi vara-airoista.

Prikistä nousi jo musta savu, ja rotat hyppivät sen laidalta mereen joutuen heti haikalojen saaliiksi.

»Tuo suuri läkkikala on vielä paikallaan», huomautti professori, kun vene kulki prikin perän ohi. »Katsokaa haikalaa, jonka se juuri on saanut kiinni. Luulen, että se selviytyy pälkähästä. On todellakin vaikeata päästä irti sellaisesta otteesta».

Räiskyvä liekki syöksyi lastiruumasta. Luukuista tuprusi savua. Läkkikala irroitti samassa laivalaidasta tuntosarvensa, joka putosi loiskahtaen mereen. Savupatsas nousi suoraan taivasta kohti kuten palmunruko ja hajaantui hienona sumuna korkeampiin ilmakerroksiin.

Auringonpaahtamat lankut paloivat suurella huminalla, ja koko laivan runko oli pian kuin hehkuva uuni. Muutamia hiiltyneitä kappaleita putosi mereen, ja mauri sai kerran keskeyttää soutonsa sammuttaakseen räiskyvän kipinän, joka lensi hänen villaiseen tukkaansa.

»Soutakaa, Tommy ja Liehakko» huusi Chip. »Soutakaa rivakasti!» Mutta kaikki soutajat keskeyttivät soutonsa nähdessään suuren höyrypatsaan nousevan palavasta laivasta.

»Sinne menee vettä», huomautti Lavington. Ja kun professori ja Chip kääntyivät ympäri, näkivät he prikin halkeavan kahteen osaan, ja miltei samassa silmänräpäyksessä lensi hylky kappaleiksi kovasti pamahtaen ja ilma täyttyi lentävillä puunsirpaleilla.

»Sen sai aikaan pumpuliruuti», huudahti Lavington.

»Pumpnliruuti?» toisti professori säikähtäen.

»Katsokaa!» huusi Liehakko vetäytyen teljon alle.

Veneen ympärillä sinkoili palavia hirsiä, muuan paksu puun-sirpale putosi teljolle, jonka Liehakko juuri oli jättänyt, ja eräs putosi aivan veneen viereen peittäen professorin ja Chipin vesiryöpyllä.

Chipperfield katsoi taivasta kohti.

Liekki loisti himmeästi savuhunnun läpi. Kuu paistoi sen vieressä kirkkaampana, valaisten tyyntä merenpintaa, jossa ei enää näkynyt mitään laivahylkyä.

13 SITOVA TODISTUS

Oli ilta. Laivassa oli kaikki rauhallista ja salongissa oli niin hiljaista, että kellon naksutuskin miltei tuntui häiritsevältä.

Aika-ajoin kuului kannelta Joycen paljaiden jalkojen töminää, Kepple istui ja luki kirjaa Salomonisaarista, jonka professori oli lainannut hänelle, ja oli syvästi vaipunut sen kertomuksiin noiden saarien tunnetuimmista metsästäjistä ja ihmissyöjistä.

Viimein hän joi lasin kookosmaitoa, pani kirjan kiinni ja meni avonaisen ikkunan ääreen, josta hän näki kuun valaiseman meren. Joskus välähti yksinäinen salama kaukana avaruudessa. Hän huomasi suunnattoman suuren hain uivan valasveneen ympäri, joka oli kiinnitetty laivan perään. Venettä ei oltu vielä tyhjennetty, ja sen keulasta näkyi se suuri käärö, jonka Lavington oli kaikin mokomin tahtonut tuoda Coo-ee'stä.

»Ihmettelen, mitä hän sillä tekee», sanoi Kep itsekseen poistuen ikkunan luota. Hän painoi sähkökellon nappulaan. Signaaliin vastasi heti Tom, joka tuli loistavaan valkoiseen pukuun puettuna.

»Astu sisään, Tom, ja sulje ovi!»

»Sinä tuoksut kuin sairashuone. Olet hyvin desinfisioitu», jatkoi hän nuuskien.

»Juu», vastasi Tom päätään nyökäyttäen. »Jo pitkän ajan sairaaksi.»

Kep istuutui pöydän laidalle ja alkoi koettaa puhelutaitoaan Tomin kanssa.

»Tunnet Lavingtonin, Tom? Oletko hänet jo kauan tuntenut?«

»Juu», vastasi Tom päätään nyökäyttäen. »Jo pitkän ajan, viistoista kesää.»

»Viisitoista vuotta, vai niin. Sano, mitä tiedät hänestä.»

Tom kertoi sitten saman tarinan, jonka hän aikaisemmin oli esittänyt Joycelle, mutta yksityiskohtaisemmin, ja sanoi Lavingtonin orjakauppiaana ollessaan olleen tavattoman julman.

Tom oli lähtenyt muutamien ystäväinsä kanssa naapurisaareen morsiantaan hakemaan. Puolitiessä yllätti heidät Lavingtonin orjalaiva ja houkutteli heidät lahjoilla laivaan. He olivat tuskin päässeet laivaan, kun Lavington pudotti suuren kiven heidän veneeseensä, joka meni rikki, ja vei heidät orjina Queenslantiin. Tommy ei enää koskaan saanut nähdä morsiantaan.

Kepple kuunteli huomaavaisena kanakin surullista kertomusta. »Olet varma, hän sama mies.»

»Juu», vastasi Tom päättävästi. »Hänen nimi Ned, ei Jacob, hyvin tiedän. Hän tatuoitu kuin kanaki. Katsoka hänen rinta, milloin pesee itsensä. Laivan nimi peitossa.»

»Ahaa! Nyt ymmärrän! Hän on antanut tatuoida itsensä kuten kanakit, ettei hänen rintaansa merkitty laivan nimi näkyisi.»

»Juu», vastasi Tom, »hän arka, kun sotalaiva tulee.»

»Voin uskoa sen», sanoi Kep. »Se on karkurin tavallinen temppu. Se on hyvä tietää, Tom. Tästä saat lehden tupakkaa. Mene nyt ja ota hyvät ryypyt.»

Kep käveli hetkisen edestakasin. Sitten hän sytytti kynttilän ja meni viereiseen hyttiin. Chipperfield makasi raskaasti vuoteellaan. Laivan isännän poikana oli Chip aina asustanut siinä hytissä. Kepple ei ollut koskaan ollut utelias eikä sentähden sitä ennen käynyt siellä. Siksi hän katseli nyt ympärilleen. Hytti oli puhdas ja osotti monella tavalla omistajansa luonteen.

Hyllyllä pienen pukeutumispöydän edessä oli rivi kirjoja, jotka näyttivät koulussa saaduilta palkinnoilta, sekä muutamia purjehduksen oppikirjoja. Ylempänä oli Nanumangan kuva. Seiniä koristivat monet Etelämeren saarille ominaiset esineet. Tuolilla vuoteen ääressä oli Raamattu ja likainen joulukortti, johon oli kirjoitettu: »Rakkaalle Martinilleni! Hauskaa joulua! Toivottaa Äitisi.»

Tämä sai Kepplen ajattelemaan omaa äitiään, joka oli kaukana Englannissa, ja Kep muisti, kuinka hänen oli tapana tulla hänen vuoteensa ääreen palava kynttilä hopeajalustassa, ja kuinka hänen tukassaan ja rinnassaan olevat jalokivet kimaltelivat kauniisti kynttilänvalossa. Tapahtuipa tuo käynti kuinka myöhään tahansa, aina hän heräsi, kun äiti painoi suudelman hänen otsalleen, ja sitten hän saattoi istua; pitkän aikaa hänen vieressään ja puhua kuten toveri, kunnes hän lähti.

»Sinulla on myös kotona äiti, joka ajattelee sinua, Chip», sanoi hän hiljaa. Hän ei huomannut, että Chip makasi silmät puoleksi auki ja katsoi häntä, ja hän hämmästyi saadessaan vastauksen: »On, sir. Näin juuri unta hänestä. Olin olevani kotona, ja hän tuli sanomaan hyvää yötä.»

»Olen pahoillani, kun keskeytin kauniin unenne» sanoi Kep. »Tulin tänne pyytääkseni Teitä auttamaan minua mukananne tuomienne paperien tarkastuksessa. Teillä on oivallinen hytti täällä, poikani. Tämä muistuttaa omaa huonettani, sellaisena kuin se oli koulua käydessäni. Oli aina tapanani järjestää se laivan hytin kaltaiseksi.»

Chip nousi istualleen. Hän oli puettu vaaleansiniseen pajymakseen. »Missä koulussa kävitte, sir? Olen usein arvellut sitä, Etonissa tai Harlowissa luullakseni.»

»Ei», vastasi Kep. »Isäni lähetti minut samaan kouluun, jossa hän itsekin oli käynyt — Uppinghamiin.»

»Uppinghamissa!» huudahti Chip hämmästyneenä. »Siellä minäkin olen ollut! Kappelista on valokuva hyllyllä tuolla ikkunan alla.»

»Todellakin!» lausui Kep nuoruuden innostuksella. »Siinä on sama tuoli, jolla minun oli tapana istua. On merkillistä, ettei koskaan ennen ole tullut puheeksi, että olemme käyneet samassa koulussa. Emme ole tietystikään kuuluneet samaan osastoon. Mutta minä hyppäsin viidennen luokan yli, niin että Te tunnette luultavasti monta toveriani. Avisonin esimerkiksi?»

»Bertie Ayison? Hän oli kapteenini!»

»Erinomaista! Huomaan, että meillä on paljon puheenaihetta.»

»Sanokaa, herra Kepple», kuului professorin ääni viereisestä hytistä, »aiotteko tutkia tuota lipasta vielä tänä iltana. Olisin utelias tietämään, mitä siinä on.»

»All right, herra professori! — Tulkaa, Chip, siinä puvussa jossa nyt olette, ja ottakaa avaimet mukaanne.»

»Luulen, ettei tavallinen päiväkirja tee tätä lipasta Lavingtonin silmissä niin houkuttelevaksi», huomautti professori, kun Kep tuli Chipin seuraamana. »Hän katseli sitä koko matkan ikäänkuin petoeläin saalistaan. Hän toivoi varmaan saavansa sen vielä viime hetkellä, mutta Chip ei päästänyt sitä käsistään.»

»Ettekö ole sitä mieltä, että olisi vähän desinfisioitava tätä lipasta, ennenkun avaamme sen?» lausui Chip.

»Te näytte luulevan, että laivahylky oli ruton saastuttama?» sanoi Kep.

»Luulen», vastasi Chip, »siinä raukassa siellä käytävässä oli omituisia täpliä. Ja kun avaimet eivät ole ruosteisia, ajattelen hänen avanneen lippaan monta kertaa, joten siinä voi olla paljon basilleja.» »Terävästi ajateltu!» sanoi professori. »Teillä on järkeä, Chip. — Tappakaamme kaikki basillit yhdellä kertaa.» Hän otti pullon, jossa oli pahanhajuista jauhoa, ja kaasi puolet lippaaseen, kun Chip aukasi sen. Sitten hän pani kannen jälleen kiinni ja puisteli lipasta kovasti, niin että jauho levisi kaikkiin papereihin, samalla kun Kep ja Chip hieroivat sillä käsiään.

Professori otti esille päiväkirjan. »Siinä on ollut oikea merimies, joka on pitänyt täydellistä päiväkirjan. Huomaan, että viimeinen muistiinpano on tehty vasta kymmenen päivää takaperin. Se kuuluu: »Olen kadottanut kaiken toivoni! Jumala olkoon minulle armollinen!»

Hän selaili useampia lehtiä takaisinpäin. »Sanokaa, Chip, minkä nimen mies lausui, kun Lavington saapui.»

»Luulen sen olleen Barrable:», vastasi Chip.

»Ajatelkaas!» lausui professori. »Tuo nimi esiintyy usein kirjan alkupuolella. Tuo Barrable, joka ei liene muu kuin Lavington itse, on ollut syynä prikin onnettomuuteen. — Mutta mikä tämä on? Tässä on lause, joka sitoo hänet.»

»Olemme nyt noin sadan meripenikulman päässä Fiji-saariryhmästä länteen päin», luki hän. »Minulla ei ole mitään toivoa päästä sinne. Viime yönä karkasi Lavington kahden toverinsa kanssa valasveneessä, ottaen mukaansa tai särkien kaikki koneet ja kartat ja päästäen muut veneemme tuuliajolle. Hän on pettänyt meitä alusta loppuun asti. Ei koskaan liene ollut olemassa ihmisolentoa, jonka sielu olisi ollut mustempi kuin hänen. Me olemme nyt avuttomina rannattomalla valtamerellä, avuttomina kuten pienet lapset, isonrokon saastuttamina, ainoa kunnollinen merimies kuuro ja kytketty kahleisiin, joita emme saa auki. Taivas olkoon kiitetty, kun on edes ruokaa! Mutta kuinka pitkäksi aikaa sitä riittää?»

»Isoarokkoa!» huudahti Kepple. »Professori, pankaa pois se kirja! Pistäkää se lippaaseen, ja paiskataan koko roska mereen!»

14 Seikkailevia herrasmiehiä

Professori pani kirjan lippaaseen ja lukitsi sen. »Viskaan sen mereen», sanoi hän, »jos pelkäätte. Mutta tuo keltainen jauho, jota me panimme lippaaseen, on jodoformia — tehokkaimpia antiseptisiä aineita, mitä tunnetaan — ja minä luulen, ettei ole jäänyt henkiin vallan monta basillia, jotka voisivat meitä vahingoittaa».

»En pelkää itseni vuoksi, herra professori, mutta ajattelen miehistöäni», sanoi Kep. »Kapteeni Mayhew jätti kuunarin minun hoitooni, ja minä tahdon täyttää velvollisuuteni. Tahtoisin päästä perille sovittuna aikana ja täysilukuisen miehistön kera. Olemme jo antautuneet suureen vaaraan sen kautta, että mentiin tuonne laivahylkyyn».

»Tietysti», sanoi Chipperfield, »mutta jollei se raukka siellä olisi kuollut, olisimme saaneet ottaa hänet laivaan ja samalla isonrokon. Emme olisi voineet jättää häntä oman onnensa nojaan. Ja kun kaikki seikat otetaan huomioon», hän jatkoi kääntyen Kepin puoleen, »luulen voitavan sanoa, että isorokko oli jo ohi, ennenkuin priki joutui myrskyyn, joka murskasi sen».

Professori katsoi taakseen, kun hän seisoi avatun ikkunan edessä valmiina heittämään lippaan mereen. »Luulen, että sellainen myrsky kuin se, joka yllätti meidät Valtamerensaaren luona, tuskin jätti ainoatakaan basillia henkiin. Tuuli, joka kiskoo juurineen maasta suuria puita, ei väsy pieniä basilleja tappaessaan!»

»En käsitä, kuinka myrsky, olkoon se vaikka kuinka ankara,

voi puhdistaa basilleista lukitun peltilaatikon», sanoi Kepple hymyillen.

Professori kohautti olkapäittään. »Panitte minut pussiin, herra Kepple! Mutta tunsin Manillassa erään henkilön, joka kertoi minulle, että tuulispää kerran vei hänen kassaholvistaan kaikki setelirahat, enkä minä unhoita, miltä minun hyönteiskokoelmani näyttivät myrskyn jälkeen Valtamerensaaren luona!» Hän kohotti lipasta ja kumartui heittääkseen sen ulos.

»Odottakaa vähäsen!» huusi Kep äkkiä ja tarttui professorin käsivarteen kiinni. »Unohdin, että päiväkirja saattaa olla tarpeen merivakuutussumman saamiseksi».

»Luulen, että niin on asian laita», sanoi professori ja pani lippaan ikkunahyllylle. »Oli onni, että pidätitte minut ajoissa».

Hän meni takasin pöydän ääreen ja sytytti sikarinsa. »Siellä on hai, joka odotti lipasta ottaakseen sen mukaansa», jatkoi professori. »Olisi hauska tietää, minne hai olisi sen kanssa lähtenyt, ja miltä jodoformi olisi tuntunut sen vatsassa. Olenko kertonut Teille tarinan haikalasta, joka oli posteljoonina? Erään friskolaisen herran piti lähettää postivekseli Sydneyhin, mutta hän tuli liian myöhään postiin, ja kirje sai odottaa neljätoista päivää seuraavaa laivaa. Kun postia kuljetettiin laivaan, putosi eräs paketti mereen eli oikeammin haikalan suuhun. Sattumalta hai lähti pois San Fransiskosta ja valitsi suoran tien Tyynenmeren poikki. Kun se aikoi sivuuttaa laivan, joka kulki sen edellä, se surmattiin, ja kirje, joka oli sen vatsassa, tuli perille oikeaan aikaan».

Chipperfield nauroi ja lähti ulos hytistä, »Tuon pojan naurun sävy tekee sieluni iloiseksi», sanoi professori.

»Hän on kerrassaan kelpo poika», vastasi Kepple, »ja hänestä tulisi hyvä upseeri. On voimien tuhlausta asettaa hänet isänsä konttoriin selailemaan rahtikirjoja ja konnosementtejä, kuten olen kuullut aikomuksen olevan. Pojasta pitäisi tulla merimies!»

»Hänestä tulee rikas joka tapauksessa», sanoi professori.

Chip tuli takasin tuoden väkiviinalampun pienen kattilan.

»Mitäs nyt?» kysyi professori.

Chip asetti lampun lautaselle pöydälle ja sytytti sen. »Ajattelin, että me voimme tehdä itsemme varmemmiksi tartuntaa vastaan käyttämällä kondensaattoria. Kattilassa on kreosoottiliuvosta, ja kun se alkaa kiehua, voimme pitää papereita yhden kerrallaan sen höyryssä».

»Se ei ollut mikään tyhmä ajatus», lausui Kep. »Haluan kernaasti saada mahdollisimman tarkat tiedot tuosta veijari Lavingtonista. Onko Teistä jompikumpi sattumalta nähnyt, onko hän tatuoitu?»

»Jotain hänen rinnassaan on sellaista», vastasi Chip. »Näin sen, kun hän riitaantui Tommyn kanssa ja oli joutua haikalan saaliiksi. Se on samallainen kuvio kuin ne, joita alkuasukkaat Salomoninsaarilla piirtävät kanootteihinsa ja airoihinsa. Se näkyy vain, milloin hänen paitansa on auki, ja sitä ei usein tapahdu».

»Tommy sanoi minulle, että tuo merkki on Lavingtonin rinnassa sen tähden, ettei näkyisi laivan nimi», ilmoitti Kep. »Se oli Lavington, joka vei Tommyn orjaksi viisitoista vuotta sitten. Hänen nimensä on Ned eikä Jacob».

»Niin», sanoi professori, »ja Barrable eikä Lavington. Luulen, että hänellä on eläissään ollut koko joukko nimiä. Haluan tietää, millainen oli hänen yhteytensä Coo—ee'n kanssa. Tietysti Te tiedätte, ettei hän ollut ollut pitkää aikaa Fenixsaarilla, kun tapasitte hänet? Hänen molemmat liittolaisensa menivät luultavasti maihin yhdessä hänen kanssaan, ja olisi hauskaa tietää, kuinka heidän on käynyt».

»On joka tapauksessa varmaa, että hän on ainoa elossa oleva prikin miehistöstä», vastasi Kep, »ja hän tahtoi niin kovasti päästä takasin tuohon laivahylkyyn, että luulen siinä olleen jotakin sellaista, minkä hän olisi tahtonut saada, kun hän tovereineen jätti prikin».

Professori otti silmälasinsa ja alkoi puhdistaa niitä lausuen: »Joko siitä syystä tai sentähden, että hän tahtoi hävittää kaikki todistuskappaleet ennenkuin me ennätimme saada ne».

»Jo kiehuu!» huudahti Chip, ja kun professori aukaisi varovasti lippaan, ohjasi hän höyryn sinne ja käänteli papereita, kunnes ne kaikki olivat höyryllä kyllästytetyt. »Olkaa hyvä, sir», sanoi hän ojentaen kirjan Kepplelle, »nyt se on yhtä vaaraton kuin mikä kirja tahansa omalla hyllyltänne. Voitte pidellä sitä ilman pienintäkään vaaraa».

Kep havaitsi kirjassa etupäässä olevan tavallisia muistiinpanoja laivan suunnasta ja ilmojen laadusta, mutta muutamissa kohdin oli poikettu mielenkiintoisemmista tapahtumista.

Kun Coo—ee oli lähtenyt Sydneystä, oli sen miehistö ollut osaksi kanakeja, ja sen mukana oli ollut kuusi matkustajaa, »seikkailevia herrasmiehiä». Laiva oli kulkenut seikkailuitta aina Fijisaarien luo. Suvan luona oli matkustajain luku lisääntynyt kahdella miehellä, jotka olivat Barrablen ystäviä ja liittolaisia.

Kep ymmärsi, että priki oli poikennut itäänpäin Fijisaarille saakka ainoastaan ottaakseen nuo kaksi miestä, joiden nimet olivat Prew ja Peeling. Laivan päämääränä oli nimittäin ollut Salomoninsaariin kuuluva Rubianalaguuni.

Vasta Fijisaarilta lähdettyä olivat alkaneet vastoinkäymiset. Laivan päälliköt ja matkustajat olivat joutuneet useasti riitaan, josta oli ollut seurauksena verenvuodatus. Eräänä pimeänä yönä oli kapteeni kadonnut käsittämättömällä tavalla, ja niin Barrable tovereineen oli vähitellen ottanut käsiinsä prikin päällikkyyden; perämiehellä ei ollut minkäänlaista sananvaltaa. Eräässä muistiinpanossa hän kertoi Barrablen erään riidan johdosta lyöneen häntä korvalle niin että hän tuli kuuroksi.

»Ah!» huudahti Chip, kun tämä muistiinpano oli luettu, »kahleisiin kytketty mies prikissä oli siis perämies!»

Fijisaarilta lähdettyä oli Coo—ee kulkenut Pohjoiseen päin Ellissaaria kohti. Funafutin luona oli toinen perämies mennyt maihin hakemaan raitista vettä ja hedelmiä, ja vene oli palannut ilman häntä. Alkuasukkaiden sanottiin hyökänneen hänen kimppuunsa ja surmanneen hänet. Funafutista oli myös saatu se kamala tauti, joka niin ankarana raivosi miehistön keskuudessa. Matkustajista kuoli neljä, laivamiehiä useampia, ja ainoastaan Barrablen, Prewin ja Keelingin oli tauti jättänyt kokonaan rauhaan.

»Luulen, että Barrablessa on tuo tauti ennen ollut», sanoi professori. »Hänellä on pari arpea nenän ympärillä, ja sentähden hän uskalsikin niin hyvin astua laivahylkyyn».

Tällä tavoin meneteltyään miehistöään ja jälelläolleiden sairaina viruessa oli priki joutunut tuuleen, joka kuljetti sen koillista kohti. Siitä saakka oli laivan hoito ollut mahdoton, suunta oli ollut epävarma, ja muistiinpanot, joita siihen asti oli tehnyt perämies, kävivät senjälkeen tilapäisiksi. Oli pitkä väliaika, ja sitten ne olivat kirjoitetut toisella käsialalla.

Kepple otaksui, että myöhemmät muistiinpanot oli tehnyt joku matkustaja, sillä niissä ei enää mainittu pituus- eikä leveysasteita, ja ne saivat yksityisen henkilön päiväkirjan luonteen, päättyen siihen merkintään, että Barrable oli tovereineen jättänyt prikin ja laskenut muut veneet tuuliajolle.

Kepple tutki seuraavia sivuja. Ne olivat taas kirjoitetut uudella käsialalla, ja muuan muistiinpano ilmoitti: »herra Jocelyn kuoli tänä aamuna ja minä olen nyt yksin. Koko meri alkaa haista mädäntyneeltä».

»Ei näytä enää olevan mitään tärkeätä», sanoi Kep, »eikä sanaakaan perämiehen vangitsemisesta!»

»Hän mahtoi ponnistella kovasti päästäkseen vapaaksi kahleistaan», lausui Chip. »Hänen nilkkansa olivat haavoittuneet luuta myöten. Löysin lastiruumasta taittuneen lenkin ja viilan, joten luulen, että hänet on siellä pantu kahleisiin».

Kep sulki kirjan sanoen: »Se on täydellinen arvoitus! Mitä ajattelette asiasta, herra professori?»

»Koetan juuri scout-järkeni avulla päästä siitä selville», vastasi professori, joka nojasi tuolinsa selkänojaa vasten ja puhalti suuren savupilven, joka alkoi nousta kattoikkunaa kohti. »Me emme ole vielä saaneet kiinni oikean langan päästä. Mitä varten priki vuokrattiin Sydneyssä, ja minkätähden Barrable ja muut herrasmiehet olivat laivassa? Se ei ollut juuri tavallinen lastilaiva, eikä myöskään valaanpyytäjä, ei helmilaiva eikä työväen hankkimista varten rakennettu. En luule sen myöskään kulkeneen rosvoilutarkoituksessa, sillä siinä ei ollut kanuunia, ja voin panna viimeisenkin penniini vetoon siitä, ettei se ollut huvimatkalla. Kuten äsken huomautitte, herra Kepple, on tässä asiassa hämärä kohta».

»Emmekö voisi kysyä asiata suoraan Lavingtonilta?» sanoi Kep. »Mahdollisesti hän puhuisi siitä».

Professori suoristi itsensä vetäen jalkansa pois pöydän alta. »Emme voi luottaa tuohon heittiöön senkään vertaa, että saattaisimme uskoa, kuinka paljon kello oli», selitti hän. »Älkää unohtako, kuinka hän aikoi lainata revolverin, tai kuinka hän maalasi laivan nimen peittoon. Hän oli valmis ottamaan kuunarin valtaansa, heti kun Te olisitte lähtenyt. Hän ei ole pelannut vielä kaikkia korttejaan. Ei, herra Kepple, minä en kääntyisi hänen puoleensa. Minä en edes antaisi hänen huomata, että me tiedämme hänen konnankoukuistaan».

»Kenties olette oikeassa, herra professori», vastasi Kep nojaten pöytää vasten ja silitellen lainehtivaa tummaa tukkaansa. »Mahdollisesti minun olisi jo sen nojalla, mitä hänestä tiedän, vangittava hänet lain nimessä».

Professori nousi hiljaa ja katsoi eteensä. »Se olisi vähän arveluttavaa», lausui hän. »Riittää, että pidetään häntä tarkoin silmällä».

Tätä sanoessaan hän aukaisi lippaan, käänteli paria paperia, kääröä ja antoi kreosoottihöyryn mennä paperiliuskojen väliin. Senjälkeen hän alkoi tutkia toista näistä kääröistä ja innostui yhä enemmän ja enemmän siitä, mitä hän luki. Hän katsahti, ettei ketään asiaankuulumattomia ollut saapuvilla, ja kääntyi sitten silmät loistaen Chipin ja Kepplen puoleen. »Heureka!» huudahti hän ja pani kätensä paperin päälle, jotka olivat hänen edessään. »Luulen, että olemme saaneet nyt kiinni oikean langan päästä pojat! Nostakaa tuolinne lähemmäksi ja kuunnelkaa! Tai kenties Te, herra Kepple, tahdotte kernaammin lukea, minä kuuntelen?»

15 RALPH JOCELYN KERTOMUS

Istuen pöydänpäässä aivan lähellä toisiaan nuo kolme miestä olivat ikäänkuin salaliittolaisia. Kepple otti paperit ja alkoi lukea alusta: »On historiallinen tosiasia», mutta hän käänsi pian lehden ja alkoi lukea toisesta paperista. »Tämä on kaiketi tärkeämpi?»

»Tärkeämpi», vastasi professori. »Sen on kirjoittanut herra Jocelyn, joka nähtävästi oli älykäs mies, vaikkakin on aivan varmaan antanut ystävämme Jacobin pettää itsensä. En ymmärrä, kuinka».

Kepple luki ääneen: »Toivoen että seuraava todistus joutuu rehellisten ihmisten käsiin, annan minä, Ralph Jocelyn, asianajaja, asuva Melville Chambersissa, Collins Street, Sydney, N. S. V., seuraavan kertomuksen:

Tätä kirjoittaessani olen Sydneystä kotoisin olevassa priki Coo—ee'ssa. On aivan tyyni. Kapteeni David Guppy, — aivan kuuro ja jonkunverran sekapäinen, ja minä olemme kahdenkesken. Meillä ei ole pienintäkään pelastuksen toivoa, me kuolemme vähitellen nälkään. Olemme koettaneet hukuttaa prikimme, mutta turhaan; saamme odottaa, kunnes kuolema vapauttaa meidät kärsimyksistämme. Miltä kannalta tilaamme tutkinenkaan, en voi kieltää, että minä annoin ensimäisen aiheen onnettomuuteemme. Minä yksin löysin ja tiesin hukkuneen espanjalaisen gallionin. Minä tein ehdotuksen, muodostin yhtiön sekä vuokrasin ja varustin prikin. Koko ajan toimin hyvässä uskossa ja tein virheen luottaessani sellaiseen tunnottomaan konnaan, kuin on Edvard Barrable...»

Kep katsahti ystäviinsä ja vihelsi.

»Mitä kummaa hän tarkoittanee uponneella gallionilla?» lausui Chip.

Kep jatkoi lukemistaan.

»Hän näytti olevan luotettava, taitava merimies ja tuntevaa Salomoninsaaret kuten jonkun kirjan sekä osaavan näiden saarien asukkaiden kieltä. Hän näytti ikäänkuin tätä yritystä varten syntyneen. Kuinka saatoin olettaa, että hän ottaisi liittolaisensa avukseen tehdäkseen tyhjäksi suunnitelmani ja veisi meidät pois kulkusuunnastamme aikoen ottaa prikin haltuunsa ja itse vallata tuon himoitun saaliin?

Hän oli syynä ensimäisiin vaikeuksiin. Mutta muita onnettomuuksia, joita ei edes hänenkään sysimusta sielunsa ollut voinut aavistaa, seurasi yhtämittaa. Ensiksi katosi kapteenimme äkkiä, sitten kuoli toinen perämies, senjälkeen surmasi tauti suuren osan miehistöstä. Ja vihdoin hän lähti ja jätti meidät avuttomina avoimelle merelle!

Vielä kaikuvat korvissani tuon miehen julmat jäähyväissanat, kun hän tovereineen jätti meidät kovan kohtalomme valtaan. »Jatkakaa matkaanne yhdessä rottien kanssa!» huusi hän. »Ajelehtikaa, kunnes mätänette tai menette pohjaan sen kurjan laivapahasen kera!» Kuinka täydellisesti hänen toivomuksensa toteutuikin!

Hyvä tuuli auttoi heidän pakoaan. He olivat päättäneet ottaa kullan haltuunsa. Mutta minulle, joka nyt tässä hitaasti kuljen kuolemaani kohti, tuottaa iloa se tietoisuus etteivät he löydä sitä. He ovat varastaneet laguunin kartan siinä luulossa, että heille on siitä apua, mutta se oli tarkoituksellisesti piirustettu väärin. Ei olisi ollut viisasta merkitä siihen aarteen oikeata paikkaa. Ainoa oikea kartta on se, joka on myötäliitetty tähän kertomukseen.

Jos tämä asianmukaisine todistuksineen joutuu rehellisiin käsiin, ja jos nuo espanjalaisen rikkaudet löytyvät, pyydän muistamaan leskeäni ja lapsiani sekä niiden miesten omaisia, jotka menettivät säästönsä sekä henkensä onnettomalla retkellämme».

Professori nojautui taaksepäin pannen kätensä ristiin niskaansa.

»Chip», sanoi Kepple ojentaen paperikäärön hänelle. »Teillä on tilaisuus saada kultaa».

Chip tarkasteli kääröä ja antoi sen takasin vastaten: »Teillä on siihen yhtä suuri oikeus kuin minullakin».

Kep rypisti kulmakarvojaan. »Jättäkäämme tittelit pois tästä lähin. Ne saattavat olla paikallaan virantoimituksessa mutta täällä me olemme ystäviä — ainakin toivon sitä. Mitä tulee aarteeseen, josta sinä niin suurenmoisesti luovut, olisin kernaasti seikkailussa mukana, mutta minulla ei ole oikeutta lähteä Nanumangan kera sellaiselle retkelle kauas ihmissyöjien asumapaikoille».

Professori avasi tippaan ja alkoi taas tutkia sen sisältöä. »Luulen, että täällä on vielä jotakin», sanoi hän. »Muuten ajattelen, että me voisimme jo kutsua tänne Jacob Lavingtonin eli Ned Barrablen. Onhan selvää, minkätähden hän välttämättä tahtoi saada mukaansa sukeltajanpuvun. Hän aikoo nähtävästi etsiä hukkunutta aarretta».

Chipperfield lausui miettiväisenä: »Minä en voi kuitenkaan käsittää, kuinka espanjalainen gallioni on voinut joutua Salomoninsaarien keskelle».

»Luulen, että tästä seikasta on jotakin papereissa, jotka Te äsken panitte syrjään, herra Kepple», sanoi professori.

Kep tarkasteli papereita ja otti niistä yhden. »Tässä on todellakin merikortti Rubianalaguunista. Luin siitä viimeksi eilen illalla».

»Pahin paikka koko Salomoninsaariryhmässä», huomautti professori, »ihmissyöjien pääpaikka. Siellä alkuasukkaat kokoavat ihmisenpäitä jotensakin samaan tapaan kuin pojat keräävät postimerkkejä tai perhosia. Pohjois-Amerikan intiaanien päänahanpyynti on lasten leikkiä sen rinnalla. Toivon, ettette Te, herra Kepple, purjehdi aivan lähelle sitä paikkaa. Minä luulen vielä tarvitsevani päätäni ja toivon, että Tekin, herra Chip, haluatte säilyttää päänne. Mutta kuunnelkaamme, mitä herra Jocelyn sanoo gallionista! Chip aikoo varmaan nukkua!»

Kep otti esille toisen todistuksen ja luki: »On historiallinen tosiasia, että komendantti George Anson (myöhemmin amiraali) lähetettiin vuonna 1741 tutkimusmatkalle Tyynellemerelle. Samaan aikaan oli sota Englannin ja Espanjan välillä, ja vaikka matka olikin näennäisesti tieteellinen, oli sillä kuitenkin sotainen tarkoitus. Saatiin monta arvokasta saalista, mutta kuitenkin retki oli onneton. Monessa laivassa raivosi keripukki, ja osa eksyi päälaivastosta.

Viimemainittujen joukossa oli Wager, kapteeni Dandy Kidd, Korallimerellä se kohtasi espanjalaisen gallionin, S. Christobalin, joka useamman tunnin kestäneen ankaran taistelun jälkeen otti sen valtaansa. Gallionissa oli kultaharkkoa ja kultalevyjä noin miljoonan punnan arvosta. — Mutta tuskin oli taistelu päättynyt kun nousi myrsky, joka erotti laivat toisistaan.

Siihen aikaan merenkulkijat eivät tunteneet Salomoninsaaria. Espanjalaiset olivat löytäneet ne jo 16:nnella vuosisadalla, mutta niiden maantieteellistä asemaa ei tarkkaan tunnettu ennen kuin Englannin laivastoon kuuluva kapteeni Carteret löysi ne uudelleen vuonna 1767. Tämä on historiallisesti totta. Kerron nyt, kuinka löysin S. Christobalin paikan.

Kun neljä vuotta sitten, ollessani hallituskomisariona eräässä kuunarissa, joka kuljetti rekryyttejä, menin maihin pieneen Nusa Sangan saareen Rubianalaguunin suussa, kohtasin alkuasukkaita ja tein tuttavuutta erään nuoren alkuasukkaan kanssa, jolla oli tavallista enemmän koristeita kaulassa. Näiden koristeiden joukossa oli muutamia kultalaattoja, jotka heti tunsin vanhoiksi, ja jotka hän antoi minulle parista tupakkakääröstä osottaen samalla paikan, josta hän oli ne löytänyt. Hän sanoi saavansa niitä sukeltamalla kahmalomäärin paikasta, jonne hän vei minut kanotillaan. Sillä aikaa kun minä odotin, hän toi todellakin kolmisenkymmentä kultarahaa. Hän pyysi minua sitten katsomaan veden sisään, ja hänen osottamassaan suunnassa näin korallien keskellä erittäin vanhan rakennustavan mukaan rakennetun laivanrungon, jonka paikan olen merkinnyt tähän karttaan».

Kepple keskeytti lukemisen. »Kaikki tämä näyttää minusta sangen lupaavalta», huomautti professori. »Miltei mukavampi keino päästä upporikkaaksi, kuin koskaan on keksitty. Luulen, ettei se Teitä paljon viivästyttäisi, jos pistäytyisimme mainitussa laguunissa».

Kepple hymyili. »Ettekö kernaammin matkusta suoraa tietä kotiin Sydneyn kautta, herra professori?».

Tämä silitti suippopartaansa ja vei hitaasti oikean kätensä takataskuunsa. Hän kohotti kulmakarvojaan, katseli hämähäkkiä, joka oli kattoikkunassa, ja lausui ikäänkuin ei olisi kuullut mitä Kep sanoi: »Se ei olisi ollenkaan hullumpi temppu, herra Kepple».

Äkkiä hän veti käden taskustaan ja hyppäsi pystyyn. Samassa pamahti laukaus ja pöydälle putoili lasinpalasia samalla kun ylhäältä kannelta kuului jalkojen töminää.

»Näettekös, pojat», sanoi hän sitten tyynesti. »On merkillistä, että Joyce antaa tuon lurjuksen Lavingtonin hiipiä kaikkialle tuolla tavalla».

»Lavington?» huudahti Kepple.

»Minustakin tuntui, että sieltä kuului jotakin rapinaa», sanoi Chip.

»Hänen päänsä oli puoleksi sisäpuolella», jatkoi professori. Hän katseli tätä karttaa, näitä papereita ja tätä lipasta. Hän on nähnyt osan, mutta kuinka paljon hän lienee kuullut?»

16 MUUAN LÖYTÖ

Liehakko keskeytti kompassikopin siivoamisen. Hän keskusteli Tommyn kanssa laivahylystä ja sitä koskevista seikoista, ja molemmat olivat iloisia, kun eivät tunteneet mitään taudinoireita, joten laivahylyssä raivonnut rutto ei ollut tarttunut. Sitten puhe kääntyi laukaukseen, jonka molemmat olivat kuulleet, ja Tommy antoi neekerille merkin seurata häntä kattoikkunan luo. Mauri Te Puna oli siellä ja katseli lasissa olevaa pyöreätä reikää.

Mauri osotti neljää sormenjälkeä, jotka olivat ikkunaruudun laidassa, ja jonkun matkan päässä oli kiiltävässä metallireunustassa samallainen merkki. Sitten hän pisti sormensa lasin ja reunustan väliin ja otti jotakin, jota hän tarkasteli valoa vasten sanoen: »Tämä ei kanakin hius».

»Tiedän», selitti Tom ja kumartui alas pannen sormensa löydettyjen jälkien päälle ja osottaen aseman, jossa hän luuli sen olleen, joka nuo jälet oli tehnyt. »Hän hyvin ilkeä mies», lausui hän ja palasi työhönsä.

Kun mauri saapui kajuutan käytävään, huomasi hän jonkin esineen kiiltävän portaiden raossa. Hän otti sen ja huusi Liehakolle: »Mikä tämä?»

Liehakko puri sitä vahvoilla hampaillaan. »Ollut hyvää kultaa ennen. Mistä löysit?»

Samassa tuli Kepple kannelle aamupuvussaan, paljain jaloin ja pyyheliina olkapäällä. Liehakko antoi rahan hänelle. »Minä löysin», sanoi mauri. »Ei tiedä, kenen».

Raha oli hyvin kulunut, mutta Kep saattoi kuitenkin erottaa muutamia kirjaimia sekä Filip II:sen kuvan. »Kuinka tämä raha on tullut Nanumangaan?» sanoi hän itsekseen.

Välikannella hän tapasi Chipperfieldin likaisessa työpuvussa maalaamassa kuunarin nimeä hengenpelastusvöihin.

»Oikein, Chip», sanoi Kep. »Olisi pitänyt pakottaa Lavington tekemään se. En muuten ymmärrä, mitä hän ajatteli, maalatessaan laivan nimen peittoon?»

»Et ymmärrä?», sanoi Chip. »Minä sen kyllä käsitän. Luulen, että hän aikoi muuttaa laivamme nimen esimerkiksi Mary Janeksi. Muutama vuosi sitten varastettiin toiminimeltämme sillä tavalla eräs laiva, joka sitten purjehti väärällä nimellä kuten karannut rikoksentekijä».

»Tai niinkuin Edward Barrable», sanoi Kep hymyillen ja antoi hänelle Liehakon löytämän kultarahan. »Tahdotko koetella scoutkykyäsi tämän kultakappaleen suhteen? Pidän sitä espanjalaisena kultarahana 16:nnelta vuosisadalta. Kuinka selität, että eräs kanakeista on voinut löytää sen tästä laivasta muutama minuutti sitten?»

Chipperfield muisti heti kertomuksen Rubianalaguuniin uponneesta gallionista. »Luulen, että se on niitä rahoja, joita alkuasukkaat hakivat herra Jocelynille. Se on todistus siitä, että Jocelynin kertomus on tosi, sillä sen on tietysti tuonut tänne Coo—ee'stä Ned Barrable. Kun ajattelen asiata, muistan, että hän pisti jotain taskuunsa, kun hän tutki laivahylyn hyttiä. Se näytti pussilta. Epäilemättä hän on pudottanut tuon rahan juostessaan matkoihinsa senjälkeen kun hän oli tavattu urkkijana kattoikkunasta».

Tyyntä kesti koko tämän ja seuraavan päivän. Purjeet riippuivat liikkumattomina. Chipperfield maalasi kuunarin nimeä, ja miehet desinfisioivat valasvenettä. Kepple jatkoi opintojaan, ja professori istui ja kirjoitti.

Haikaloja pelkäämättä kanaakit huvittelivat uinnilla, ja tämä johti kilpauinti- ja sukeltamiskilpailuihin, joissa Kep jakoi voittajille annoksen tupakkaa.

Kep huomasi, että kuumuus teki hänen miehensä laiskoiksi, ja alkoi pelätä, että rutto kaikista varovaisuustoimenpiteistä huolimatta oli tullut kuunariin onnettomasta Coo—ee'sä. Hän innostutti sentähden miehiään työhön, antoi heidän tarkastaa purjeet ja taklauksen, harjoitti merkinantopalvelusta ja opetti kanakeja käyttämään kompassia, ja vaikka hän aina esiintyi upseerin arvokkuudella, alkoivat he kuitenkin tästälähin pitää hänestä entistä enemmän.

Chipillä oli floretteja ja nyrkkeilyhansikkaita, ja hän ja Kep taistelivat sillointällöin kannella miehistön suureksi huviksi. Miekkailusta ja nyrkkeilystä johduttiin revolveriammuntaan.

Pystytettiin maalitaulu, ja professori, Kep ja Chip sekä perämies ja Joyce ampuivat sarjansa. Tässä urheilulajissa oli Chip ylivoimainen. Kep ja professori olivat jotensakin yhtähyvät; ensinmainittu kunnostautui erityisesti tulostensa tasaisuuden, viimemainittu ammuntansa nopeuden kautta. Ned Barrable ja George Trimble seurasivat kilpailua huomaavaisina.

»Haluatteko koettaa, Lavington?» kysyi Kepple ja lähestyi molempia. »Luulen, että Teillä on ollut suuria harjoituksia San Fransiskossa».

»Tarkoitatteko totta, sir?» kysyi Barrable.

»Tietysti», vastasi Kep. »Voitte ampua minun revolverillani. Olen juuri ladannut sen».

Professori katsoi Keppleä hämmästyneenä sellaisen varomattomuuden johdosta ja piti itse revolverinsa sitä valmiimpana.

Barrable otti aseen ja tähtäsi huolellisesti, mutta joko hermostuneisuudesta tai taitamattomuudesta tahi sitten tarkotuksellisesti hän ampui perin huonosti; sattui vain kolme luotia kuudesta, eivätkä nekään osuneet läheskään hyvin. »Minun ammuntani on vain ampumatarpeiden tuhlausta, sir», sanoi hän ojentaen aseen takaisin Kepplelle.

»Pelotitte minua suuresti, herra Kepple», sanoi professori myöhemmin, »kun annoitte revolverinne Barrablelle. Se ei ollut viisas teko. Jos hän olisi käyttänyt tilaisuutta hyväkseen, olisi voinut käydä hullusti tässä laivassa».

Kep hymyili. »Olin ajatellut tätä kaikkea, herra professori. Tiesin, että Te ja Chip olitte valmiina, ja tahdoin näyttää ettemme pelkää häntä.»

»Luulen, että hän tiesi sen jo ennestäänkin», vastasi professori, »ja toistan että se oli vaarallinen koe. Näin kerran San Fransiskossa miehen, joka sai yksin pidetyksi viiden revolvereilla aseistetun miehen »kädet ylhäällä», ja jos joku heistä olisi liikuttanut sormeaankaan hän olisi ollut heti paikalla kuoleman oma».

»Mutta Barrable ei ole kasvanut San Fransiskossa», huomautti Kep, »Ja tiesi aivan hyvin, että hänen oli turha koettaa sellaista?»

»Julkista kapinaa meidän ei ole sen herran taholta pelättävissä», lisäsi professori. »Kun hän aavistaa kohtaavansa vastarintaa, silloin hän on arka. Mutta kavala hän on, herra Kepple, viekas kuin kettu, ja luulen, että hän koettaa saavuttaa päämääränsä jonkun salajuonen avulla».

17 Jacob Lavington masennetaan

Tässä sopii mainita, että Kepplellä saman päivän aamuna oli ollut vakava keskustelu Ned Barrablen kanssa ilman muiden tietämättä, ja siitä oli seurauksena, että hän halveksi häntä.

Kepple oli sitä varten pukeutunut täyteen univormuunsa, herättääkseen tarpeellista kunnioitusta.

Joyce oli vahdissa ja Chip maalasi kuunarin nimeä. Professori teki mikroskooppisia tutkimuksiaan ja Wragg oli lastihuoneessa, joten tilaisuus oli sopiva.

Kep lähetti Barney Stretshin kutsumaan Lavingtonia, joka saapui nähtävästi levottomana ja tervehtien kunnioittavasti. »Haluatte puhua kanssani, sir?» kysyi hän.

»Haluan», vastasi Kep katsoen häntä terävästi, otti rahan liivintaskustaan ja viskeli sitä ilmaan.

»Luulen, että tämä on Teidän omaisuuttanne», hän sanoi pitäen rahaa etusormensa päässä. »Te toitte tämän muun muassa laivahylystä ja pudotitte kuunnellessanne kattoikkunan luona puheluamme. Ymmärrätte tietysti että Te rikoitte määräyksiäni vastaan, kun toitte mukananne tavaraa ruton saastuttamasta aluksesta, samaten Te rikoitte määräyksiäni vastaan hiipiessänne peräkannelle, jossa Teillä ei ole mitään tekemistä.»

Lavington näytti hyvin nololta, seisoi välistä toisen ja välistä toisen jalkansa varassa, ei näyttänyt tietävän, missä hän pitäisi kätensä, ja oli aivan ääneti.

»Ymmärrän hyvin, että tämä kulta houkutteli Teitä», jatkoi Kep tyynesti. »Mutta nyt minä vaadin Teitä selittämään, mitä Te aijotte tehdä sukeltajanpuvulla, jonka Te otitte mukaanne vastoin herra Chipperfieldin kieltoa. Ja mitä Te tarkoitatte, kun tulette urkkimaan, mitä täällä hytissä tehdään? Luuletteko kenties, että minä tein muuta kuin velvollisuuteni tutkiessani prikin päiväkirjan ja papereita? Täytyyhän minun tuon laivahylyn suhteen tehdä virallinen raportti.»

Barrable oli yhäti vaiti.

»Jos päiväkirjassa on jotakin, mikä erikoisesti koskee Teitä», jatkoi Kep hiljaa suopealla äänenpainolla, »voin antaa sen myöhemmin Teidän nähdäksenne. Olette osottanut erikoista mielenkiintoa laivahylkyä kohtaan, olen huomannut sen. Te tunsitte sen heti kun se tuli näkyviin. Olitteko — kenties tunsitte jonkun, joka oli tuossa laivassa kun se lähti Sydneystä?»

Barrable pudisti neuvotonna päätään. »En, sir, en ollut koskaan ennen nähnyt sitä enkä tuntenut ketään sen miehistöstä. Tulin vain uteliaaksi, kun näin sen olevan hädässä.»

Kep katsoi häneen terävästi »Muistakaa, että olen tutkinut prikin päiväkirjan — juuri päiväkirjaa ja laivapapereita.»

Barrable kokosi voimansa. »Päiväkirja ei koske minua sir», vastasi hän rohkeasti, »eikä myöskään paperit. Kuinka ne voisivat minua koskea?»

»Vai niin?» Kep alkoi tulistua. Hän ei ollut tottunut näkemän sellaista julkeutta. »Minkätähden Te sitten tulette tuonne kattoikkunan luo saadaksenne selkoa asioista, jotka eivät Teitä koske?» hän huudahti. »Sanokaa minulle se!»

»Suokaa anteeksi, sir, mutta oletteko nähnyt minun hiipivän ja kuuntelevan, kuten väitätte? Voitteko todistaa, että minä olen ollut siellä? En käsitä, kuinka voitte luulla sellaista, kun olin juuri kanssin luona, kun laukaus pamahti.»

Kepple katsoi häneen terävästi leikkien kultarahan kanssa.

»Oletteko sanonut kaikki, mitä olette aikonut sanoa sir?» kysyi Barrable ja väänteli itseään levottomasti.

»En läheskään», vastasi Kep. »Minulla on niin paljon sanottavaa, syytän Teitä niin monesta petoksesta ja konnankoukusta, että tuskin tiedän, mistä alkaisin. Jos voisin uskoa tarinanne, jonka kerroitte, kun löysimme Teidät Enderburylaguunin rannalta, ei minulla olisi mitään lisättävää. Mutta sanon Teille aivan suoraan, etten luota Teihin. Olette suurin valehtelija minkä olen eläissäni nähnyt. Se on mielipiteeni Teistä.»

Kep keskeytti puheensa hetkeksi. Samalla hän huomasi, kuinka miehen kädet liikkuivat hermostuneesti. »Minua ihmetyttää, että Te Julkeatte seistä tässä edessäni ja ladella sellaisia valheita», jatkoi hän. »Mutta oletan Teidän siinä määrin tottuneen valehtelemaan, ettette osaa puhtia sanaakaan totta. Tahdotteko kuulla, kuinka paljon minä Teistä tiedän?»

Barrable teki nopean liikkeen, ikäänkuin hän olisi aikonut kiirehtiä kanssiin, mutta Kepple asettui hänen tielleen ja katsoi kysyvästi hänen silmiinsä.

»Seis!» huusi hän. »Teidän on aivan turhaa koettaa päästä käsistäni. Te luulitte voivanne johtaa minut harhaan sanoessanne, että olette Jacob Lavington San Fransiskosta. Te unohditte, että laivoista pidetään luetteloa, ja ettei ole olemassa mitään Cornucopia-nimistä alusta. Ja Te luulitte, etten minä saisi selkoa siitä, ettei Teidän nimenne ole Lavington. Enkä ole varma siitäkään, onko se edes Edvard Barrable, vaikka Teitä täten nimitettiin Coo-ee'ssä.»

Barrable vavahti ikäänkuin sähkövirran vaikutuksesta. Hänen kasvonsa tulivat tuhkanharmaiksi ja hänen otsalleen nousi kylmä hiki.

»Tarkoitukseni ei ole kiusata Teitä. Tahdon vain osottaa, että Teidän on aivan turhaa ryhtyä mihinkään vehkeilyihin niin kauan kuin minä olen tässä laivassa. Muistakaa, että tämä kuunari purjehtii sotilashenkilön johdolla, ja että minä voin panettaa Teidät rantoihin siihen saakka, kunnes pääsemme Sydneyhin! — Mitä Te sanoitte?»

Barrable mutisti jotakin, joka tuntui uhkaukselta. Hän katsahti arasti ympärilleen ja tarkasteli kadettia, joka seisoi päättäväisenä hänen edessään. Hän näytti ajattelevan, oliko mahdollista syöstä tutkija nurin ja tehdä siten loppu tästä epämieluisesta tilanteesta, mutta jos hän sellaista ajatteli, hän luopui siitä kuitenkin heti, kun hän kohtasi Kepplen terävän, käskevän katseen.

Kepple seisoi siinä hetkisen vaiti. Sitten hän astui aivan hänen eteensä ja kohotti oikean kätensä koskettaen kevyesti hänen rintaansa.

»Edward Barrable», sanoi hän kylmästi, »kuninkaan nimessä vangitsen Teidät karkulaisena Hätien Majesteettinsa palveluksesta. Oletteko ymmärtänyt? Teidän ei tarvitse vavista. Rangaistuksenne seuraa myöhemmin. Toistaiseksi Te työskentelette laivamiehistöön kuuluvana.

Muistakaa, että jos kuulen hiiskahduksenkaan Teitä vastaan tai saan Teidät kiinni jostakin vehkeilystä, panetan Teidät heti rautoihin ja luovutan Teidät ensimäisen sotalaivan päällikölle. Voin sanoa, että toivon kohtaavani sellaisen aivan pian».

Hän lopetti, istuutui tuolille ja otti vieressään olevalta pöydältä kirjan. Barrable tervehti ja lähti. Hetkisen kuluttua hän pisti päänsä sisäpuolelle käytävän ovesta. Kep huomasi hänen varjonsa ja katsoi häntä salavihkaa, kun hän seisoi siinä käsi puseron sisässä.

»No, Lavington, niitä tahdotte?» kysyi Kep.

Lavington tervehti taas ia astui esiin. »Anteeksi, sir! Tässä on pussi, jonka otin Coo—ee'stä. Se kuului herra Ralph Jocelynille».

»Tunnen koko herra Jocelyn historian. Pankaa pussi pöydälle. Se tulee säilytettäväksi lippaassa, samaten kuin päiväkirja ja herra Jocelynin paperit. Samalla voin ilmoittaa, ettei Rubianalaguunin kartta, jonka varastitte Coo—ee'stä, kelpaa mihinkään. Se on väärennetty, ja Te olette panneet turhaan henkenne vaaralle alttiiksi, jos olette etsinyt meren pohjassa olevaa aarretta».

Barrable näytti vaipuvan kokoon. »Oletteko varma siitä, sir?» kysyi hän.

»Minulta on herra Jocelynin kirjoittama todistus siitä», vastasi Kep.

»Siinä tapauksessa voin luopua kaikesta samalla kertaa», sanoi Barrable masentuneena. Ja hän otti poveltaan ja pani kultapussin viereen pienen paketin, jonka ympärille oli kääritty palmunlehti.

18 Semafoorisignaaleita

Eri syistä ei Barrable eikä Kepple virkkanut kenellekään ainoatakaan sanaa kohtauksesta, mutta niin terävältä huomioidentekijältä kuin professori Hudsonilta ei voinut jäädä huomaamatta, että jotakin salaista oli heidän välillään tapahtunut.

Kaikki laivassa olijat huomasivat, että Barrable oli muuttunut. Hän oli tullut palvelushaluisemmaksi ja miltei sairaloisen mietiskeleväksi. Hän ei hiipinyt enää kannella pelkäävän rikoksellisen tavalla, ei pitänyt salaisia neuvotteluja Trimblen eikä Barney Stretchin kanssa, hän vältti huolellisesti salomoninsaarelaisia ja hänen suhteensa päällystöön oli niin kunnioittava, että professori tuli sen johdosta levottomaksi.

»Mitä Te luulette, Chip?», huomautti hän kerran, kun Chip auttoi häntä valokuvaushommissa. »Minusta tuntuu, että ystävämme Barrable on saanut tuosta ruttoisesta gallionista tietoja enemmän kuin luulimmekaan. Koko hänen kevyt esiintymisensä osottaa tyytyväisyyttä. Arvelen, että hän on päättänyt odottaa sopivaa tilaisuutta, ja että hän on tarkoin laskenut, kuinka kaikki on tapahtuva. Sitä odotellessaan hän on kaikkia, mutta erittäinkin herra Kippleä kohtaan makea kuin siirappi.»

»Hän on todellakin suuresti muuttunut», vastasi Chip.

»Minä en ollenkaan iloitse jyrkistä muutoksista», jatkoi professori. »Jos esimerkiksi tulisi ankara myrsky äkkiä tämän tyvenen jälkeen, ei se olisi ollenkaan minulle mieliksi. Sillä lurjuksella on taas joku juoni mielessä, ja Te voitte lyödä vetoa siitä, että hän koettaa toteuttaa sen, ennenkuin pääsemme tuohon kurjaan laguuniin».

»Meillä ei ole laisinkaan aikomusta mennä sinne», vastasi Chip, »sillä Rubiana on ainakin neljänsadan penikulman päässä meidän kulkusuunnastamme».

Samassa kuului kimakka signaali. Chip juoksi kannelle ja näki kanaakin tarkastelevan kaukana peilikirkkaalla merenpinnalla olevaa tummaa pilkkua.

»Tulee tuuli», sanoi Nonouti Tom Liehakolle. »Minä sanon, tulee tuuli huomenna varhain!»

»Sinä hyvä haistelemaan», sanoi Liehakko. »Sinä nuuskit kuin koira».

»Pilkku suureni nopeasti ja miehistö seisoi avosuin, odottaen ensimäistä tuulenhenkäystä. Se viipyi kauan, ja kun se saapui, liikahtivat kuunarin purjeet tuskin ollenkaan. Mutta noin tunnin kuluttua se tuli voimakkaammaksi ja alkoi kuljettaa laivaa eteenpäin, ja illalla Nanumanga jo kulki täysin purjein.

Varhain seuraavana aamuna näkyi läntisellä taivaanrannalla kaksoissavupatsas, ja aamiaisen jälkeen Kepple ja Joyce antoivat ahkerasti merkkejä eräälle kolmannen luokan risteilijälle. Ilmoitettuaan kuunarin nimen ja matkan päämäärän, veti Kepple ylös H-yhdistelmän, nelikulmaisen punavalkoisen lipun, joka merkitsi: olkaa hyvät ja antakaa semafoorisignaaleja, ja senjälkeen hän ilmoitti, että hänellä oli tärkeätä asiaa. Silloin risteilijä muutti suuntaa ja tuli niin lähelle, että saattoi erottaa kannella olevat miehet.

Molemmat laivat alkoivat nyt antaa semafoorisignaaleja. Kepple ilmoitti olevansa kadetti risteilijä Pingvinistä ja toimittavansa lavassa kapteenin virkaa, raportteerasi Dianan haaksirikosta sekä Coo-een löydöstä, sen asemasta ja häviöstä. Vastaukseksi Dianan henkiinjäänyttä miehistöä koskevaan kysymykseen hän ilmoitti, että Nanumangassa oli kolme salomoninsaarelaista, jotka olivat kotimatkalla Fijisaarilta. Hän odotti saavansa luvan ottaa ne mukaansa Sydneyhin mutta hän saikin määräyksen: »Laskekaa heidät maalle heidän omille saarilleen. Telefonoimme raporttinne Aucklannista. Hyvästi».

Kepple laski viirin alas ja lähti hyttiin tekemään muistiinpanoja ja tutkimaan uutta matkasuuntaansa. Tähän asti hänelle ei ollut tuottanut huolta Nanumangan satamaan vieminen. Hänen suuntansa oli kulkenut suorana viivana Valtamerensaarelta Sydneyhin. Mutta nyt hänen täytyi suunnata kulkunsa saaristoon, jossa merenkulkijaa uhkasivat virtavedet ja villien alkuasukkaiden viha ja tämä uusi edesvastuu teki hänet levottomaksi. Hänelle tuotti erityistä vaikeutta se, että hän oli saanut määräyksen viedä nuo kolme alkuasukasta kotisaariinsa, sillä hän oli jo aikaisemmin turhaan koettanut saada tietää, mikä heidän kotipaikkansa nimi oli ja missä se sijaitsi. Tämä vaikeus kohtasi usein laivureita Etelämerellä, kun he kuljettivat työväkeä pois »vapaa-ehtoisesta» työstä Queenslandista tai Fijisaarilta, ja monasti sattui, että kanaakit, jotka laskettiin maihin vieraille saarille, tulivat heti surmatuiksi säästöjensä vuoksi.

Nimet, joita alkuasukkaat ovat Etelämeren saarille antaneet, ovat harvoin yhtäpitävät niiden nimien kanssa, jotka on merkitty amiraalikunnan karttoihin, ja yhden saaren kuvaus sopi moneen muuhunkin. Kun oli kysymys elävän lastin maihinviemisestä, riitti usein, jos alkuasukas laskettiin sadan tai kahdensadan penikulman päähän kotiseudultaan, ja jollei hän osannut selittää, mistä hän oli kotoisin, oli se hänen yksityisasiansa.

Kepple oli saanut kuljetettavanaan olevista kanakeista selvää vain sen verran, että he olivat kotoisin kolmesta kylästä Salomoninsaarilta; he puhuivat eri murretta, ja englanninkielellä he osasivat selittää ainoastaan sen, että heidän kotisaarensa oli korallirantainen, ja että siellä kasvoi kookospalmuja sekä jamsia. Samalla hän muisti herra Jocelynin kertomuksen Barrablesta ja tämän perehtyneisyydestä Salomoiiinsaarten eri kielimurteisiin. Äärimmäisessä hädässä hän saattoi pyytää Barrabiea tulkiksi. Mutta tässä kohden oli olemassa se vaara, että hänen täytyi ilmoittaa hänelle että he kulkivat nyt Salomoninsaaria kohti.

Paitsi Joycea, joka oli hoitanut semafooria, ei kukaan tietänyt Nanumangan ja risteilijän antamien signaalien merkitystä. Toistaiseksi Kepple päätti pitää saamansa määräyksen omana salaisuutenaan ja olla muuttamatta suuntaa, ennenkuin oli päästy kauemmaksi länteen päin. Mutta eräs tapaus, saattoi hänet itmoittamaan aikeensa aikaisemmin kuin hän oli aikonut. Kolmantena päivänä risteilijän kohtaamisen jälkeen, kun hän meni kannelle ottaakseen kylvyn, kuuli hän Barrablen huutavan jotakin eräälle salomonsaarelaiselle.

»Mitä Te sanoitte tuolle miehelle?» kysyi Kepple ohimennen. »Puhuitte hänen omaa kieltään?»

»Sanoin, että hän korjaisi purjeen asentoa», vastasi Barrable. »Hän on Salomoninsaarilta.»

Kep alkoi riisua yltään pyjamastaan. »Ovatko he kaikki samalta saarelta?» kysyi hän edelleen.

»Ei», vastasi Barrable, »he eivät edes ymmärrä toistensa puhetta. Tuo, joka on tuolla ylhäällä, on Guadalcanasta, hänen takanaan oleva Ronongosta ja tuo kolmas — —», hän keskeytti puheensa, ja samalla hänen silmissään välähti jotain petollista.

»Mistä kolmas on kotoisin?» kysyi Kepple.

»Kolmas?» jatkoi Barrable. »Hän on eräältä saarelta, jonka nimi on Rendova, ja joka sijaitsee Rubianalaguunin luona. Hän näyttää olevan halukas pääsemään takasin sinne ia seuraa vastahakoisesti meitä Austraaliaan. Minä pidän häntä tarkoin silmällä, sir. Pelkään, että hänellä on jotain pahaa mielessä. Olenpa siitä, sir — olen aivan varma, sir.»

Kepple meni kylpyhyttiin. »He ovat kaikki ihmissyöjiä», jatkoi Barrable, »enkä minä tahdo mennä takuuseen siitä, mitä tapahtuisi, jos he näkisivät meidän purjehtivan kotipaikkansa ohi.»

Kep kääntyi ympäri ja kysyi: »Tarkoitatteko heidän toivovan, että me veisimme heidät Salomoninsaarille?»

»Toivovat», vastasi Barrable viekkaasti. »Minä en ole mikään Teidän neuvonantajanne, mutta jos voisin, veisin heidät niin lähelle, että he saattaisivat uida maihin.»

»Sen minä voin aina tehdä.» Silmänräpäystä myöhemmin Kep katui, mitä oli sanonut, sillä Barrablen silmissä oli loiste, jollaista hän ei ollut koskaan ennen nähnyt.

19 KEPIN MAANTUNTEMUS

Virtanaan valuvan sateen ja paahtavan auringonpaisteen vaihdellessa oli Nanumanga purjehtinut monta päivää, joiden kuluessa ei tapahtunut mitään mainittavaa. Ei ainoatakaan purjetta näkynyt tuolla rannattomalla merellä, ei ainoankaan höyrylaivan savua kohonnut taivaanrannalla. Joskus nähtiin yksinäisen albatrossin liitelevän levitetyin siivin, lentokalojen tekevän hyppyjään, valaiden suihkuttavan ilmaan korkeita vesipylväitä tai loistavan sadekaaren kulkevan halki taivaan.

Illoin nautittiin näystä, jonka tulessa kylpevä aurinko synnytti, öisin ihailtiin tähtitaivaan loistoa ja veden häikäisevää valkimoimista.

Säänvaihtelut olivat oikulliset kuten huhtikuun ilmat. Välistä voi maata kuumalla kannella ja tarkastella loppumatonta sinistä avaruutta, mutta tunnin kuluttua saattoi taivaan peittää synkkä pilvi, josta tuli vettä virtanaan.

Kun nousevan auringon säteet eräänä aamuna kultasivat kuunarin mastojen latvoja, menivät kanaakit kannelle itseänsä tuulettamaan, ja professorikin, joka ajoi partaansa hytissään, pisti saippuaisen päänsä ulos ikkunasta hengittääkseen ilmaa, jonka tuoksu muistutti ruusutarhan tuoksua.

Puolenpäivänaikaan tuli näkyviin pieni smaragdinvihreä saari huojuvine palmumetsineen. Pääskysen kokoinen perhonen, jolla oli ruusunpunaset siivet, lensi professorin polvelle, kun hän istui ja katseli tuota yksinäistä saarta. Kep saattoi kaukoputkensa avulla erottaa jokaisen koukistuvan palmun, jotka kasvoivat loistavalla kukkaisnurmella. Joukko pronssinvärisiä alkuasukkaita oli kokoontunut korallisärkälle. — Mutta juuri sillä hetkellä nousi synkkä pilvi nopeasti, ja tuo kaunis saari katosi nopeasti sadekuuron taa.

Oli yö, ja Nonouti Tom oli peräsimessä. Joyce öljyvaatteissaan tuli tuon tuostakin hänen luokseen ja katsoi kompassia.

»Neula toisessa paikassa», huomautti kanaki.

»Tiedän sen», vastasi Joyce. »Herra Kepple on muuttanut suuntaa».

»Näette kummitusvalon, Joyce?» kysyi Tom, joka oli sangen puhelias, kuten kaikki saarelaiset, ja viittasi luoteeseen päin. Joyce katsoi osotettuun suuntaan ja huomasi taivaanrannalla jonkun vilkkuvan valon. Jos he olisivat olleet suurempiliikkeisellä merellä, hän olisi pitänyt sitä kaukana olevana majakkana.

»Ajattelen laivan palavan kuten Coo—ee», lausui Tom.

»Tällaisessa rankkasateessa», huomautti Joyce. Hän meni kattoikkunan luo ja huusi puhelutoiveen: »Oletteko siellä, sir?» Kun Kepple ei vastannut, jatkoi hän: »Näen ilmiön, jota pyysitte tarkastamaan. Se on pohjoisluoteessa». Sitten hän kulki edelleen ja näki keittiön kupeella, joka oli suojattu tuulelta, Ned Barrablen ja erään salomoninsaarelaisen innokkaasti tarkastelevan tuota valoilmiötä.

Kepple tuli samassa kannelle ja lausui: »Hyvä maantuntemus Joyce?» — »On, sir, ja ajattelen, ettette olisi voinut paremmin laskea, vaikka olisimme olleet risteilijä Pingvinissä, enkä ymmärrä, kuinka olette oikein päässyt siitä selville».

»En ollut ollenkaan varma siitä, että tuo valo oli näkyvä», vastasi Kep. »Ei koskaan voi tietää, kuinka oikullinen tulivuori voi olla».

»Tulivuori!» huudahti Joyce. »Samallinen palava vuori, kuin se, jonka näimme Napolin lahdelta?»

»Aivan samallainen», vastasi Kep.

Kun hän tuli salonkiin, oli siellä kiivas sanakiista kuunarin suunnasta. »Ei, herra Wragg», sanoi professori ja kaatoi lasiinsa soodavettä, »minä en en tahdo väittää mitään Milanesiasta. Tunnen Fiji- ja Gilbertsaaret ja kaikki saariryhmät niistä itäänpäin. Pidän itseäni Polyneesian erikoistuntijana, näettekös. Te olette ollut täällä ennen, mutta minä en koskaan, ja kun sanotte että tuo saari oli Motuiti eikä Pattison, niin minä kumarran Teidän suuremmille tiedoillenne».

»Minä en liioin säikähtäisi, vaikka se olisi ollut kumpikin niistä», sanoi Chip kompassia katsoen. Samassa astui Kepple sisään kuivaten itseään pyyheliinalla ja riisui öljyvaatteet yltään.

»Herra Kepple, tahtoisitteko sanoa, mikä on sen saaren nimi, jonka sivuutimme aamupäivällä», kysyi professori. »Luulen että se on merkitty merikorttiin».

Kep istuutui. Hän oli merkinnyt laivan suunnan päiväkirjaan virkkamatta kenellekään mitään. »Se oli Sikiana», hän vastasi välinpitämättömästi, »ihana paikka sille, joka haluaa viettää päivänsä ikuisessa unessa kuten vanha kreikkalainen Rhadamanthus».

Professori katsoi häneen hämmästyneenä. »Salomoninsaaria? Mutta silloinhan me olemme monta penikulmaa syrjässä kulkusuunnastamme?»

Kepple hymyili tuo miehen innolle. »Päinvastoin. Olen tuskin penikulman päässä siitä paikasta, johon olen tahtonut tulla».

Protessori otti kartan. »Mikäli minä olen laskenut, meidän olisi pitänyt sivuuttaa Malaita-saari, jossa asuu maapallon suurimpia ihmissyöjiä!» hän katsahti Wraggiin, ikäänkuin olisi tahtonut pyytää häntä ottamaan päällikkyyden pois Keppleltä.

»Me kuljemme Malaita- ja Ulana-saarien välistä Guadanalcanaa kohti», vastasi Kepp.

»Hyvä Jumala» huudahti professori, »tulee yhä pahempaa ja pahempaa!» Hän oli kovasti kiihtynyt; hän nousi tuoliltaan ja aikoi kävellä ympäri salonkia. Viimein hän pysähtyi peukalot hihareijissä, pureskellen sikariaan.

»Herra Kepple, minusta näyttää, ettette ole ollenkaan niin taitava purjehtija, kuin luulin. Olen aina kuvitellut, että Teillä on pää olkapäiden välissä. Jos se Teillä joskus on ollut, luulen, että olette sen jossakin tapauksessa kadottaneet. Kun otitte päällikkyyden vastaan Tamonan luona, saitte määräyksen kulkea suoraan Sydneyhin. Ei ollut aikomus tulla kiertelemään Salomoninsaaria. Olisin Teille erittäin kiitollinen, sir, jos tahtoisitte hyväntahtoisesti selittää, mitä Te oikein ajattelette, kun Te tällä tavoin poikkeatte saamistanne määräyksistä.»

Kep veti syvään henkeään. Hän oli odottanut, että Nanumangan matkustaja tekisi hänelle tämän kysymyksen.

»Kun on näin tyyntä ja etsimme ihmissyöjiä, on minulla hyvin vähän toiveita päästä oikeaan aikaan Chicagoon», jatkoi professori. »Tämä viivytys pakottaa minut tekemään ohjelmaani suuria muutoksia».

»Ja kuitenkin se oli välttämätön», vastasi Kep professorin hämmästykseksi. »Minäkään en halunnut tulla tänne, mutta tulin pakotetuksi siihen. Minun olisi kentiesi pitänyt sanoa, että risteilijä, jonka kanssa puhuimme joku päivä sitten, käski minun kulkea Salomoninsaaria kohti ja laskea kanaakit maihin».

»Saatoin. Arvata sen», sanoi Wragg. »Aijoin pyytää, ettette olisi virkkanut mitään siitä, että meillä oli alkuasukkaita laivassa. Olin varma siitä, että saisimme määräyksen viedä heidät kotiseuduilleen».

»En voinut olla sitä sanomatta, kun sitä kysyttiin», lausui Kep.

Professori silitteli partaansa ja tarkasteli Keppleä silmälasiensa läpi. »Alan taas päästä selville asioista», sanoi hän. »Olette saanut määräyksen, herra Kepple, ja minä myönnän, että oli syytä olla siitä puhumatta. Mutta samalla luulen, ettette ole pakotettu noudatamaan tätä määräystä».

Kep katsoi häneen terävästi. »Suokaa anteeksi, herra professori, mutta luulen tietäväni velvollisuuteni, niin etten mene toimimaan vastoin saamiani määräyksiä».

»Joutavia!» vastasi professori. »Tuon pienen »käsky»-sanan vuoksi Te olette valmis syöksemään meidät ihmissyöjien käsiin. Jollen ole käsittänyt historiata väärin, ei Teidän kansallissankarinnekaan ollut aivan tunnontarkka, ei Teidän asemassanne, herra Kepple, minä olisin menetellyt kuten Nelson Kööpenhaminan luona, — enkä olisi ottanut huomioon vastenmielisiä signaaleja. On aivan yksinkertaisesti järjetöntä panna kuunari vaaraan kolmen villin tähden. Toivon, ettei minun katsota halveksivan ihmiselämää, jos myönnän, että pidän enemmän valkoihoisista ja ajattelevista aivoista. Voin sietää punasta intiaania, vieläpä älykästä neekeriäkin, mutta Etelämeren saarten alkuasukkaat ovat alhaisimmat niistä olennoista, joilla on kaksi jalkaa kulkuvälineenä, enkä minä tahtoisi antaa ainoatakaan penniä kokonaisesta laivalastista Salomoninsaarten kannibaaleja.»

Wragg ja Chip katsoivat kartasta kuunarin suuntaa. »Lungun luona Guadalcana-saarilta on kauppapaikka», huomautti Chip. »Ei pitäisi olla vaarallista laskea maihin sellaiseen paikkaan.»

Tämä tieto rauhoitti professoria, varsinkin kun hän sai tietää, että mainittuun paikkaan oli helppo päästä.

»Paha kyllä», lausui Kep, »ei ainoakaan ole sieltä kotoisin, emmekä voi heittää kanakejamme minne tahansa. Kukin heistä on vietävä omaan saareensa omaan kyläänsä. Sellainen on saamani määräys.»

»Siunatkoon!» huudahti professori, raapaisten kiivasti tulta tulitikkuunsa ja sytytti sikarinsa. »Jättäkäämme heidät ensimäiselle luodolle ja sanokaamme hyvästi!»

Kep otti pöydältä kirjan. »Pyydän saada lukea Teille muutaman rivin. — Malalta- ja Guadalcana-saarten asukkaat ovat huonossa huudossa niiden monien hyökkäysten vuoksi, joita he ovat tehneet laivoja vastaan. Kokonaisten kyläkuntien on tapana yhtyä ja tallettaa näkinkenkiä, koristeita, merisianhampaita y. m., ja nämä joutuvat sille kylälle, jonka asukkaat ovat eniten kunnostautuneet hyökkäyksessä ensimäistä ohikulkevaa laivaa vastaan. Työväkeä kotiin kuljetettaessa on noudatettava suurinta huolellisuutta siinä kohden, että kukin lasketaan maihin samaan paikkaan, jossa hänet pestattiin, koska he aivan varmaan surmataan ja syödään, jos he joutuvat vaikkapa vain muutaman penikulman päähän kotipaikastaan.»

»Mm!» Professori tuprutti savua sikaristaan. »Te aijotte siis risteillä noiden kirottujen saarien keskellä edestakaisin kuten Jerusalemin suutari ja tuhlata kallista aikaanne — ja myös minun —

kunnes nuo kolme barbaaria ovat löytäneet omat tupansa tahi paikan, jossa hän lapsena jyrsi lähimäisensä luuta, tai kunnes joudumme saarelaisten hakkelusruuaksi. Samalla Te, herra Kepple, toivottavasti muistatte, että meidän keskuudessamme sattuu olemaan tuo haisunäätä Barrable.»

Kep katsoi häneen kysyvästi.

»Luuletteko tuon lurjuksen pysyvän rauhallisena, kun lähestymme Rubianalaguunin aarretta? Kuvitteletteko, että hän antaa sen olla siellä ja odottaa jotakuta itseään ovelampaa? Voitte lyödä vetoa siitä, ettei häntä ole sellaiseksi kastettu, ja jos tahdotte noudattaa minun neuvoani, niin muuttakaa heti laivan suunta ja ohjatkaa kulkumme suoraan Sydneyhin!»

»Tullakseni sotaoikeudessa syytetyksi tottelemattomuudesta!» vastasi Kep nurpeissaan. »Ei, herra professori. Minä en voi katsoa asiata Teidän näkökannaltanne. Englantilaisen meriupseerin on ehdottomasti noudatettava määräyksiä, ja minä aijon myös tehdä sen!»

Kun professori huomasi Keppien horjumattomaksi, koetti hän vaikuttaa Wraggiin ja Chipperfieldiin. »Luulen, että sotalaki hyväksyy äänestyksen», sanoi hän. »Mitä mieltä Te olette, herra Wragg ja herra Chip?»

Wragg koputti piippuaan ja vastasi: »Seuraan kuunaria, menköön se minne tahansa.»

»Ja minä noudatan herra Kepplen määräyksiä kaikissa olosuhteissa», sanoi Chip.

Professori siveli miettiväisenä partaansa ja katseli sadetta, joka valui virtanaan pitkin kattoikkunaa.

»Salomoninsaaret tarjoavat luonnontutkijalle monta houkutusta», järkeili hän. »Niiden eläinmaailma on loistava, niiden perhoset ainoat laatuaan ja niiden kukkaismaailma kasvientutkijan paratiisi. Toivon voivani lisätä kokoelmiani huomattavassa määrin. Ja luottaen Englannin laivaston armolliseen suojelukseen, herra Kepple, en luultavasti hämmästy, vaikkakin sattumalta joutuisin määräaikana Chicagoon.»

20 Kohtalon uhmailemista

Seuraava päivä oli pilvetön; puhalti heikko länsi tuuli Ja tulivuoren savu kohosi ilmaan kuten tavattoman iso palmu. Mitä kauemmaksi kuunari pääsi länteen päin, sitä enemmän tuli näkyviin kaukaisia vuorenhuippuja, ja illalla saattoi erottaa lännestä pohjoiseen kulkevan Malaita-saaren, jonka vuoria peitti vihreä, troopillinen kasvullisuus loistavan valkoisesta rannasta alkaen korkeimmille huipuille saakka. Nanumangan tie antoi leveän salmen kautta, jonka suussa taivaanrannan leikkasi pieni Ulauan saari.

Kepple ei kerskaillut sillä, että hän oli tullut juuri siihen paikkaan, mihin oli tahtonut päästä. Hän vain ihmetteli amiraalikunnan karttojen ja mittauskoneiden tarkkuutta. Omasta puolestaan hän oli ainoastaan tyytyväinen, kuten on jokainen merimies, kun hän huomaa laskeneensa oikein.

Salomoninsaarelaiset olivat jo osottaneet tuntevansa tuon vuorisen maan, jota he lähenivät. He keskeyttivät välistä työnsä hengittääkseen sen tuoksua tai äänettöminä katsellakseen tulivuoren synnyttämää savupatsasta. Tulivuori oli muiden vuorten takana, mutta alkuasukkaat näyttivät maan muodosta huomaavan tuttuja piirteitä. Vasta illalla, kun savu alkoi loimuta kuten revontulet, he näyttivät saavan varmuuden siitä, että lähestyttiin heidän kotimaataan. »Jollei tuo ole Salomoninsaaria, tahdon syödä oman pääni», selitti Barney Stretch, kun hän Trimblen kanssa laitteli erästä reiviä, ja Trimbte vastasi: »Siinä tapauksessa sen syö joku toinen».

»Voimme jäädä niistä jonkun matkan päähän», huomautti Barney. »Emme laske minkään saaren rantaan».

»Lasketaan», selitti Trimble varmana. »Nuo kolme kanaakia lasketaan maihin. Ned on viekkaudella saanut sen tietää, ja meillä oli yöllä pitkä keskustelu sen johdosta. Ned on noita. Hän saa selvän kaikesta; hän pitäisi olla etsivänä poliisina».

»Ned! Tuo rahjus tekee minut sairaaksi», murahti Barney. »Hänessä ei ole rohkeutta kahdenkaan pennin edestä. Tuo pieni amerikkalainen pidätti hänet, ja nyt ukko voi tehdä hänelle mitä tahansa. Vieläpä herra Chipperfieldkin on vienyt voiton häneltä».

»Ole vaiti!» huudahti Trimble halveksivasti. »Sinä et tunne Nediä. Sinä luulet hänen luopuneen aikeesta sentähden, ettei se onnistunut, kun me olimme tyvenen vallassa ja hän meni laivahylkyyn, vaikka hänen olisi pitänyt pysyä laivassa ja toteuttaa suunnitelmamme. Mutta odotahan, saat vielä nähdä! Ned on pyytänyt minua odottamaan kunnes lähestymme Salomoninsaaria, ja viime yönähän järjesti kortit. Viikon kuluttua me, Barney, elämme kuten lordit kuunarin salongeissa. Saamme sanoa hyvästi suolalihalle ja homehtuneille korpuille. Saamme syödä joka päivä herrain ruokaa, kukin saa asunnokseen upseerinhytin, ja alus on reelinkiä myöten rahaa täynnä».

»Puhut joutavia? Ei kookospalmuissa rahaa kasva. Tarkoitat helmiä.»

»Kultaa, puhdasta kultaa. Laguunissa tuolla vuorten takana on uponneena vanha espanjalainen gallioni. Kultarahoja ja harkkoa on merenpohjassa suunnattomat määrät, ei muuta kuin nostoa ylös. Ja kaikki on meidän, sinun ja minun ja Nedin.»

»Vai niin», vastasi Barney keskeyttäen työnsä. »Entäs päällystö? Missäs herra Kepple ja poika ja perämies ja amerikkalainen silloin ovat? Etkö luule heidän tulevan osalle?»

Trimble pudisti päätään. »Kortit sanovat, että he menevät maihin, ja tiedäthän, kuinka helposti siellä tapahtuu onnettomuus. Ned ajatteli ensin, että tarvitsisimme aseita, mutta nyt hän aikoo antaa kannibaalien tehdä työn; se on parempi. Heti kun olemme saaneet rahat haltuumme, purjehdimme omalla aluksellamme ensin San Fransiskoon ja sieltä kotiin Englantiin».

»Vai niin», sanoi Barney, »ja kuka meistä osaa purjehtia halki Tyynenmeren?»

»Ned, etkö ymmärrä», vastasi Trimble. »Ned osaa lukea merikorttia ja tehdä havaintoja yhtä hyvin kuin nuo hienot keikaritkin. Ned osaa kulkea yhtä varmasti Tyynellämerellä kuin sinä San Fransiskossa. Ned on noita, oikea noita».

Kun kunnari saapui saarten luo, heikkeni tuuli. Kun laiva oli kiertänyt ensimäisen niemenkärjen ympäri, oli purjehtijain silmäin edessä ihmeen ihana maisema. Niin kauas kuin katse kantoi, olivat vuoret mitä runsaimman troopillisen kasvullisuuden peittämät; siellä täällä näkyi kauniita vesistöjä.

Korallirannalla oli ryhmittäin kookospalmuja sulkamaisine lehtineen, joita tuulenhenki huojutti tahdissa leipäpuiden piikkisten lehtien kanssa. Köynnöskasveilla keinui koreavärisiä lintuja, ja kauempaa metsästä loistivat karmosininväriset kukat. Kuunari liukui lähemmäksi, ja Kepple ja Chip seisoivat kannella kaukoputkilleen.

»Tämä on kuin muuttokohtaus Drury Lanessa», sanoi Kep.

»Aivan», vastasi professori, joka seisoi hänen takanaan. »Ja kaikki tämä on annettu väestölle, joka on maapallon pirullisinta ja petollisinta väkeä».

Hän lainasi Chipin kaukoputken ja jatkoi: »Luulen näkeväni yhden alkuasukkaan tuolla lahden rannalla; se on nainen, jolla on pieni poika mukanaan».

»Siellä on kylä», sanoi Chip. »Ja tuolla on koko joukko alkuasukkaita. He työntävät kanotin vesille. Näettekö heitä, professori?»

Professori tähysteli hetkisen osotettuun suuntaan ja lausui sitten: »Luulen, että he aikovat tulla vastaan. — Katsokaas, herra Kepple, eikö tuo kanootti ole kaunismuotoinen. Tahdon kernaasti nähdä sen läheltä».

»Minä en halua ollenkaan tarkastella sitä. Enkä pidä siitäkään, että heillä on noin kiire».

Kanotti oli hyvin suuri. Siihen astui kymmenkunta alastonta alkuasukasta varustettuina meloma-airoilla, joita he käyttivät ihmeteltävällä taidolla, niin että kanotti kiiti suurella vauhdilla. He kulkivat vähän viistoon aikoen katkaista kuunarin tien, mutta tämä kulki kuitenkin hyvää vauhtia, josta oli seurauksena ainoastaan se, että professori sai nähdä villit verrattain läheltä. Nämä lakkasivat soutamasta päästäen pettymystä osottavan ulvonnan, ja Nanumanga jatkoi matkaansa Malaita- ja Guadalcanax-saarien välistä salmea kohti.

Professori laski, että viimemainitun saaren korkein huippu oli vähintään kahdeksantuhatta jalkaa korkea. Guadanalcarin pohjoispuolella oli pieni Savon saari suitsuavine tulivuorineen, joka on ainoa toimiva tulivuori Salomoninsaarilla. Professori kertoi Chipille, että kaikki nämä saaret olivat tulivuoriseutua ja sentähden niin pelättyjä.

Illalla tähystäjä ilmoitti, että oikealla puolella näkyi kaksimastoinen alus. Joyce antoi sille merkin, ja kun se tuli lähemmäksi, nähtiin sen peräsimessä valkoihoinen mies.

»Ettekö haluaisi tulla laivaamme?» sanoi Kepple ja katseli miestä, joka oli keski-ikäinen ja parrakas, likaisessa puvussa ja leveä hattu päässä.

»Teidän ei tarvitse pyytää minua toista kertaa», vastasi vieras ja nousi laivaan. »Olen sangen hämmästynyt tavatessani meriupseerin kauppalaivassa», sanoi hän tervehtien Keppleä. »Pyydän saada esittää itseni. Nimeni on Forbes. Purjehdin liikeasioissa San Christovalilla. Olen juuri ollut Guadalcanarissa tervehtimässä erästä tuttavaani. Ainakin —» hänen kasvonsa synkistyivät — »matkustin sinne sentähden. Mutta tulin puoli päivää liian myöhään. Hänestä oli enää jälellä vain pää. Hän oli paras ystäväni, mutta hän ei totellut varotuksiani noiden villien suhteen. Hän oli viides mies, jonka he ovat ottaneet päiviltä senjälkeen kun saavuin näille tienoille. Luulen, että nyt tulee minun vuoroni».

Professori astui askeleen lähemmäksi vierasta. »Tarkoitatteko, sir, että kaikki nuo viisi on — syöty?»

»Juuri sentähden he surmattiin», vastasi Forbes.

Kep katsoi, oliko pursi hyvin kiinnitetty, ja sanoi sitten:

»Käymme juuri illalliselle, ja toivon, että Te, herra Forbes teette meille seuraa».

»Kiitollisuudella», vastasi vieras.

Illallisen aikana Kep puhui kolmesta saarelaisesta. »Teidän täytyy tietysti laskea kukin heistä omaan saareensa», sanoi Forbes.

»Puhun heidän kanssaan ja otan selvän siitä, mistä he ovat kotoisin. Jos laskette heidät maihin väärään paikkaan, syödään heidät heti. Ja minä neuvoisin Teitä olemaan varovaisia myös oman väkenne vuoksi. Muuan Janet Stuart-niminen kauppalaiva menetti sillä tavoin koko miehistönsä muutama kuukausi sitten, ja samaten kävi myös Borealikselle ja Young Dickille. Olette Tyynenmeren pahimmassa paikassa».

Hän kuulusteli saarelaisia ja sai Kepin hämmästykseksi tietää, että Barrablen tiedonannot heistä olivat aivan väärät. Merikortin ja kynän avulla hän osotti tarkkaan heidän kotipaikkansa — he olivat kaikki eri saarista — ja lyhimmän tien niihin.

Jos Barrablen selityksiä olisi seurattu, sanoi hän, olisi Kep tuskin ennättänyt laskea maihin muuta kuin yhden alkuasukkaan, sillä hänen ja muiden laivassa olijain kohtalo olisi ollut erittäin epävarma.

»Joka tapauksessa», jatkoi herra Forbes, »saatte kiittää hyvää onneanne, jos selviätte onnellisesti tästä seikkailusta. Mitä hukkuneeseen gallioniin tulee, josta puhuitte, en ole kuullut siitä koskaan, vaikka tunnen sangen hyvin Rubianalaguunin. Se on vaarallinen paikka, ja minä Teidän asemassanne välttäisin sitä».

Juuri kun hän aikoi astua purteensa, hän huomasi Barrablen. »Muistui mieleeni», sanoi hän samassa Kepille, »että olen pudottanut kellonavaimen, ja olisin kiitollinen, jos voisin saada Teiltä sellaisen».

»Luulen, että minulla on yksi ylimääränen avain», vastasi Kep. »Tulkaa alas, niin saamme koettaa, sopiiko se kelloonne».

Kun he pääsivät hyttiin, sanoi herra Forbes nopeasti: »En tarvitse mitään kellonavainta. Mutta kuka on tuo punatukkainen mies, joka juuri seisoi kannella?»

»Hänen nimensä on Barrable», vastasi Kep. »Hän on haaksirikkoinen. Tapasimme hänet Enderburystä. Tunnetteko hänet? Hän sanoi nimekseen Jacob Lavington».

»Tunnen hänet ulkomuodolta ja tiedän hänen ansionsa. Hän oli risteilijä Hectorin toinen perämies, mutta karkasi. Hänen oikea nimensä on William Gudge. Jokainen Tyynenmeren risteilijä on etsinyt häntä vuosikausia, ei yksistään karkaamisen vuoksi, vaan sentähden, että hän oli johtajana, kun Alice ryöstettiin Maramasikin luona, mikä on Etelämeren saarienkin tapauksista törkeimpiä tapahtumia. Sanotte hänen olleen risteilijä Pingvlnissä, ja kuitenkin hän on nyt tässä kuunarissa. Te olisitte paremmassa turvassa tuolla suitsuavan tulivuoren juurella kuin laivassa, jossa William Gudge on mukana. Minä en tahtoisi kulkea hänen kanssaan samassa aluksessa Lontoosta Margateen. Hänen ottamisensa mukaan Salomoninsaarille on aivan yksinkertaisesti kohtalon uhmailemista.»

21 »Halloo, professori! Oletteko päättänyt tulla mukaan?»

Professori tuli kannelle urheilupuvussa lakeerattu kanni olalla, hyönteisverkko toisessa kainalossa ja metsästyskivääri toisessa. Hänen taskunsa olivat pullollaan, ja yhdestä taskusta pisti esiin ammoniakkipullo, jonka hän otti mukaansa hyönteisten tappamista varten. Hän katsoi Chippiä hetkisen, ikäänkuin pojan kysymys olisi hämmästyttänyt häntä.

»Tietysti,» vastasi hän, »minä en välitä ihmissyöjäjutuista. Vaikkapa sellaisia mielenkiintoisia olentoja olisikin noissa palmumetsissä, en luule heidän saavan ruokahalua tällaista luurankoa kuin minä olen katsellessaan. Tulen mukaan. Retki on monessa suhteessa minulle tärkeä. Kuten olen sanonut, on Salomoninsaarten eläin- sekä kasvikunta ainoa laatuaan, ja luulen saavani selville monta tähän asti tuntematonta seikkaa.»

»Näin äsken hauskimman linnun, mitä koskaan olen nähnyt», sanoi Chip. »Se oli jotensakin fasaanin mukainen, ja sen nokka oli yhtä pitkä kuin se itsekin oli.»

Professorin mielenkiinto heräsi. »Se oli luullakseni musta, sen pyrstö oli valkea ja nokka keltainen ja kyhmykäs? Se oli nokkaharakka, maailman merkillisimpiä ornitoloogisia ilmiöitä. Olisin tahtonut nähdä sen. Olipa hauskaa kuulla. Tämä vahvistaa uskoani, että Guadanalcanar on oleva paras paikka koko Tyynellämerellä. Minun olisi syytä jäädä tänne yhdeksi kuukaudeksi. Tiedättekö, ankkuroimmeko tähän?»

Noin tuntia aikaisemmin oli Joyce saanut määräyksen jännittää purjeet ja Nanumanga seisoi paikallaan vuorisen saaren kupeella. Mutta Kepple ei ollut vielä päättänyt laskea ankkuria. Hän oli kahden vaiheella, laskisiko ankkurin vai ei.

Noin penikulman päästä hän saattoi erottaa pari asumusta palmujen joukosta pienen joen rannalta. Hänen merikarttansa osottivat, että tämän kylän nimi oli Lungu, ja herra Forbes oli sanonut, että yksi alkuasukkaista oli kotosin tämännimisestä paikasta. Kepple oii kuitenkin senjälkeen verrannut merikarttaa eräässä Salomoninsaaria käsittelevässä teoksessa olevaan karttaan ja havainnut, että Guadanalcanarin itäosassa oli kolme kylää, joiden nimet olivat hyvin samallaiset, nimittäin Lunga, Lungu ja Lango. Hän ei tietänyt, mikä niistä oli se, josta laivassa olevat saarelaiset olivat kotoisin, ja saattoi helposti tapahtua, että he joutuivat vihollistensa joukkoon.

Hän päätti kysyä asiata mieheltä itseltään ja tutki sentähden pientä sanastoa, joka oli matkaoppaassa. Vahinko vaan, että tuossa käsikirjassa oli ainoastaan pari sanaa, jotka sopivat tähän tarkoitukseen. Nämä sanat olivat »wai» (talo) ja »tike» (äiti). Mutta hän ajatteli, että hätätilassa nekin riittäisivät, ja hän kutsui miehen luokseen. Tämä oli Kepin mielestä vähän erilainen kuin muut kanakit, joita hän oli nähnyt; hänellä oli kentiesi terävämpi nenä ja villavammat hiukset. Hän oli aivan alaston, lukuunottamatta vyötäisillä olevaa verhoa ja oikeassa käsivarressa olevaa hietasimpukoista tehtyä rengasta. Tässä renkaassa riippui hänen piippunsa, tupakkansa ja veitsensä. Hänen rintansa oli tatuoitu, ja häntä nimitettiin yleensä Johnnieksi.

Kun hän astui Kepin luo, osotti tämä maata, ja Johnnie nyökäytti päättään merkiksi siitä, että hän ymmärsi mistä oli kysymys, mutta hänen suurissa silmissään oli tyhjä ilme. »Tike?» sanoi Kep. »Wai?» »Sinä otat boksin ja lähdet maihin veneellä?»

Johnnien silmät loistivat, kun hän kuuli sanan »boks», jolla hän arvasi tarkoitettavan pientä laatikkoa, jossa oli kauppatavaroita ja jollainen oli tapana antaa alkuasukkaille palkkioksi heidän kolmivuotisesta työstään Queenslannissa. »Juu», vastasi hän päätään nyökäyttäen ja katsoi maata kohti. »Ei Sydneyhin, menen veneellä.» Ja hän osotti palmujen keskellä olevaa kylää, ikäänkuin hän olisi tahtonut sanoa, että se oli hänen kotikylänsä. Kep oli pannut koriin vähän tupakkaa, vanhan hatun, parin housuja sekä erilaista muuta tavaraa, josta hän luuli saarelaisten pitävän.

»Voit ottaa korin ja lähteä», sanoi Kep ja käski Joycea laskea vesille valasveneen ja pienen veneen. Hänen [...] täytyy käyttää kahta venettä toista suojaksi toiselle hyökkäyksen varalta. Hän oli mitannut meren syvyyden ja huomannut vettä olevan kyllin syvältä, jonka vuoksi hän antoi laivan risteillä purjeet ylhäällä. Samalla hän ryhtyi monenlaisiin varovaisuustoimenpiteisiin, latasi molemmat kuusinaulaiset ja laittoi piikkilankaverkkoa laivan laitaan, estääkseen alkuasukkaita kiipeämästä laivaan. Niitä alkoi jo näkyä useampia. Hän käski ottamaan valasveneeseen vähän kauppatavaroita ja lahjoittamaan ne saarelaisille. Joyce sai päällikkyyden pienessä veneessä, miehistönään Liehakko, Rotuma Charlie sekä Tonga ja hänen varjonsa, jokainen ladatulla revolverilla asestettuna. Chipperfield otti valasveneen päällikkyyden. Sen airoissa olivat Banable, Barney Stretch, Nonouti Tom ja Te Puna; professori oli matkustajana, ja Johnnie istui tavaroineen etukokassa.

Tuollainen varustautuminen näytti suurelliselta, kun oli kysymys vain yhden villin maihin viemisestä, mutta kuten herra Forbes oli sanonut, ei koskaan voitu olla liian varovaisia kun oltiin tekemisissä Etelämeren saarten asukkaiden kanssa. Kep piti silmällä molempia veneitä, kun ne soutivat maata kohti. Omansa ja laivan turvallisuuden suhteen hän oli huoleton. Ei näkynyt vielä ainoatakaan kanottia. Muutamat alkuasukkaat uivat veneitä kohti ja antoivat niiden hinata itseään perästään. Puolenkymmentä jatkoi matkaansa kuunaria kohti, ja kun he tulivat lähemmäksi, Kep näki, että uijat olivat naisia ja lapsia. He uivat laivan ympäri, ja Kep katseli ihmetellen heidän uimataitoaan. Viimein molemmat veneet lähtivät soutamaan jokea myöten ja Kep saattoi erottaa enää vain valasveneen punasen viirin vilahtelevan pensaiden välistä.

Jonkun aikaa he soutivat keskivirtaa, mutta kun he pääsivät kylän kodalle, Chip ohjasi veneensä rantaa kohti, jota peittivät kroton- ja hibiscuskukat sekä huojuva palmumetsä köynnöskasvineen ja loistavine kämmekkäineen.

»Todellakin!» huudahti professori, kun muuan lintu lähti lentoon lehvistöstä. »Siinä on taas nokkaharakka».

»Minä katsoin juuri tuolla puiden alla olevaa kojua. Näittekö mitä siellä oli?» kysyi Chip ja osotti kaatunutta kojua; sen päällä kasvoi köynnöksiä, se oli rakennettu kuuden pylvään varaan ja sen sisässä oli kasa pääkalloja.

»Näin ne», vastasi professori, »Ja luulen, että ne ovat jäännöksiä heidän metsästysretkiltään. Heillä on omituinen halu kerätä ihmisen päitä. Niistä saamme mielenkiintosia aineita Chicagon yliopistolle».

Chip loi häneen katseen, joka osotti kaikkea muuta vaan ei hyväksymistä. »Ei kannata koettaa», sanoi hän. »Silloin meidän päämme mahdollisesti joutuisivat tuohon samaan kokoelmaan. Päällimmäiset noista muuten näyttävät hyvin tuoreilta».

»Ja haisevat myös sellaisilta», lisäsi professori, kun he pääsivät tuon kamalan kokoelman lähelle.

»Tarttukaa airoihin, Lavington», komensi Chip, »ja valmistautukaa viemään Johnnien laatikko maihin. Ja sanokaa hänelle, että hän on valmiina lähtemään veneestä».

Mutta Johnnie, joka näki veneen ja rannan välin lyhenevän, alkoi viittoa epätoivoisena. »Ei maalle!» huusi hän. »Ki —ki — no doko — mate».

»Hän sanoo, ettei hän tahdo mennä maihin», selitti Barrable. »Hän sanoo, että kansa on ilkeätä ja tappaa ja syö hänet».

»Kenties olemme joen väärällä puolella», arveli Chip. »Kysykää häneltä, Lavington, missä hänen kotinsa on!»

»Luulen hänen sanovan, että hänen kotinsa on kauempana», lausui professori, kun Johnnie innokkaasti osotti saaren sisäosaan päin.

»Mistä nyt on kysymys?» kysyi Joyce, joka nyt saapui paikalle pienen veneensä kanssa. Chip selitti asian hänelle ja ehdotti, että Johnnie laskettaisiin laatikkoineen maihin ja annettaisiin hänen itsensä hakea kotinsa.

»Ei, sitä emme tee», lausui Joyce. »Se olisi vastoin herra Kepplen määräyksiä. Meidän on meneteltävä niin, että hän varmasti pääsee takaisin kotiinsa omaistensa luo, ja mikäli näyttää, ovat tämän paikan asukkaat hänen vihamiehiään».

«En huomaa mitään vihollisuuden merkkejä», huomautti professori. »Uivat naiset, jotka kohtasimme, olivat aivan rauhallisen näköisiä. Miehiä taas en näe ainoatakaan».

Joyce otti asian käytännöllisen merimiehen kannalta. »Soutakaa vielä vähän matkaa eteenpäin, herra Chipperfield! Voitte hyvin soutaa noin puoli penikulmaa, ja sitten saa teistä pari, kolme miestä astua maihin ja lähteä häntä saattamaan. Sellainen oli määräys. Jättäkää Stretch veneen luo odottamaan!»

Sekä Chipperfield että professori ihmettelivät sitä, ettei koko kylässä ollut miehiä. Tosin pari rumaa ukkorähjää seisoi ja piti veneitä silmällä, mutta muuten näkyi ainoastaan tyttöjä ja poikia sekä lihavia akkoja, joilla oli pieniä lapsia sylissä. Kaikki näyttivät hyvin ystävällisiltä, ja tullakseen heidän ystävällisyydestään vakuutetuksi, Chip antoi valasveneen kulkea lähemmäksi rantaa. Yksi nuorukaisista oli uimassa ja tarttui kiinni veneen laitaan. Chip antoi hänelle käärön tupakkaa. Oli turhaa kysyä, missä miehet olivat. Poika ei osannut selittää, että he kaikki olivat päitä pyydystämässä saaren sisäosissa.

»Eteenpäin!» komensi Chip, ja pian oli päästy kylän ohi ja saavutettu eräs pieni sivujoki. Täällä Johnnie antoi merkin, että hän pyysi päästä maihin. Joyce antoi nyt Liehakon astua valasveneeseen ja souti sitten kolmen muun kanaakin kera joen suuhun, pitääkseen vahtia ja antaaksen tiedon asiain tilasta Kepplelle. Hän pelkäsi, että alkuasukkaita saattoi tulla sen kautta ja katkaista valasveneen paluutien, ja hän toivoi voivansa kutsua apua kuunarista.

Liehakko oli astunut valasveneeseen ja valmistautui hyppäämään maalle, mutta hän päästi äkkiä kovan huudon, kun hän näki veden pinnalla olevan jotakin, mikä muistutti puunrunkoa. »Soutakaa takasin! Se makaa! Muuten se söisi meidät!» Se oli krokodiili.

Se heräsi ja kääntyi kita auki venettä kohti, mutta kun Te Puna antoi sille voimakkaan iskun keksillä, se katosi heti vesikasvien joukkoon.

»Oletteko ennen nähnyt sellaisen toverin, Chip?» kysyi professori.

»Vain eläintieteellisessä puutarhassa, mutta se ei ollut läheskään yhtä iso», vastasi Chip.

Liehakko auttoi professorin veneestä. Chipperfield seurasi perästä iloisena siitä, sai taas astua maihin. »Pysykää hiljaa keskivirralla, Barney», sanoi hän tälle, ja katselkaa tarkoin joka taholle. Jos jotain tapahtuu, huutakaa Coo-ee! Oletteko ymmärtänyt?»

»Allright, sir», vastasi Barney.

Chip kääntyi nyt Barrablen puoleen. »On parasta, että Te seuraatte meitä. Antakaa kanaakien kantaa tavaroita. Antakaa minulle kivärini. Veneen laatikossa on kaksi revolveria. Ottakaa itse niistä toinen ja antakaa toinen Barneylle!»

Näennäisesti ilman erityistä tarkoitusta hän erotti tällä tavoin toisistaan Barneyn ja Barrablen. Kuka tietää, mitä olisi voinut tapahtua, jos hän olisi jättänyt molemmat veneeseen, joka oli Chipin ja professorin ainoa pelastusväline? Yhdessä he mahdollisesti olisivat voineet toteuttaa sen suunnitelman, josta George Trimble oli puhunut, mutta erotettuina he eivät voineet tehdä mitään pahaa vahingoittamatta toisiaan. Barrable hätkähti kuullessaan Chipin määräyksen, ja kun hän nouti aseet, kuiskasi hän Barneylle: »Odota! Minä järjestän asian!».

22 PROFESSORIN PARATIISI

Chip järjesti seurueen marssijärjestykseen. Johnnie ja Barrable tulivat etupäähän. Ennenkuin lähdettiin liikkeelle, hän määräsi suunnan kompassin avulla. Ei tiedetty, kuinka kaukana Johnnien kotikylä oli.

»No, professori!» huudahti Chip. »Nyt lähdetään! Mutta mitä Teillä on mukana! Aijotteko tehdä kasviopillisia tutkimuksia?»

Professori oli mennyt pensastoon, joka oli täynnä valkeita ja keltaisia kukkia sekä surisevia mehiläisiä.

»En ole koskaan nähnyt näin omituisesti muodostunutta suojeluspukua», lausui hän vastaukseksi. Hän oli ottanut taskustaan pienen rasian ja kaatoi siihen jotakin eräästä kukasta, jonka hän oli taittanut. »Katsokaapas vain tätä valkoista kukkaa! Siinä on hämähäkki, ja se on yhtä valkoinen kuin kukka itsekin. Mehiläinen ehdottomasti luulee sitä kukan hedekimpuksi». Hän pisti hämähäkin rasiaansa. »Tulkaa nyt vähän .katsomaan tätä pensasta!» jatkoi hän ja taittoi siitä kukan. »Tämä kukka on samallainen, mutta keltainen, ja tässä on samallainen hämähäkki, mutta keltainen. Eikö se ole merkillistä!» Ja hän pani keltaisenkin hämähäkin rasiaansa. »Yksistään tällaisen löydön vuoksi kannattaa tänne tehdä matka Chicagosta!»

Puussa heidän päänsä päällä liikkui jotakin. Chip katsahti ylöspäin samaten kuin professorikin. He näkivät eräässä oksassa riippuvan jotakin, mikä muistutti suurta mustaa hedelmäkimppua.

»Jolleivät nuo ole lentokettuja, saa minua sanoa ryssäksi!» huudahti tuo pieni mies. Samassa hän otti esiin verkkonsa ja vangitsi niistä taitavasti yhden. Chip ei olisi kernaasti tahtonut koskea tuohon ilkeään, vampyyrin kaltaiseen eläimeen, mutta professori ei epäillyt silmänräpäystäkään. Parilla tipalla ammoniakkia hän lopetti sen pyristelyn ja lähti viemään sitä veneeseen juuri kun Liehakko aikoi työntää sen vesille. Sitten kiiruhti hän riviin Chipperfieldin rinnalle.

»Tiedätkös, Chip», hän jatkoi poikamaisella innostuksella, »tämä matka on hauskin, niitä koskaan olen tehnyt. Jotain uutta joka askeleella. Tahtoisin jäädä tänne ja luokittaa näiden saarien eläimet ja kasvit. En ole koskaan osannut kuvitella tällaista eläin- ja kasvipaljoutta. Tämä on suurenmoista. Jollei minun tarvitsisi kiirehtiä Chicagoon luentojen vuoksi, pyytäisin herra Kepplettä jatkamaan matkaansa ja noutamaan minut täältä kahdentoista kuukauden kuluttua, ja laivassa pitäisi olla paljon painolastia, jonka voisi viskoa pois, niin että minun kokoelmani mahtuisivat laivaan. — Katsokaas! — Huomasitteko sisiliskoa, joka juuri meni ohitsemme? Varanus indicus, jollen erehdy!»

Chip katsoi polun suuntaan, jossa Barrablen leveä hattu näkyi kaukaa. »Johnnie alkaa kiiruhtaa. Se osottaa, että hän tietää lähestyvänsä kotiaan.»

»Minun käsittääkseni meillä ei ole mitään kiirettä», vastasi professori. »Onhan vasta aamupäivä, ja — — —». Hän pysähtyi ja katseli ylöspäin. »Eikö ole merkillistä!»

Chip seurasi hänen katsettaan ja näki tusinan rubiininpunaisia vaivaispapukaijoja, pieniä kuin varpuset, rivissä aivan lähekkäin toisiaan. Keskellä oleva papukaija oli aivan smaragdinvihreä. »Näette pienimmän papukaijan, minkä tiede tuntee», sanoi professori.

»Ne ovat ominaisia näille saarille eikä niitä tavata missään muualla. Mutta minä ajattelen, minkätähden niiden joukossa on yksi vihreä». Hän seisoi ja katseli niitä tarkkaavaisesti.

»Tulkaa nyt, professori!» sanoi Chip ja veti professoria takista. Mutta professori seisoi liikkumattomana. Chip otti silloin hattunsa ja heitti sen ilmaan, jolloin linnut lensivät matkoihinsa.

Professori kääntyi Chipin puoleen. »Te pojanrakkari, tiedättekö, mitä teitte! Luulette minun niitä vain uteliaisuudesta tarkastelevan?»

Chip otti hattunsa ja huomautti, etteivät he olleet tulleet sinne lintujen vuoksi.

»Myönnän sen», vastasi professori, »mutta joka tapauksessa se oli ruma teko. Kestää kauan, ennenkuin annan sen anteeksi! Luulen, että käsitätte tekonne merkityksen, kun sanon, että tein juuri tärkeän tieteellisen havainnon».

»Olen kovasti pahoillani, että keskeytin tarkastelunne», vastasi Chip anteeksipyytäen. »Tahdoin vain huomauttaa, ettemme jäisi jälelle. Mitä havaintonne koskee?»

Professori kulki hetkisen vaiti, mutta kun he taas näkivät edellään kulkevat miehet, jatkoi hän: »Olen ratkaissut erään probleemin, herra Chip. Tähän asti on nämä punaset papukaijat laskettu toiseen luokkaan kuuluviksi kuin vihreät. Tiedemiehet ovat jakaneet ne värin perusteella, mutta tämä on väärä menettelytapa. Havaitsin, että vihreät aivan yksinkertaisesti ovat saman lajin uroksia ja punaset naaraita. Ja jos olisitte luonnontutkija, huomasitte heti, kuinka tämä ilmiö on havaittavissa kaikkialla myöskin hyönteisten ja nisäkkäiden joukossa. Tämä on minun erikoisalani. Olen niin sanoakseni kulkenut Darvinin jälkiä, ymmärrättekö, ja ne tosiasiat, jotka tänään olen pannut merkille näiden hämähäkkien ja lintujen suhteen, olisivat antaneet herra Darvinille paljon ajattelemisen ja kirjoittamisen aihetta».

Chip lisäsi vauhtia mennen Tomin ja Te Punan ohi, kunnes hän saavutti Barrablen ja Johnnien. »Pysähtykää hetkiseksi, Lavington! Meidän täytyy pysyä yhdessä, ja minä haluan saada selvän siitä, missä me olemme. Kuinka pitkä matka meillä on vielä jälellä?»

»En tiedä», vastasi Lavington ja pysähtyi. »Mutta hän näyttää tuntevan tien hyvin, ja olemme kulkeneet samaan suuntaan».

»Huomaan sen», sanoi Chip ja otti esille paperia. »Olemme kulkeneet länsilounasta kohti».

»Ahaa!» sanoi professori, kun kantajat laskivat taakkansa maahan ja Chip alkoi piirtää karttaa, »sillä aikaa minä katson, mitä minä voin tehdä».

Hän lähti metsään hyönteisverkkoineen, sillä aikaa kun Barrable, Te Puna ja Johnnie sytyttivät piippujaan. Tom kiipesi puuhun ja otti kimpun banaaneja. Chip jatkoi piirustamistaan. He olivat pysähtyneet pienelle aukeamalle tiheän lehvistön auringolta suojaamina. Ympärillä oli valtavia palmuja. Niiden oksissa riippui pitkiä köynnöskasveja, joista muutamat ulottuivat maahan asti; ne olivat lehdettömiä, piikeillä varustettuja. Jättiläispuiden joukossa oli pienempiäkin, plataaneja ja raphiapalmuja höyheniä muistuttavine varsilehtineen, akaaseja, helakanpunaisia villiä kookospalmupensaita sekä aprikka-, guava- ja hibisensvarvikkoa. Varjoisammissa paikoissa rehottivat villi nasturtiumi ja gardeniori maidonvalkoisine kukkineen levittäen huumaavaa tuoksuaan. Muuten tuossa kuumuuttaan väreilevässä ilmassa oli mimosan tuoksua yhtyneenä mätänevien lehtien ja lahonneiden puiden synnyttämään pistävään lemuun. Kiertokasvit kulkivat puusta puuhun vihreine ja punasen-ruskeine lehvistöineen koristettuina suurilla kellomaisilla kukilla, paikottaisin loistavilla orchideoilla. Tämän runsaan kasvullisuuden keskellä eli suunnattomat määrät harvinaisia lintuja, ja hyönteisiä liiteli valkoisine siipineen hunajantuoksuisten kukkien ympärillä tai lepäsi niiden kuvuissa, jotka olivat yhtä koreita kuin ne itsekin.

Ei ollut professori syyttä sanonut, että Salomoninsaaret ovat luonnontutkijan paratiisi. Hän oli hämmästynyt ja ihastunut.»Pikainen käynti täällä osottaa, kuinka vähän me tiedämme Herran luonnosta», sanoi hän Chipille.»Tässä meillä on nyt Guadalcanarin saari, jonka tuskin merenkulkijatkaan tietävät olevan olemassa, tuntematon ihmemaa. Voitte panna viimeisen markkanne vetoon siitä, ettei ainoatakaan valkoihoista ole tätä ennen ollut tässä metsässä. Me olemme löytöretkeilijöitä. — Kiitoksia!» Hän otti kypsän banaanin, jonka Chip ojensi hänelle.»Luulen Teidän olevan väärässä, kun sanotte, ettei ainoatakaan valkoihoista ole ollut täällä ennen meitä», vastasi Chip ja heitti banaanin kuorella sisiliskoa, joka katseli häntä.»Löysin tieltä vanhan sokerilaatikon ja panin sen merkiksi. Sen olisi kyllä voinut tuoda tänne joku alkuasukaskin, tietysti, mutta sillä aikaa kun Te tutkitte hyönteisiä olen minä tehnyt toisellaisia havaintoja, joiden myös pitäisi herättää mielenkiintoanne. Ehkä haluatte tulla tänne ja katsoa!»

Hän opasti professorin pandanuspalmujen keskelle ja osotti litteätä kiveä, josta saattoi lukea seuraavat sanat, senjälkeen kun Chip oli raappinut pois niitä peittäneen sammaleen:

»Abel Croft, New Bedfordista, merimies, 1863. Nousi maihin tänne, ja toverinsa hylkäsivät hänet. Jumala olkoon hänen sielulleen armollinen».

»Maanmieheni», mutisi professori. »Epäilemättä valaanpyytäjä. Mikähän hänelle lienee tullut?»

»Tuskinpa sitä tarvinnee kysyä», sanoi Chip. »Kiirehtikäämme, herra professori. Olen levoton ja toivon pääseväni takasin Kepplen luo. Alkuasukkaat tietävät, että hänellä on huonoa väkeä, ja jos he hyökkäävät häntä vastaan, ei hänellä ole suuria pelastumisentoiveita».

Kulkua jatkettiin. Chipperfield asettui nyt heti Barrablen taakse, maurin edelle. Te Puna oli hyvin vaitelias ja huomaavainen, kuuli jokaisen äänen ja teki merkkejä puihin, pitkällä, terävällä veitsellään.

Chip piti myös tärkeänä tien tuntemista; hän katsoi usein kompassia, kääntyi välistä ympäri pannakseen mieleensä, miltä tie näytti paluumatkalla. Siitä saakka kun he olivat jättäneet veneen, oli tie kulkenut yhäti ylöspäin. Usein se oli niin jyrkkä, että heidän täytyi kiivetä. Kerran he saapuivat avoimelle paikalle, jossa oli tuulen kaatamia puita. Chip pysähtyi ja katseli merta ja Nanumangaa, joka näkyi puiden latvojen päällitse. Huomatessaan, ettei kuunaria uhannut mikään vaara, Chipperfield rauhottui. Tästä pysähdyspaikasta lähdettyä Johnnie teki äkkikäänteen, mutta noin neljännespenikulman päässä hän taas alkoi kulkea ylöspäin. Äkkiä hän pysähtyi ja laski kantamuksensa maahan ja annettuaan muille merkin odottaa, hän ryömi tiheään aprikkapensaikkoon.

»Mitä hän nyt aikoo», kysyi Chip Te Punalta, joka samassa pani kantamuksensa maahan ja ryömi perästä. Oltiin kukkulan huipulla, ja Chip näki Johnnien ja maurin katselevan kukkulan takana olevaan laaksoon.

»Luulen, että hänen kotikylänsä on tuolla laaksossa», sanoi

Barrable vakavana, mikä vakavuus muita hämmästytti. »Tässä on, sir, kiväärinne, on parasta, että otatte sen. Minä en ole tottunut kivääriä käyttämään, ja minulla on revolveri.»

»Luuletteko meidän tarvitsevan niitä?» kysyi Chip nauraen. Barrable katsoi häneen omituisesti leveän hattunsa alta. »Kaikki täällä ovat ihmissyöjiä. En luota heihin, ja pahinta kaikesta on se, etten luota Johnnieenkaan. Heti kun hän näkee jonkun heimolaisensa, hän varmaan on pahin heistä».

Chip katsoi Te Punaan päin, joka viittoi kädellään. Samassa Johnnie katosi kukkulan taa. Chip kääntyi ympäri katsoakseen, että kaikki olivat kokoontuneina. »Halloo!» hän huusi, »missä on professori?»

»Ajaa tuolla suuria hyönteisiä», vastasi Tommy. Chip rypisti kulmakarvojaan ja sanoi: »Sinä vartioi häntä!» Sitten hän meni Te Punan luo, »Johnnie on mennyt kotiin», sanoi tämä. »Ei ottanut boksia, aikoo tulla takaisin». Hän viittasi laaksoon, ja Chip näki joen rannalla useampia kojuja, joiden katot olivat ruohon peittämät. Johnnie juoksi niitä kohti päästäen jonkunlaisen sotahuudon. Joukko villiä, miehiä, naisia ja lapsia, tuli ulos, ja he näyttivät tuntevan hänet.

»Riittää!» sanoi Chip ja astui takaisin Barrablen ja Tommyn luo. »Takaisin! Johnnie on kotonaan. Jätetään hänen tavaransa tähän ja lähdetään matkalle. Missä on professori? Antakaa hänelle merkki, Lavington!» Ja tämä huusi, minkä jaksoi: »Coo—ee! Coo—ee!»

Samassa kun Chip kuunteli vastausta, tuli Te Puna juosten. »Pois!» sanoi hän. »Johnnie tuo monta miestä! Minä pelkään! Tappavat!»

»Jos niin on, ovat asiamme hullusti», lausui Barrable ja juoksi sinne, missä Chip ja Te Puna olivat seisoneet. Hän palasi heti takaisin vielä levottomampana kuin mauri. »Juoskaa, sir, minkä jaksatte!» huusi hän. »Alkuasukkaat tulevat kimppuumme, koko heimo nuijineen, veitsineen ja keihäineen, Johnnie etupäässä!»

»Mutta professori? Emme voi jättää häntä», vastasi Chip.

»Täytyy», sanoi Barrable. »Kuulkaa heidän ulvontaansa!»

Kukkulan toiselta puolelta kuului villiä, ylimielisiä, uhkaavia huutoja. Sillä aikaa kun Chipperfield oli kahden vaiheilla, tuli Johnnie näkyviin hikisenä ja suuri keihäs kädessä. Häntä seurasi joukko alkuasukkaita joiden vastenmielinen muoto ja kohotetut aseet olisivat saaneet urhoollisimmankin pelkäämään.

»Pysykää yhdessä, pojat!» huusi Chip. »Oo, missä on professori? Juoskaa, juoskaa!»

Tom ja Te Puna olivat lähteneet matkoihinsa. Barrable seurasi heidän perästään. Chip katsahti taakseen ja näki alkuasukkaiden ajavan heitä takaa suurella joukolla. Keihäs lensi hänen ohitsensa, ja silloin hänkin alkoi juosta, silmäillen oikealle ja vasemmalle ja huutaen minkä keuhkonsa sallivat: »Coo—ee! Coo—ee!»

23 MERKITTY POLKU

Kun Tom ja Te Punan käskettiin laskemaan maahan kantamuksensa, näytti ensinmainittu aavistavan, että niistä oli syntyvä tappelu, heti kun villit saivat nähdä ne. Hän irroitti kaikki siteet ja hajotti tavarat pitkin maata, levitti kappaleen punasta kangasta ikäänkuin maton ja asetti sen päälle tupakkaa, savupiippuja, olkihattuja, silmälaseja y.m. sellaista, minkä saattoi luulla pistävän villien silmiin. Mikä hänen tarkotuksensa lieneekään ollut, oli hänen laitoksistaan seurauksena, että takaa-ajajat syöksyivät tavarain kimppuun niinkuin nälkäiset sudet ja alkoivat tapella niistä. Täten Chipperfield voitti aikaa ja oli pian heidän keihäillensä lentomatkan ulkopuolella. Hän pysähtyi silmänräpäykseksi, ja kun hän tuli vakuutetuksi siitä, ettei professori ollut jälellä, katsoi hän hetkisen villien ottelua. Monella oli merkilliset hiusvaatteet, jotka oli valaistu kalkilla tai värjätyt savella, toisilla oli barbaarisia koristeita nenässä ja korvissa ja elehvantinluusta tai helmiäisistä tehtyjä renkaita käsivarsissa ja säärissä. Kaikki näyttivät hyvin kavalilta. Pari taisteli ankarasti savipiippupaketista. Muuan oli ottanut soittopelin kainaloonsa, ja kun hän alkoi juosta, antoi se sangen epäsointuisen soinnoksen, jonkatähden hän kauhusta huudahtaen heitti sen menemään ja juoksi tieltä metsään.

Vieläkään ei näkynyt mitään merkkiä professorista.

Villit hajaantuivat nyt metsään jonkunlaiseksi ampumaketjuksi, kuitenkin ilman mitään huomattavaa takaa-ajosuunnitelmaa. Chip näki neljän miehen juoksevan siihen suuntaan, jossa hän luuli professorin olevan, ja hän ampui kaksi kiväärinlaukausta heitä kohti. Katsomatta, minkä vaikutuksen ne tekivät, hän jatkoi juoksemistaan.

Nonouti Tom odotti häntä erään pandanuspalmun takana ja sanoi: »Pian! Metsämies hyvin huono mies. Hän tappaa. Minä pelkään!»

»Miksi et katsonut, minne professori meni?» kysyi Chip kiihtyneenä. »Minä en lähde täältä ilman häntä!»

Tommyllä oli revolveri kädessä ja sormi liipasimella. Äkkiä hän tuuppasi Chipiä, niin että tämä kaatui. Samassa lensi keihäs heidän vähinsä. Kuului pamaus, ja savuava revolveri kädessä Tommy auttoi Chipin pystyyn. Samalla hän otti maasta jotakin. »Katsokaa! Ette tiedä, professori mennyt kauan samaa tietä!» Se oli puoleksi palanut sikarinpätkä, ja hän pisti sen suuhunsa ja imi osottaakseen, että se vielä hehkui. Todistus oli vakuuttava, eikä Chip enää epäröinyt, vaan juoksi edelleen. Vaikkei hän ollut ollut maissa moneen viikkoon, juoksi hän hämmästyttävän nopeasti seuraten toisten jälkiä ja Te Punan puihin tekemiä merkkiä. Edestäpäin kuului nyt huuto »Coo— ee», mutta hän ei voinut erottaa, oliko se Barrablen vai professorin ääni. Hän ei saanut selvää myöskään siitä, oliko heti sitä seurannut toinen huuto, edellisen kaiku Vai eikö. Hän hiljensi vauhtiaan, ettei Tom jäisi liian kauas jälelle, mutta tämä, joka kuuli takaa-ajajain äänen, pyysi häntä kiiruhtamaan. Ennenkuin he saapuivat aukeamalle, he saavuttivat Barrablen ja maurin.

Chip luuli, että professori odottaisi jossakin, mutta hänestä ei näkynyt mitään merkkiä. Kun hän katsoi taakseen, huomasi hän maurin tutkivan maata ja sitten lähtevän toiseen suuntaan kuten metsästyskoira löydettyään uudet jälet. Näytti siltä kuin hän olisi lähtenyt suoraan veneitä kohti.

»Kiirehtikää!» käski Chip, ja hänen seuralaisensa juoksi aivan hänen perästään. He saapuivat siihen paikkaan, missä he olivat levänneet, mutta vieläkään ei professoria kuulunut, eikä ollut luultavaa, että hän oli heidän edellään, sillä siinä tapauksessa hän olisi jättänyt jonkun merkin jälkeensä. Vaikka Chip tiesi professorilla olevan tarkan paikka-aistin, hän oli kuitenkin levoton.

Hänen tyytymättömyydekseen Barrable ei liioin välittänyt kadonneesta professorista. Peläten villien pian tulevan uudelleen esiin Chip kiiruhti taas eteenpäin. Hän saavutti sokerilaatikon, jonka hän oli pystyttänyt, ja juoksi juuri sen ohitse, kun hän kuuli oikealta puiden joukosta pyssynlaukauksen sekä senjälkeen viisi revolverinlaukausta ja kovan huudon »Coo-ee!» Chip tiesi, että sen saattoi päästää ainoastaan mauri. Käskien Barrablea ja Tomia seuraamaan perästä, hän juoksi jättiläispuiden keskelle. Mutta puut olivat niin samallaisia, että hän pelkäsi kadottavansa tien.

»Coo—ee!» huusi hän, ja miltei samassa silmänräpäyksessä tuli vastaus tiheästä mimosapensaikosta, josta mauri sukelti esiin kantaen pientä professoria selässään.

24 BARRABLEN VALTTI

Tyytyväisenä sen johdosta, että professori oli turvassa, Chip nauroi tuolle hullunkuriselle näylle, jonka juurikerrottu tapaus tarjosi. Professorin suureen panamahattuun oli kiinnitetty loistavia kukkia, hänen vyöstään riippui koreanvärisiä lintuja, ja hyönteisverkko oli hänen hampaissaan, samalla kun hänen vasempi kätensä oli maurin kaulassa ja oikeassa oli kivääri ja kimppu juurikasvia.

Kun Te Puna näki Chipperfieldin, kääntyi hän jokea kohti ja juoksi taakkoineen niin nopeasti, että Chip tapasi hänet vasta rannassa. »Olen suuressa velassa sinulle siitä, mitä olet tehnyt minulle tänään. Te Puna», kuuli Chip professorin sanovan. »Jollei sinua olisi ollut, olisi tieteelle tullut tappio. Kiitän sinua sydämestäni!»

Mauri auttoi hänet veneeseen. »Oletteko saanut jonkun vamman, herra professori?» kysyi Chip. »Pienen», vastasi professori tuskallinen ilme kasvoillaan. »Muuan villeistä aikoi iskeä minua päähän sotanuijallaan, mutta isku sattui jalkaan. Arvelen, että välissämme oli jotain, mikä sen vaikutti. Minulle tuottaa kuitenkin iloa se, että voin ilmoittaa hänen nuijansa olevan mukanani. Se tulee varustettavaksi nimilipulla ja asetettavaksi lasikaappiin Chicagon Suureen Museoon.»

Chip hyppäsi valasveneeseen, ja kun kaikki olivat astuneet siihen, työnsi Liehakko sen vesille. »Säikäytitte minua suuresti, professori, kun lähditte sillä tavalla», lausui Chip, kun istuivat vierekkäin veneessä. »Minulla ei ollut aavistustakaan siitä, minne olitte lähtenyt, ja luulin, että olisitte surmattu tai eksynyt. En tiedä, mitä olisin sanonut herra Kepplelle, jos niin olisi tapahtunut».

Professori oli innostuneena järjestellyt löytöjään, niin ettei mikään olisi vahingoittunut. Erittäin hän piti huolta linnuista ja hyönteisistä. Hän oli saanut yhden linnun elävänä kiinni ja sitonut sen nenäliinaansa. Sisilisko katseli hänen taskustaan, tavattoman suuri kovakuoriainen aikoi juuri paeta hänen hyönteislaatikostaan, ja kun hän oli työntänyt sen takasin laatikkoon, katsoi hän hämmästyneenä Chipiin ja lausui:

»Eikö Teillä ollut aavistustakaan siitä, minne olin lähtenyt? Eikö Lavington sanonut, että aijoin lähteä takasin veneeseen? Siinä tapauksessa en ollenkaan ihmettele, että olitte levoton. En malttanut olla seuraamatta erästä hyönteistä, jonka huomasin samalla hetkellä, kun erositte Johnniesta. Te ihastutte, kun näette sen. Odotan kärsimättömänä tilaisuutta saada tutkia sitä. Sen nimi on Ornithoptera Victoriae. Tämän lajin uros tuotiin Europaan vuonna 1854. Minä olen ensimäinen tiedemies, jolla on sen toisen sukupuolen edustaja». Hän osotti rasiaansa lisäten: »Tässä se on, suurin ja kaunein hyönteinen, jonka kernaasti haluaa nähdä».

Chip huomasi professorin pitävän tärkeämpänä tuon hyönteisen kiinnisaamista kuin sitä, että oli päässyt eheänä Guadalcnarin väestön käsistä. Kuitenkin kävi selville, että tuo pieni mies oli ollut suuremmassa vaarassa kuin kukaan muu. Jollei Te Puna olisi joutunut apuun oikeaan aikaan, olisi hän varmaan menettänyt henkensä, sillä hänet oli ympäröinyt kymmenen villiä, joiden käsistä hän oli pelastunut vain kivärinsä ja revolverinsa avulla.

Kun he saapuivat keskivirralle, lausui Chip ilonsa sen johdosta, että hän oli suorittanut tehtävänsä, ja ettei miehistö ollut kärsinyt

mitään vauriota, lukuunottamatta sitä, että professorin jalka oli tur-
vonnut. Hän luuli villien luopuneen heidän vainoamisestaan, mutta
ennenkuin he pääsivät kylän kohdalle, alkoi jyrkiltä rannoilta lentää
venettä kohti keihäitä ja kiviä, jolloin hän huomasi, että villit olivat
kulkeneet metsän läpi katkaistakseen heidän paluumatkansa. Heit-
toaseet eivät lentäneet veneeseen saakka, mutta hän piti väkensä
valmiina, sillä useampiaalkuasukkaita alkoi uida heitä kohti. »Älkää
menettäkö mielenmalttianne, pojat!» lausui hän. »Pidelkää lujasti
airoja!»

Kukin seitsemästä veneessä olevasta miehestä oli asestettu la-
datulla revolverilla, mutta aseita ei saatu vielä käyttää. »Soutakaa!»
huusi Chip käsi ruoritangossa, »Ampua ei saa, ennen kuin annan
määräyksen! — Hurraa, Joyce!»

Joyce tuli veneineen näkyviin piilopaikastaan erään puun alta,
noin kymmenen sylen päässä uivista alkuasukkaista, Joyce oli pol-
villaan etukokassa Winchesterkivääri kädessä.

Muuan villeistä oli nyt aivan valasveneen vieressä, ja samalla
kun hän tarttui vasemmalla kädellään sen laidasta kiinni, hän ko-
rotti oikean kätensä ja aikoi heittää keihäänsä Te Punan selkään,
mutta samassa silmänräpäyksessä pamahti laukaus ja hän vaipui
veteen.

»Airot veneeseen!» komensi Chipperficld. »Lavington ja
Stretch, pitäkää villejä silmällä!»

Professori oli vatsallaan peräkokassa ja ampui laukauksen toi-
sensa jälkeen, mutta ei koskaan päähän, vaan käsivarteen, joka ko-
hosi keihään tai sotakirveen heittämistarkoituksessa. Kun muuan
tutkimusmatkailija vuosikausien kuluttua saapui Ouadalcanariin,

huomasi hän kummastukseensa, että sangen monen asukkaan oikea käsi oli hervoton.

Kahden tulen väliin joutuneina villit olivat pian pakotetut peräytymään, ja veneet jatkoivat matkaansa kuunarin luo. Ne olivat tuskin päässeet sinne, kun kokonainen laivasto taistelukanotteja, kussakin kymmenkunta alkuasukasta, tuli näkyviin saaren pohjoisenkärjen takaa ja läheni suurella vauhdilla. Mutta kuunari lähti liikkeelle hyvän tuulen puhaltaessa, ja kanotit näyttivät pian vain pieniltä, mustilta pilkuilta. Kepple suuntasi kulkunsa suoraan Malaita-saarta kohti, joka oli noin neljänkymmenen penikulman päässä.

Kepple ja Wragg istuivat, salongissa ja kuuntelivat Chipin kertomusta Johnnien petoksesta, ja kun hän mainitsi professorin katoamisen, pudisti Kep päätään. »Te menettelitte väärin, herra professori», lausui hän. »Teidän ei olisi pitänyt lähteä sillä tavoin.»

»Ei olisi pitänyt lähteä?» sanoi professori. »Ajatelkaa sellaista hyönteistä!» Ja hän näytti Ornithopteransa. Se oli todeltakin hämmästyttävän kaunis, yhdeksän tuumaa siivenpäiden väliä; siivet päältäpäin punertavansiniset ja altapäin smaragrinvihreät, ruumis heleän keltainen. Se näytti enemmän linnulta kuin hyönteiseltä. »Myönnän, että voitte olla ylpeä siitä», sanoi Kep, »ja uskon, että se on yhtä harvinainen kuin kauniskin, mutta Teidän ei olisi pitänyt lähteä ilman Chipiä. Sillä seikalla, että häneltä kului kallista aikaa Teitä etsiessä, olisi saattanut olla surulliset seuraukset.»

»Myönnän sen», vastasi professori. »Mutta Te myöntänette ettei lähtöni olisi tuottanut mitään ajanhukkaa, jos vain Barrable olisi ilmoittanut päätöksestäni. Kun ajattelen asiata nyt perästäpäin, luulen, ettei Barrable olisi minua ikävöinyt, jos olisin jäänyt sille matkalle. Epäilen, että hän toivoi minun joutuvan jonkunlaisen kannibalijuhlan kestiruuaksi. Pyytäisin muuten saada kysyä, minkätähden lähetitte hänet tuolle matkalle. Minun Te annoitte hänelle liian hyvän toimintatilaisuuden.»

Kep kuori hitaasti banaanin ja vastasi: »Olin ajatellut kaikki yksityiskohtia myöten. Luulette, että hän aikoo saada kuunarin haltuunsa. Jos hän sellaista ajattelee, olisi ollut vaarallista jättää hänet laivaan, johon jäi vai kaksi muuta valkoihoista. Kun lähetin hänet mukaan, ajattelin että Chip pitäisi häntä silmällä, ja että Te pitäisitte itse huolen itsestänne. En olisi koskaan luullut, että eroaisitte seurueesta tai uskoisitte Barrablelle jonkun tehtävän. Onnittellen Teitä sen johdosta että pääsitte uhkaavasta vaarasta.»

»Ja minne me nyt menemme?» kysyi professori.

Kep osotti erästä paikkaa edessään olevalla kartalla, »Gavutasaaren luo, josta Billy Gomorron on kotoisin. Siellä meillä ei ole mitään vaikeuksia. Siellä on hallituksen komisario ja luullakseni myös lähetysasema, niin ettei meidän tarvitse pelätä alkuasukkaiden hyökkäystä. Me vain laskemme miehen maihin ja jatkamme matkaamme, jollei siellä ole mitään sotalaivaa».

»Jos siellä on sellainen, ehdottaisin, että luovuttaisimme sille Barrablen», sanoi professori. »Hän saattaa meidät kaikki levottomiksi, ja mitä lähemmäksi pääsemme uponnutta gallionia, sitä enemmän saamme olla varovaisia hänen suhteensa».

»Mutta hän on hyvä merimies», vastasi Kep. »Hän vastaa kolmea kanaakia. Eikä hän sitäpaitsi ole vielä taottanut meille mitään vakavaa vahinkoa».

»Ei, mutta voitte olla varma siitä, että hän aikoo vietä tehdä sen», lausui professori. »Annatte hänelle liian vapaat kädet».

Samaan aikaan oli Barrablella neuvottelu Trimblen ja Barney

Stretchin kanssa. »Sinä olet pilannut koko asian», sanoi viimemainittu. »Suunnitelma oli hyvä, mutta sen toteuttamisesta ei tule mitään».

»Kaikki kävi kuitenkin niinkuin olin laskenut», lausui Barrable. »Johnnie näytteli osansa hyvin, mutta hänen olisi pitänyt viedä meidät kylään, sensijaan että hän hyökkäsi meitä vastaan metsässä. Joka tapauksessa minä olisin selvittänyt asian, jollei mauri olisi tullut väliin ja pilannut kaikki. Hän huomasi tien ja nosti melun, kun Johnnie teki villien kanssa hyökkäyksen, ja hän pelasti tuon pienen amerikkalaisen. Olin varma siitä, että hän oli kuoleman oma, kun hän lähti hyönteisiä etsimään, ja koetin parastani päästäkseni ensimäisenä veneen luo, mutta mauri teki suunnitelmani tyhjäksi».

»Emme olisi voineet lähteä veneen kanssa minnekään, niinkauan kuin Liehakko oli siinä, emmekä olisi voineet huomaamatta tehdä hänelle mitään».

»Te olette molemmat väärällä tolalla», sanoi Trimble. »Minkä vuoksi me tarvitsimme alkuasukkaiden apua? Heitä on mahdoton saada mitään käsittämään. Minä olen sitä mieltä, että meidän on parasta odottaa, kunnes pääsemme laguuniin, jossa saalis on, ja sitten astumme veneeseen — me kolme ja Rotuna Charlie; hän tarvitaan sukeltajana!»

Barrable kuunteli levottomana Trimblen puhetta. »Puhut joutavia, George», vastasi hän. »Mitä hyötyä meille veneestä on? Kuunaria me tarvitsemme.»

»Ja se merkitsee», lisäsi Barney Stretch, »että meidän on raivattava tieltämme herra Kepple, Joyce, poika, amerikkalainen ja perämies».

»Niin», sanoi Barrable, »ja lisäksi Tommy, Liehakko ja mauri».

»Siinä tapauksessa meitä jäisi kolme kanakien avulla hoitamaan kuunaria», huomautti Trimble. »Kuinka luulette meidän pääsevän San Fransiskoon? Lukuunottamatta purjeiden hoitoa, tuskin voi ajatella pääsyä valtameren poikki huomaamatta. Yhtä hyvin voimme koettaa ryöstää Englannin valtiopankin. Mitä teemme, jos joku risteilijä kysyy papereitamme?»

»Sitä on kyllä aika miettiä, kunhan nyt vain saamme kuunarin haltuumme», vastasi Barrable.

»Mitä kultaan tulee», sanoi Barney Stretch, »emme ole läheskään varmoja sen suhteen, senjälkeen kun sinä olit niin hölmö, että päästit laguunin kartan käsistäsi. Tuo laguuni on hiukan suurempi kuin aamiaispöytä, ymmärrätkö. Sydneyn satama on niin kuin tekolammikko siihen verraten».

Trimble katseli varovasti ympärilleen ja huomasi Joycen kaukaa. »Sitä minä en ymmärrä», sanoi hän Barrablelle, »kuinka sinä olit niin tyhmä, että päästit kartan käsistäsi».

Barrable hymyili ilkeästi lausuen: »Minulla on jotain parempaa kuin kartta. Kun jätin sen, tiesin, että se oli vain arvoton paperi. Se oli tarkotuksellisesti väärennetty. Minulla on valttikortti, jonka salaisuutta ei kukaan tiedä, enkä minä kerro teillekään millainen se on. Mutta auttakaa minua saamaan kuunari valtaani! Silloin on kulta meidiin».

»Tst!» varotti Stretch. »Joku tulee».

Tumma olento kulki ohi. »Kuka se oli?» kysyi Barrable. »Vain Jimmy Jam», vastasi Stretch.

»Vai niin», mutisi Barrable. »Hän on juuri valtti josta, puhuin».

25 Barrablen toivo

Aurinko nousi Malaitan kukkulain takaa, ja Nanumanga kulki kovaa vauhtia salmen läpi. Tuhansittain merilintuja seurasi kuunaria, myrskylintuja, mustia fregattilintuja ja suuria albatrosseja. Barrable oli peräsimessä, Joyce nojasi laitaa vastaan, ja Chip istui kattoikkunalla ja joi kahvia aamukylpynsä jälkeen, kun keulakatolta kuului äkkiä tuo harvinainen huuto: »Purje ohoi!»

Chip tyhjensi kuppinsa ja juoksi Joycen luo. Kaukana oikealla puolella tuli pieni parkki näkyviin pienen niemen takaa.

»Kauppalaiva», arveli Joyce, »joka tulee Gavutusta. On sääli, ettemme tulleet päivää ennemmin». Hän katsoi mesaanikahvelia. »Jonkun olisi mentävä laittamaan kahvelia. Lavington on peräsimessä. Missä on Trimble?»

»Minä menen», esitti Chip. »Olen tehnyt sen ennenkin. Se on hyvä jaloittelu ja antaa aamiaiseksi ruokahalua».

Joyce suostui Chipin ehdotukseen, vaikka hän tiesi, että se oli kova työ. Chip oli monasti osottautunut notkeaksi. »All right», vastasi Joyce. »Mutta olkaa varovainen!»

Chip nousi mesaanimastoon. Hän oli ottanut mennäkseen heiluvan raakapuun päähän, joka oli kiinnitetty ainoastaan muutamilla kortingeilla ja latvatouveilla. Hän astui kluun päälle ja laskeutui hajareisin kahvelille. Köysi hampaissa hän kulki kahvelia myöten piikin luo, pujotteli köysiä ja hellitteli niitä. Hän näki Joycen kannella laskevan viiriä ja Kepplen seisovan hänen vieressään ja selailevan signaalikirjaa. Kep katsoi ylöspäin.

»Miksi Te lähetitte herra Chipperfieldin mastoon?» kysyi hän Joycelta. »Eikö meillä ole väkeä kylliksi, niin ettei meidän tarvitse lähettää päällystöä miehistön tehtäviin?»

Joyce teki kunniaa lausuen: »Herra Chipperfield pyysi saada mennä sinne, sir».

»Minä en vaan tahtoisi mennä sinne näin tuulisena aamuna» sanoi Kep ja alkoi kaukoputkensa avulla tarkastella parkkia.

Tällä hetkellä Lavington, joko tahallaan tai tarkotuksettomasti, käänsi peräsintä ja antoi kuunarin vähän kallistua, niin että voimakas aalto, sensijaan että olisi mennyt laivan keulan alle, syöksyi loorinkia vastaan, paiskasi vettä kannelle ja sai laivan heilumaan. Ylhäältä päin kuului samassa huudahdus, ja Kepple näki Chipin putoavan kuin kiven mereen.

»Mies mereen!» kuului Keppien huuto.

»Pian laivassa, sir», vastasi Joyce ja auttoi Kepplen ylös mesanitouvia vastaan. »Älkää päästäkö häntä näkyvistä!»

»Hellittäkää latvapurjeen köyttä ja kiinnittäkää etupurjetta ja suurta purjetta!» huusi Joyce miehille. »Kiirehtikää pojat! Laskekaa pieni vene vesille!»

Tuuli vatkasi purjeita, kun Kepple pääsi mesanisaalinkiin. Chip oli kaukana jälellä, taistellen vimmatusti kirkuvia merilintuja vastaan, jotka nokkivat hänen päätään. Hän sukelti välttääkseen niitä, mutta kun hän nousi jälleen veden pinnalle, näki Kepple hänen kasvoistaan vuotavan verta.

Professori ajoi parhaillaan partaansa hytissään, kun hän kuuli Kepplen huudon. Hän pisti saippuaisen päänsä ikkunasta ulos, mutta näki aluksi vain vihreitä aaltoja. Yksi niistä oli juuri tärskähtänyt ylihangan loorinkia vastaan ja roiskuttanut vettä hänen hyttiinsä, ja hän oli kyllin perehtynyt merenkulkuun käsittääkseen, että se johtui laivan huonosta ohjaamisesta. Äkkiä hän huomasi jotakin menevän suuren lintulauman seuraamana. Hän tunsi Chipperfieldin hatun punasesta papukaijansulasta, jonka Chip oli edellisenä päivänä kiinnittänyt siihen, kun he olivat maissa. Kohta senjälkeen hän näki toisen lintulauman, joka ahdisti Chipiä itseään. Hän näki tosin vain uijan toisen käden, joka oli kohotettuna veden pinnan yläpuolelle, mutta hatun ojalla hän päätti, että uija oli Chip. Samassa hän kuuli Wraggin käskevän Tomia ja Te Punaa laskemaan pienen veneen vesille. Tavattoman suuri albatrossi sukelti esiin lintulaumasta ja hyökkäsi avuttoman uimarin kimppuun hakaten häntä kovalla nokallaan.

Silmänräpäystäkään viivyttelemättä professori tarttui pyssyynsä, sieppasi kourallisen patroonia ja juoksi Kepplen hyttiin, jossa hän otti hyvän asennon ja ampui ikkunaluukusta laukauksen toisensa jälkeen. Ensimäinen laukaus pudotti albatrossin, toinen fregattilinnun. Kep huomasi että Chip ui heistä poispäin. Hän ei tietänyt, että Chipin täytyi suojata silmiään polttavalta auringolta.

Professorin ammunta ei saanut lintuja hajaantumaan. Aina kun yksi niistä putosi, hajaantuivat toiset silmänräpäykseksi, mutta syöksyivät samassa uudestaan Chipin kimppuun.

»Joyce!» huusi Kep. »Laukaise ylihangan kuusinaulainen!»

Joyce oli jo ajatellut tätä. Vene oli matkalla. Te Puna ja Tommy soutivat kaikin voimin.

Chipperfield näytti nyt aivan väsyneeltä; hän ei enää puolustautunut lintuja vastaan, vaan kellui selällään kädet ristissä silmien edessä. Suuri fregattilintu hakkasi häntä nokallaan samalla kun pienempiä lintuja lenteli ympärillä.

Silloin laukesi kuunarin kuusinaulainen kanuuna, ja kaiku vastasi pamaukseen kymmenkunta kertaa Guadalcanarin tulivuorisilta luodoilta ja Malaita-saaren vuorelta. Linnut hajaantuivat silmänräpäyksessä, ja Chip, joka siten pääsi vainoojistaan, alkoi taas uida. »Ohoi!» huusi hän Tomille ja Te Punalle, ja Kep huomasi, että Chip oli pelastunut.

Sillä aikaa kun Te Puna ja Tommy kiirehtivät Chipille apuun ja kuunari seisoi lepattavin purjein, meni Barney Stretch Lavingtonin luo joka hoiti peräsintä.

»Se oli hyvä temppu, Barrable! Nyt olemme päässeet neljästä, ja jos olet valmis nyt, niin anna merkki! Trimble odottaa sitä alkaakseen leikin. Käännä myötätuuleen ja lähdetään!»

Barrable katsoi purjeisiin ja huomasi, että kuunari myötätuuleen kulkisi hyvää vauhtia, jos hän tekisi Barneyn ehdottamalla tavalla. Hän tarttui lujasti ruoripyörään ja Barney oli valmiina kääntämään mesaanipuomin. Wragg kumartui juuri veneen laidan yli auttaakseen Chipin veneeseen, eikä kukaan huomannut heitä, Barrablea ja Stretchiä.

»Nyt!» kehotti Stretch. »Nopeasti!» Mutta Barrable oli kahdenvaiheilla ja hengitti syvään. »Sinä olet sokea! Etkö näe parkkia, joka tuolta tulee meitä kohti? Etkö näe, kuinka sen kapteeni tarkastelee meitä kaukoputkellaan?»

»Vastatuuleen, Lavington!» komensi Joyce. Kepple oli tullut alas ja ryhtyi varusteluihin vastatakseen prikin signaaleihin.

»Taas hän jätti hyvän tilaisuuden käyttämättä», kuiskasi Stretch, kun hän kohtasi Trimblen. »Neljästä olisimme päässeet samalla kertaa ja juuri niistä, joista tahdomme päästä. Mitä luulet hänestä?»

»Luulen?» vastasi Trimble, sylkäsi halveksivasti kannelle ja alkoi hangata sylkeään jalallaan, ikäänkuin olisi tallanut kuoliaaksi torakan. Hän ei sanonut enempää, sillä samassa astui ruhvista kiharatukkainen neekeri tuoden kupin kahvia Chipperfieldille, jota juuri nostettiin laivaan.

26 Mielenkiintoinen kohtaus

Seuraavana päivänä iltapäivällä Nanumanga liukui erään alkuasukkaan ohjaamana kapean, palmurantaisen salmen läpi ja saapui kauniiseen, suojaisaan Gavutun satamaan, jonne se ankkuroi aivan satamarakennuksen kohdalle.

»Tämä on kaunis satama», huomautti Kepple, »ja lisäksi aika suuri. Kuka olisi voinut uskoa, että Salomoninsaarilla on nätti mukava satama».

»Voittaa Sydneyn, eikö niin?» lausui professori.

»En ole koskaan nähnyt Sydneytä», vastasi Kep. »Mutta olen ollut Napolinlahdessa ja kukenut läpi Dardanellien, mutta en ole koskaan nähnyt tällaista».

Vesi oli kirkas. Satamarakennus oli varustettu leveällä verannalla, jossa oli paljon kukkia, ja rakennuksen edessä oli leveä laituri, jonka vieressä pari valkoista kuunaria otti norsunluu-, kopra- ja helmiäislastia. Puiden varjossa istui useampia alkuasukkaita, jotka uuden laivan tulo oli houkutellut ulos asunnoissaan. He työnsivät kanottinsa vesille ja saapuivat Nanumangan luo tarjoten kaupaksi banaaneja, kookospähkinöitä, jamsia ja kukkia. He vaihtoivat niitä tupakkaan ja muuhunkin tavaraan. Muutamat kiipesivät laivaan puhuen omituista englantia. Kep ei estänyt heitä tulemasta, sillä ei ollut mitään syytä pelätä heitä. Kun hän veti tankoon punasen lippunsa, nostettiin sellainen myös kauppa-asemalla sekä molemmissa laivoissa, laiturista lähti veneitä vesille, ja Nanumangan kannella nähtiin pian tummaihoisia kauppiaita valkoisissa puvuissaan ja mustia alkuasukkaita aivan alastomina. He panivat merkille, että kansi oli sangen puhdas ja kaikki helat kirkkaat. Harvoin mikään sotalaivakaan saapui Gavutuun niin hyvässä kunnossa. He luulivat kuunaria huvipurreksi. Koko alus sekä sen miehistö teki heihin hauskan vaikutuksen. Muutamat heistä luulivat Kepiä matkustajaksi ja professoria kapteeniksi.

»Huvimatkalla, kapteeni?» kysyi muuan ja lähestyi professori Hudsonia. Hän oli pitkä mies, jolla oli huonosti hoidettu parta ja auringonpaahtamat kasvot; hänen rikkinäinen pukunsa oli harmaata flanellia ja hänen leveälierinen hattunsa oli vanha ja repaleinen.

»Erehdytte vähän, vieras», vastasi professori. »Te tunnette nämä saaret paremmin kuin minä, mutta olen sitä mieltä, että se, joka lähtee tänne huvimatkalle, tarvitsisi sulkea hulluinhuoneeseen. Ei, emme ole täällä millään huvimatkalla, vaikkakin myönnän, että on sangen huvittavaa katsella satamaanne, joka on kaunein, mitä olen nähnyt Chicogosta lähdettyäni».

»On hauskaa kuulla kapteenin sanovan sellaista», vastasi muukalainen äänenpainolla, joka osotti, että mies oli sivistynyt.

»En ole kapteeni», oikaisi professori, »vain matkustaja. Jos haluatte tehdä tuttavuutta päällikönkanssa, pyydän Teitä kääntymään tuon vormupukuisen nuoren miehen puoleen. Hänen nimensä on Kepple. Hän on sir Edmund Kepplen poika, kuuluu yhteen englantilaisista ylimyssuvuistanne.»

Mies kääntyi ympäri ja aikoi lähteä Keppleä puhuttelemaan, mutta professori pysäytti hänet. »Odottakaa hetkinen, hyvä herra! Mielenkiintoani herättää tuo hyönteinen, joka kulkee käsivarttanne pitkin. En ole koskaan ennen nähnyt tätä lajia». Hän otti hyönteisen kiinni suurella tottuneisuudellaan ja juoksi hyttiinsä muukalaisen hämmästyneenä katsellen hanen touhuaan.

Chipperfield saapui samassa paikalle otsa laastarilapuilla koristettuna, ja vieras kääntyi hänen puoleensa. »Sano minulle, poika, kuka on tuo hauska olento, joka juuri meni salonkiin.»

Chip katsahti häneen vihaisesti. Hän tunsi kauppiaiden tunkeilevaisuuden. »Jos tahdotte sen tietää, voin sanoa, että hän on kuuluisa luonnontutkija professori Hudson Chicagosta».

»Todellakin!»Vieras kiiruhti veneeseensä, souti lähellä olevaan pieneen kutteriin ja palasi neljännestunnin kuluttua takasin siistiin kävelypukuun puettuna.

Professori oli tullut jälleen kannelle ja seisoi jutustelevien alkuasukkaiden keskellä, jotka olivat kokoontunet Billy Gomorronin ja hänen laatikkonsa ympärille. He olivat tunteneet hänet ja valmistautuivat viemään hänet maihin riemukulussa, sillä olihan hän ollut Fijissä ja siis heidän käsityksensä mukaan nähnyt koko maailman.

»Arvelen, että lähdemme aivan pian jälleen matkalle», lausui professori. »On ikävää, ettei pääse maihin ja saa tehdä kauppoja. Joko päänne on terve? Näytätte oikein pirteältä. Oli onni, että pääsitte leikistä niin vähällä. Albatrossi osotti suurta hyökkäystaitoa, eikö niin?»

»Se oli pahin kaikista», vastasi Chip. »Olisin ollut hukassa, jollette olisi tähdännyt niin taitavasti».

»Se on kaunis lintu», sanoi professori. »Olen oikein iloinen sen johdosta, että herra Wragg otti sen mukaansa. Sen siivenkärkien väliä on kuusitoista jalkaa ja neljä tuumaa».

»Minä ajattelin vain sen pitkää nokkaa», sanoi Chip hymyillen. »Se näytti minusta krokodiilin kuonolta».

Billy Gomorron astui nyt kanottiin. »Olen iloinen, kun pääsemme hänestä vihdoinkin», sanoi Joyce. »Toivoisin, että saisimme laskea tuon toisen naudan maihin samalla kertaa». — »Miksikä emme voisi tehdä sitä», huomautti professori. »Onhan tämä rauhallinen paikka».

Barrable, joka oli kuullut tämän, meni kanssiin ja otti selvän siitä, että Jimmy Jam oli turvassa kannen alla. Hänen ainoa pelkonsa oli, että tämä laskettaisiin maihin Gavutussa, sillä se olisi tehnyt tyhjäksi hänen suunnitelmansa. Hän tarvitsi Jimmyä, joka, kuten sanottu, oli hänen valttikorttinsa.

Kun professori aikoi lähteä salonkiin, hämmästyihän huomatessaan laivaan tulleen hyvinpuetun vieraan olevan saman henkilön, jonka kanssa hän oli puhunut hetkistä aikaisemmin. Mies keskusteli nyt Kepplen kanssa, ja hän kuuli vieraan lausuvan. »Muistakaa ottaa professori mukaan!» — »Aivan varmasti», vastasi Kep.

Professori tapasi Kepplen muutaman minuutin kuluttua. »Olen Teidän puolestanne ottanut vastaan päivälliskutsun», lausui Kep, ja professori vastasi: »Olitte sangen ystävällinen».

Kep nauroi. »Te ette usein erehdy, mutta tällä kertaa ette huomaa, mistä on kysymys. Voitteko arvata, kuka hän on? Hän on Gavutun komisario, Hänen Majesteettinsa edustaja tällä paikkakunnalla!»

»Vai niin»», vastasi professori välinpitämättömästi, »mikä hänen nimensä on?»

»Woodford».

»Jerusalem!» huudahti professori hämmästyneenä. »Woodford, joka on kirjoittanut kirjan Salomoninsaarista?»

»Sama herra», vastasi Kep. »Hän tahtoo sangen mielellään tavata Teitä. Hän huomasi, että olette luonnontutkija, kun innostuitte niin suuresti nähdessänne hyönteisen hänen hihassaan. Tuletteko mukaan?»

»Siitä voitte lyödä vetoa», vastasi professori. »Charles M. Woodford on mainio mies. Haluan kernaammin tavata hänet kuin Yhdysvaltain presidentin. Olen iloinen sen johdosta, että olitte hänen kutsunsa vastaan, herra Kepple, ja lähden heti pukeutumaan sopivaan pukuun.»

Käynti komisarion kutterissa oli mieluinen vaihtelu, ja tuskin tarvinnee mainita, että professori ja hän saivat innostuttavan puheenaineen Salomoninsaarten eläin- ja kasvikunnasta. Kep kertoi matkastaan ja Coo-ee'n päiväkirjasta, ja heidän isäntäänsä huvitti suuresti kertomus espanjalaisesta gallionista. »Tietysti», sanoi komisario, »Teidän on koetettava saada käsiinne tuo aarre, kun Teidän kerran on jätettävä Jimmy Jam niin lähelle Rubiarjalagunia. Kun Teillä on sukeltajanpuku ja paikan kartta, ei sen löytämisen pitäisi olla aivan vaikea.»

Kep pudisti päätään. »Valtuuteni eivät salli minun viivyttää kuunarin matkaa rupeamalla aarteenetsijäksi», selitti hän. »Oikeastaan olisin sangen iloinen, jos saisin jättää miehen tänne Gavutuun ja jatkaa suoraan matkaani Sydneyhin. Eikö satamassa ole ainoatakaan alusta, joka voisi viedä hänet edelleen?»

»Valitettavasti ei», vastasi herra Woodford. »Saattaisi kulua monta kuukautta ennenkuin hän pääsisi kotiinsa, otitte itsellenne suuren taakan pelastaessanne nuo kolme alkuasukasta Valtamerensaaren luona. Tiedän, ettette voinut muuten menetellä; meidän täytyy toimia lakien mukaisesti, eikä mikään ole vaikeampaakuin näiden villien kotiinkuljettaminen.»

Kepplen ja professorin ollessa komisarion luona lähti Wragg maihin ruokavaroja hankkimaan. Samaan aikaan saapui toisen satamassa olleen kuunarin väkeä Nanumangaan juttelemaan Barrablen, Trimblen ja Stretchin knssa. He viipyivät auringonlaskuun saakka, eikä Joyce sekaantunut asiaan. Mutta kun he olivat lähteneet pois, meni Chip jonkun seikan vuoksi kanssiin ja tapasi Barrablen makaamasta täydessä humalassa.

Chip valaisi häntä sähkölampullaan. Hän makasi selällään rinta paljaana, joka oli tatuoitu Etelämeren saarten villien tavan mukaisesti, ja Chip saattoi huomata, että tuon ihokoristeen alla oli sotalaivan kuva.

27 Jimmy Jam

Professori oli sitä mieltä, että Salomoninsaaret ovat maapallon vetisin paikka, ja hän lausui tämän vakaumuksensa, kun hän seuraavana aamuna näki sateen valuvan virtanaan. Hän oli toivonut saavansa lähteä maihin huolimatta vahingoittuneesta jalastaan ja yhdessä Woodfordin kanssa mennä katsomaan kauniin Gavuta-saaren sammuneita tulivuoria ja kerämään hyönteisiä ja lintuja. Kepple oli luvannut viipyä satamassa iltaan saakka. Laivaan piti tuoda tuoreita vihanneksia ja muuta ruokatavaraa sekä raikasta vettä, ja komisario sanoi, että kaksi valkoihoista kauppiasta halusi matkustaa Nanumangassa Sydneyhin. Mutta sade esti saaren sisäosaan suunnitellun matkan, eivätkä kauppiaat tahtoneet heti lähteä. Näin ollen oltiin valmiit lähtemään matkalle heti, kun tarvittavat ruokatavarat oli saatu laivaan. Niitä lastattaessa oli herra Woodford laivassa ja katseli professorin kokoelmia.

Keskipäivän aikana Nanumanga lähti satamasta ja seisoi ankarassa sateessa ja sumussa Floridan ja Savon välillä vastapäätä suurten Isabella-saaren ja Uuden Georgian välistä leveätä salmea.

Nanumanga olisi kentiesi voinut olla pari päivää Gavutussa, ja se olisi ollut Kepplelle edullisempi, kuin hän saattoi aavistaakaan. Mainitut kauppiaat, jotka olisivat olleet huomattava miehistönlisäys, olivat pyytäneet häntä viipymään pari päivää, mutta hän oli kieltäytynyt; sensijaan että hän olisi viettänyt tämän ajan satamassa, hän sai nyt olla salmessa, ja kuunari saattoi millä hetkellä tahansa ajautua vedenalaiselle kivelle, jota ei ollut merkitty merikorttiin, tai vaarallisille rannoille, jotka äkkiä sukeltautuivat sumusta esiin. Vielä neljännenkin päivän aamuna, jolloin aurinko vihdoinkin tuli näkyviin, häämöittivät jäleltäpäin Floridan kukkulat ja Guadalcanarin suuri Leijonanvuori, ja jollei ilma jälleen olisi synkistynyt, olisi Kep voinut nähää risteilijä Pingvinin, joka kulki tavutun pohjoiskärjen ympäri ja meni satamaan, jonka hän äsken oli jättänyt. Jos hän olisi aavistanut, että kapteeni Mayhew oli niin lähellä, olisi hän joka tapauksessa odottanut, mutta se ajatus ei koskaan juolahtanut hänen mieleensä, ja niin hän jatkoi matkaansa aavistamatta niitä vaaroja, joita hän oli kohtaava.

Kartat osottivat, että Uuden Georgian itärannikko oli tutkimaton, ja purjehtiminen sen ohi ei olisi ollut mikään helppo asia kokeneemmallekaan merimiehelle, kuin mitä Kep oli. Hän kohtasi usein pitkän rivin ärjyviä tyrskyjä, jotka osottivat, että oli olemassa vedenalaisia kalliosärkkiä. Mittausköysi oli käytännössä yöt ja päivät. Hän pysyi syvällä ja kulki hiljalleen eteenpäin toivoen, että sade lakkaisi ja sumu hälvenisi. Hän tahtoi purjehtia Uuden Georgian ohi ja kulkea länteenpäin sen kanalin kautta, joka erottaa mainitun saaren Kulambangra-saaresta, mutta kun hän ei voinut tehdä minkäänlaisia havaintoja, täytyi hänen luottaa sokeasti laskelmiinsa ja toivoa, että kartta oli tarkka. Joycesta ja Wraggista oli hänelle suurta hyötyä, mutta kerran hän joutui kehäriuttojen ja saarien keskelle, joita ei ollut kartalle merkitty, ja hän alkoi pelätä kuunarin tuhoa. Mutta hän ei osottanut levottomuuttaan muille. Sensijaan että olisi hälventynyt, sumu tuli yhä pahemmaksi, ja sadetta kesti lakkaamatta. Viimein hän sai selville, että hän oli eksynyt kulkusuunnaltaan; hän antoi epätoivossaan laskea ankkurin ja oli pari vuorokautta paikallaan yhtämittaisessa sateessa.

»Olen taipuvainen peruuttamaan osan niistä ylistyspuheista, jotta olen Salomoninsaarille pitänyt», sanoi professori. »Näyttää siltä, että tämän seudun meteoroloogiset olot kaipaisivat kipeästi perinpohjaista uudelleenjärjestämistä.»

Eräänä iltana, kun kuunari oli ankkurissa, syntyi kanssissa rettelöltä. Chip meni sinne ja tapasi Barrablen, Trimblen ja Barnay Stretchin kovasti humalaisina. Kävi selville, että heidän oli onnistunut Gavutussa saada salaa laivaan astia katajanmarjaviinaa. He olivat peittäneet sen huolellisesti, mutta Barrable oli ollut siksi tyhmä, että oli antanut yhden kulauksen Salomoninsaarelaiselle; tämä ei sitten malttanut olla salaa menemättä varastopaikkaan sekä ilmoittamana sitä Tongan varjolle. Nämä molemmat syntipukit olivat nyt sikahumalassa ja vielä riidanhaluisempia kuin toiset.

Kun Chipperfield astui sisään, makasi Tongan varjo lattialla syvä haava tatuoidussa olkapäässään; ja Te Puna ja Nonouti Tom pidättivät väkisin Jimmy Jamia, samalla kun Liehakko otti suuren veitsen pois hänen kädestään. Jimmy koetti päästä vapaaksi, mutta mauri, joka oli jättiläinen häneen verraten, otti hänet syliinsä ja heitti lattialle. Tällöin Jimmyn kaulasta putosi jotakin, minkä Chip otti ylös. »Mene kutsumaan herra Joycea, Liehakko», käski hän, kun neekeri ojensi veitsen hänelle. Ja Te Punalle sanoi hän kun hän näki Jimmyn ponnistelevan vapaaksi päästäkseen: »Älä päästä häntä irti! Pidä lujasti kiinni!»

Barrablelle ja Stretchille tuli kiire kätkeä astioita, joista he olivat juoneet. Jokainen pelkäsi Joycea. »Mitä tämä merkitsee?» kysyi hän kanssiin tultuaan.

Chinchin, kiinalainen ruuanlaittaja, alkoi selittää riidan syytä huonolla englanninkielellään, mutta Joyce keskeytti hänet ja kääntyi Barrablen puoleen. »Te olette vastuunalainen kanakien suhteen, Lavington! Mitä Te ajattelette järjestäessänne tällaisen näytelmän? Mistä olette saaneet alkohoolia?»

Barrable vastasi hyvin viattomana: »Herra ties, mistä he ovat sitä saaneet, sir. Minä makasin, kun rettelö alkoi.»

Jättäen Joycen hillitsemään mellastavia Chip kiiruhti ilmoittamaan asiasta Kepplelle. Tämä lähti itse kanssiin ja käski viemään Jimmy Jamin ja Tongan varjon yöksi sairaskammioon.

Professori nosti katseensa kirjasta, jota hän luki salongissa, ja näki Chipin tutkivan kanssista löytämäänsä esinettä. Se oli merkillinen barbaarinen kaulanauha, rasvainen ja likainen. Riippuvina koristeina oli ihmisenhampaita, helmiä, helmiäisiä ja kilpikonnankuoria sekä useampia litteitä säleitä, joita peitti musta, vahankaltainen aine.

»Jimmy kantaa tätä kaulassaan», sanoi Chip. »Luulen, että minun täytyy antaa tämä hänelle takaisin ennen kuin laskemme hänet maihin. Tässä on ihana helmi, parin, kolmensadan punnan arvoinen. Ihmettelen, ettei kukaan ole varastanut tätä häneltä Fijissä, mutta hän on tervannut tämän, ettei tämä näkyisi.»

»Minä alan keinotella saadakseni sen», sanoi professori hymyillen. Luulen, että se on tyypillinen näyte kotimaisesta kultasepäntaidosta. Mutta mitä Te leikkaatte veitsellä? Turmelette sen.»

»Tahdon tietää, mitä nuo pyöreät levyt ovat», vastasi Chip ja raappi niitä. Hän vihelsi nähdessään niiden keltaisen värin.» Nämä ovat kultaryhoja ja, mikä vielä merkillisempää, espanjalaisia. Nämä ovat samoja, jotka Barrable otti mukaansa Coo-ee'sta.» Professori katsoi Chipin olkapään ylitse. »Oikein. Ja mitä luulette niiden merkitsevän?» — »Tjaa», vastasi Chip miettiväisenä ja antoi kaulanauhan professorille. »Te muistatte Ralph Jocelynin kertomuksesta, että muuan alkuasukas, jolla oli tällaisia koristeita, sukelti hakemaan kultarahoja. Hän kirjoitti myös,että villillä oli suuret korvalehdet ja niissä niin suuret reiät, että saattoi pistää sormen niiden läpi. Jimin korvat näyttävät sellaisilta, vaikkei hänellä olekaan korvarenkaita. Te muistatte myös, että Jocelyn oli rekryyttilaivan komisario?» Professori nyökäytti päätään myöntävästi. »Huomaan, mitä tarkoitatte», lausui hän. »Ajattelette, että Jimmy Jam oli niiden kanakien joukossa, joita herra Jocelyn kuljetti Fijisaarille?»

»Aivan niin», lausui Chip. »Olen varma siitä, että Jimmy Jam on juuri se alkuasukas, joka sukelsi Rubianalaguuniin uponneeseen gallioniin.»

»Se on terävästi ajateltu, Chip», sanoi professori, »ja luulen, että olette oikeassa tällä kertaa. Mietin nyt, mahtaakohan Barrable olla Jimmyn jälillä!»

Siitä ei voitu saada mitään selvää. Mutta seuraavana aamuna Chip oli hyvissä ajoin kannella; aurinko oli kartoittanut sumun, ja kuunari oli ankkurissa lähellä satumaisen kaunista rantaa pienien saarien keskellä, jotka muistuttivat kiillotettuun hopeaan kiinnitettyjä smaragdeja. Huojuvat, kosteudesta loistavat palmut kuvastuivat siniseen veteen, ja valkoisen rannan koreat kukkaset levittivät balsamituoksua. Kirjavia perhosia ja koreita papukaijoja ja kyyhkysiä lenteli sulkamaisen lehvistön läpi ja leijaili kuunarin mastojen ympärillä.

Kostea, sumu peitti vielä kaukaisemmat saaret mutta mikäli aurinko kohosi, ne tulivat näkyviin ja lisäsivät maiseman ihmeteltävää kauneutta. Chipperfield oli matkalla sairaskarnmioon suljettujen Jimmyn ja Tongan varjon luo, mutta hän pysähtyi lapsellisella hartaudella ihailemaan tuota näkyä. Kun he selvinneinä pääsivät kannelle, katselivat he ympärilleen ikäänkuin lumottuina. Jimmy Jam huudahti omituisesti, hän näytti tuntevan paikan, ja hän kiipesi reelingille ankarasti viittoen ja puhuen omaa kieltään.

»Mikä Jimmyä riivaa?» lausui Barnay Stretch ja nykäsi Barrablea hihasta. »Onko hän tullut hulluksi?»

»Hiljaa!» varotti Barrable. »Etkö käsitä, että hän osottaa kotiseutuaan?» Hän veti Stretchin syrjään, niin ettei Chip voinut kuulla heidän puhettaan, ja kuiskasi: »Olemme perillä! Juuri oikeassa paikassa! Tämä on Rubianalaguuni!»

Jimmy jatkoi viittomistaan ja jutteluaan. Jokainen huomasi, että hän tunsi edessään olevan maiseman. Hetkisen näytti siltä, kuin olisin hän aikonut hypätä mereen ja uida maihin. Samassa Barrable huusi hänelle: »Jimmy, Jimmy!»

Joko tämä kompastui, kun hän kääntyi Barrablea kohti, tai ei hänen päänsä vielä ollut täysin selvinnyt, taikka hän aikoi hypätä laivasta, joka tapauksessa hän kadotti tasapainonsa ja kaatui kannelle huudahtaen Barrable riensi paikalle ja auttoi hänet istumaan.

Chip, Liehakko ja Barrable kääntyi hänen puoleensa, kun hän istui ja piteli loukkaantunutta polveaan. Liehakko kysyi, oliko hän pahasti loukannut itsensä. »Kuulin, kuinka hänen jalkansa taittui kuin savipiipunvarsi», selitti neekeri. »Pelkään, että hänen polviluunsa murtui», sanoi Barrable.

»En oikein käsitä, mitä hänellä oli tuolla ylhäällä tekemistä», lausui Chip. »Näytti siltä, että hän aikoi hypätä mereen», vastasi Barrable. Hän tahtoi mahdollisesti ottaa aamukylvyn. Osalla kana-

keja on tapana uida aamuisin ja tuo kirkas vesi onkin hyvin hou-
kutteleva.»

Jimmy Jam koetti nousta seisomaan, mutta vaipui takasin
päästäen tuskanhuudahduksen. Hän oli nähtävästi pahasti louk-
kaantunut, ja hänen sormiensa välistä vuosi verta. Chip meni laivan
apteekkiin ja toi salvaa, laastaria ja siteen, sitoi haavan ja oli vähän
ylpeä näppäryydestään. Sillä aikaa Barrable ryhtyi uudelleen työ-
hönsä, pesemään laivan kantta.

»Taas lähti yksi värttinä onnemme pyörästä», sanoi hän va-
littaen Trimblelle. »Tuo polvi ei parane moneen päivään. Meillä on
ainainen huono onni.»

»Mitä Jimmyn polvi meidän asiaamme vaikuttaa?» kysyi
Trimble.

Barrable katsoi häneen halveksivasti. »Enkö ole sanonut sinul-
le, että Jimmy on minun valttikorttini? Olisi ollut parempi, vaikka
kuka tahansa olisi loukkaantunut. Hän ei voi nyt uida eikä sukeltaa,
ymmävrätkös. Hänen täytyy sukeltaa ja hakea kulta meille.»

»Mitä sinä äsken sanoit? Luuletko, että hän on tuntenut tämän
paikan kotiseudukseen?»

Barrable nyökäytti myöntävästi päätään. »Hän olisi lähtenyt
kuin luoti pyssystä, jollen olisi ajoissa pidättänyt häntä.»

Barney Stretch yhtyi heihin. »Herra Kepple on koko mies.
Olen nähnyt eläissäni hyviäkin purjehtijoita, mutta hän vie voiton
kaikista.»

»Olet oikeassa», vastasi Trimble. »Ja kun hän ei koskaan ennen
ole ollut täällä, en käsitä, kuinka hän osasi niin suoraan purjehtia
tänne. Luulen, että hän saa kiittää yksinomaan sattumaa.»

»Odota, saamme nähdä», lausui Barrable.

»Hän on kulkenut kuin magneetin vetämänä», sanoi Stretch.

»Olet oikeassa», sanoi Trimble pilkallisesti. »Te molemmat vain arvailette. Mitä todistuksia Teillä on siitä, että olemme Rubiana laguunissa? Siitä, että joku neekeri viittaa nähdessään muutamia saaria, luulette hänen tuntevan kotiseutunsa.»

Barney Stretch kiipesi valasveneeseen mättääkseen siitä pois sadeveden. Sieltä hän näki paremmin nuo palmurantaiset saaret, joiden ympäriltä sumu katosi, mikäli aurinko nousi.

»Luulen, että olet oikeassa, Ned», sanoi hän, kun hän tapasi Barrablen. »Olin täällä kolme vuotta takaperin rekryyttejä hakemassa, ja jollemme nyt ole Rubianalaguuissa, tahdon muuttua turskaksi.»

Epäilemättä olisi Kep ollut iloinen, jos hän olisi ollut paikasta puoleksikaan niin varma kuin Barrable. Hänen karttansa oli ollut tarpeeksi hyvä, kun he olivat avoimella merellä, mutta täällä pienten saarien keskellä, jonne hän oli odottamatta ajautunut, hänellä ei ollut niistä apua aseman määräämisessä. Saaret olivat merkityt kartoille pienillä täplillä, salmet olivat mittaamattomat. Hänen oli ollut pakko laskea ankkuri. Kun ilma nyt kirkastui ja kun hän näki avoimen väylän johtavan eteläänpäin, päätti hän lähteä uudelleen liikkeelle mahdollisimman pian. Kaikki olivat olleet koko aamun kuunaria kuntoon laittamssa ankaran sateen jälkeen. Matot ja sänkyvaatteet täytyi ripustaa kuivamaan. Rasittava kosteus teki jo muutamat miehistä sairaiksi. Kep käski laittamaan purjeet kuntoon ja nostamaan ankkurin. Ketjut natisivat kelalla, mutta sitten tuli äkkiä seisahdus. Miehet ponnistivat kaikin voimin, mutta ne eivät kulkeneet tuumaakaan.

»Luulen, että ankkuri on tarttunut kiinni korallisärkään», sanoi Wragg Kepplelle, joka juuri tuli kannelle koneineen tehdäkseen havaintoja. Kepple käski hänen katsoa perään. Joyce katsahti samassa sinne päin, missä Jimmy Jam oli istunut, mutta häntä ei ollut enää siinä.

Professori, joka seisoi kannella ja katseli ympäristöä kaukoputkellaan huomasi äkkiä jotakin liikkuvan merellä jonkun matkan päässä laivasta. »Vannon professorinhattuni kautta, herra Kepple», huudahti hän, »että tuolla ui Teidän arvoisa salomoninsaarelaisenne! Vaikka hänen polvensa onkin vahingoittunut, hän menee kuitenkin hyvää vauhtia. Ja hän jätti tänne kallisarvoisen kaulanauhansakin. Hän huomasi meidän pian lähtevän ja tahtoi sentähden käyttää tilaisuutta hyväkseen. Arvelen, että hänellä on tuttavia, jotka vievät hänet kotikyläänsä.»

Ankkurin nostamisen aikana ei kukaan pitänyt silmällä Jimmy Jamia ja hän pakeni ilman kaulanauhaansa ja välittämättä siitä, että Barrable lupasi hänelle runsaasti tupakkaa ja väkiviinaa palkaksi uponneen aarteen olopaikan osottamisesta.

Jim oli luullut, että Nanumanga seisoisi ankkurissa useampia päiviä, mutta kun hän näki valmistauduttavan matkaa jatkamaan, valtasi koti-ikävä hänet kuten polttava kuume ja hän päätti koettaa päästä uimalla maihin. Hän oli katsahtanut näkikö Barrable hänet, sillä hän pelkäsi tämän ampuvan tai ainakin antavan pidättää hänet ja viedä takaisin Sydneyhin, mutta kun Barrable oli työssä muiden kera, ei kukaan nähnyt hänen karkaamistaan, ennenkuin kuului professorin huuto.

Kep oli juuri tehnyt havainnon, ja kun hän katsahti professorin pöydällä olevaa karttaa, huudahti hän hämmästyneenä.

»Oletteko tyytyväinen?» kysyi professori. »Missä me olemme?»

»Kaikki hyvin», vastasi Kep. »Tiedän aivan tarkalleen missä olemme. Ja kun Jim on meidät jättänyt, voimme lähteä suoraan Sydneyhin.»

28 NYT TAI EI KOSKAAN

Keppien kasvoilla oli tyytyväisyyden ilme, kun hän astui miesten luo auttaakseen heitä ankkurin nostohommassa. Onnellisen sattuman kautta hän oli löytänyt uuden kulkuväylän, josta luultavasti ainoakaan brittiläinen laiva ei ollut ennen kulkenut, ja hän oli ylpeä tästä löydöstään, joka antoi hänelle tilaisuuden täydentää amiraalikunnan karttoja. Sitäpaitsi hän oli aivan odottamatta päässyt Jimmy Jamista. Hänen levottomuutensa oli kokonaan kadonnut; hän saattoi lähteä suorinta tietä määräpaikkaansa.

»Ankkuri on tarttunut kiinni koralliriuttaan, sir», ilmoitti Joyce.

Hellittäkää ketjuja ja antakaa tuulen irroittaa se!» käski Kepple.

Nonouti Tom, joka seisoi läheisyydessä, riisui parhaillaan pukineitaan Chipin keskustellessa hänen kanssaan. Kun Chip oli lopettanut puheensa, hengitti Tom syvään muutamia kertoja, astui hiljaa laivan laidalle, hyppäsi mereen ja alkoi sukeltaa. Kukaan ei ollut pannut merkille, kuinka kauan hän oli veden sisässä, mutta Kepple arveli hänen viipyneen näkymättömissä noin viisi minuuttia. Hän katseli hetkisen saaria ikäänkuin pannakseen merkille, mihin suuntaan hän lähti, ja sukelti uudelleen. Tällä kertaa hän oli veden sisässä vielä kauemmin. »Tommy liikkuu vedessä kuten kala», sanoi Chip, »ja hän ottaa selvän siitä, missä ankkuri on kiinni ja miten sen parhaiten saa irti».

Kun Tom nousi uudelleen vedenpinnalle, otti hän uuden merkin ja ui sitten ankkuriketjujen luo sekä kiipesi laivaan. Hän tuli Chipin ja Kepplen luo.

»Ette salli heidän tietää», sanoi hän varovasti ja astui syrjään ikäänkuin olisi tahtonut puhua toisten näkemättä. Sitten hän selitti, kuinka ankkuri oli tarttunut erääseen esineeseen, ja osotti, että laivaa oli käännettävä länteenpäin, jotta ankkuri lähtisi irti. Kun Chip selitti Kepplelle, että ankkuri oli tarttunut kiinni korallimuodostumaan, keskeytti Tom hänet lausuen: »Ei koralliin, vaati suureen laivaan.»

Chip ja Kepple katsahtivat hämmästyneinä toisiinsa, kun Tom avasi kouransa ja jatkoi: »Löysin tämän.» Chip otti esineen Tomin kädestä. Se näytti suurelta ruostuneelta napilta, mutta oli hyvin raskas kokoonsa verraten. »All right, Tommy. Ole vaiti, käske Joyce tänne.» Kepple kokosi koneensa. Professori oli mennyt hytistään hakemaan valokuvauslevyjä, joita hän oli saanut herra Woodfordilta. »Oletteko päässyt selville, missä olemme?» kysyi Chip ja katsoi paperikääröä, joka oli Kepplen kainalossa. »Olen», vastasi Kep iloisesti, »se asia on nyt selvä.» — »Minäkin olen päässyt siitä selville. Olemme Rubianalaguunissa. Mutta merkillistä on se, että ankkurimme on tarttunut kiinni uponneeseen gallioniin. Katsokaas, minkä Tommy on löytänyt. Tämä on vanha kultaraha.»

Kep katsoi häneen hämmästyneenä. »Mahdotonta!»

»Tommy ei tietänyt mitään uponneesta laivasta, joten emme voi epäillä hänen omasta päästään keksineen, mitä hän sanoi.»

Kep tarkasteli Tomin löytämää rahaa, ja se oli aivan samallainen kuin ne, joita hänellä oli hytissään. »Olisin kernaammin nähnyt hänen saavan ankkurin irti. Mutta toiselta puolen on sangen merkillistä että satuimme ankkuroimaan juuri tähän paikkaan. Tämä on kohtalon leikkiä. Nämä kurjat kartat eivät sano mitään, mikä olisi tärkeätä tietää, mutta siitä, että kanaki lähti maihin, voimme varmasti päättää, että tuo saari on Nusa Sanga, ja kaikki tämä vahvistaa olettamustamme.»

Joyce ja Lavington hinasivat kuunarin Tommyn osottamaan suuntaan, mutta eivät saaneet ankkuria irti. He koettivat uudelleen, mutta turhaan. Joyce tuli epätoivoiseksi. »Luulen, että teemme turhaa työtä, sir! Saamme lyödä ankkuriketjut poikki.»

»Ja menettää ankkurin», lausui Chip. »Sitä emme uskalla tehdä millään ehdolla. Muistakaa, että se on ainoamme, ja että se pelasti meidät Valtamerensaaren luona.»

»Mutta onhan meillä sukeltajanpuku laivassa!» sanoi Joyce. »Minä otan sen ja menen tarkastamaan, missä ankkuri on kiinni. Tommy ei voinut olla veden sisässä niin pitkää aikaa, että olisi voinut saada jotain aikaan».

Kep suostui ehdotukseen. »Mutta meillä ei ole minkäänlaista pumppulaitosta eikä sähkövaloa.»

»Näin kirkkaassa vedessä ei tarvita mitään sähkövaloa tällaisella auringonpaisteella», vastasi Joyce. »Tässä on vettä vain noin kymmenen syltä. Ja ilmaa saamme palkeilla, jotka kuuluvat sireeniin.»

»All right, Joyce», sanoi Kep. »Meidän on pelastettava ankkuri, ja jollemme saa sitä ylös lähimpinä tunteina saamme koettaa sukeltajanpukua.»

Barrable seisoi siksi lähellä, että hän kuuli, mitä Tommy sanoi, ja sanat »suuri laiva» saattoivat hänet syviin mietteisiin. Hän tiesi jo, että Nanumanga oli Rubianalaguunissa, eikä ollut luultavan, että useampi laiva olisi mennyt siinä karille. Jimmy Jamin pako oli selvä todistus siitä, ettei tämän koti saattanut olla kaukana. Jimin pako oli tehnyt hänet toivottomaksi aarteen suhteen, mutta nyt — — —. Ja hän päätti toimia niin, ettei Nanumangan ankkuria nostettaisi, ennenkuin hän olisi saanut laivaan jokaisen kultakappaleen uponneesta gallionista. Hän vapisi mielenjännityksestä ja kiersi näennäisesti hajamielisyydessäänkuunarin ruoripyörää, ja hänen onnistuikin tällä tavoin tehdä tyhjäksi Wraggin yritykset saada ankkuri irti.

Hetkisen kuluttua hän näki Joycen ottavan esille sukeltajanpuvun. »Se näyttää olevan käyttökunnossa», sanoi Kep. »Älkää avatko sylinteriä. Huomaan, että se on täydellinen Fleuss-sukeltajanpuku, jota käytettäessä ei tarvita minkäänlaista ilmajohtoa.»

Barrable poistui peläten näyttävänsä liiaksi asiaan innostuneelta. Ainoa seikka, mitä hän ei sukeltajanpuvun suhteen ymmärtänyt, oli se, ettei siinä ollut ilmanjohtoputkia. Paketissa oli ollut painettuja käyttöohjeita, mutta hän ei ollut koskaan saanut tilaisuutta lukea niitä. Hän kääntyi ympäri ja huomasi, ettei kukaan pitänyt häntä silmällä. Professorin hän tiesi olevan valokuvauslevyjä kehittämässä. Hän hiipi varovasti Kepin hyttiin. Kun hän palasi takaisin, oli hänellä kuusi revolveria ja taskut täynnä patroonia, mutta kukaan ei kiinnittänyt häneen mitään huomiota, ja kun hän oli ollut vain silmänräpäyksen kanssissa, ei kukaan voinut havaita hänessä mitään epäilyttävää. »Nyt tai ei koskaan», ajatteli hän itsekseen.

Kepple söi parhaillaan aamiaista hytissään, kun professori astui sisään tavallista tyytyväisempänä. »En ole moneen kuukauteen saanut niin hyviä valokuvia! — Milloin luulette meidän pääsevän Sydneyhin?»

Kep pyysi professoria istumaan ja jatkoi sitten: »Milloin pääsemme Sydneyhin riippuu siitä, kuinka pian saamme ankkurimme ylös.»

»Vai niin? Tuottaako ankkurin nostaminen erikoista vaivaa? Olen ollut niin kiintyneenä valokuvaushommiini, etten tiedä, mitä täällä ylhäällä on tapahtunut. Onko ankkuri tarttunut kiinni korallisärkkään? Ihmettelen, ettei kukaan ole keksinyt erityistä ankkuria sellaisia laivoja varten, jotka purjehtivat korallisaarien lähettyvillä. Se keksintö tuottaisi rahaa!»

»Tällä kertaa ei ole vastusta korallista, vaan herra Jocelynin gallionista.»

»Vai niin», sanoi professori tyynesti. »Sentähden on siis otettu esille sukeltajanpuku. Luuletteko, että on viisasta antaa Ned Barrablen kaltaisen miehen olla asiassa mukana?»

»Barrablella ei ole aavistustakaan siitä», vakuutti Kep.

»Jollei ole, hän pian saa sen», lausui professori. »Ja sitä ennen kehotan Teitä huolellisesti lukitsemaan asekaappinne.»

»Olette oikeassa», myönsi Kep ja lukitsi kaapin oven sekä otti avaimen pois kaappiin katsomatta.

Aamiaisen jälkeen Kep ja professori lähtivät kannelle. Vene oli jo laskettu vesille, ja Chip auttoi parhaillaan sukeltajanpukua Joycen päälle. Parin minutin kuluttua Joyce oli valmiina veitsi vyössä sekä sorkkarauta ja nuorakieppi kainalossa. Kepple pani kypärin hänen päähänsä. Joyce oli tottunut sellaiseen, ja kun Kep antoi merkin, vaipui hän rauhallisena pohjaan. Hän joutui korallisärkälle ja katseli ympärilleen. Hänen kauneusaistinsa ei ollut aivan kehittynyt, mutta hän ei voinut olla ihailematta sitä heleän viheriäistä väriä, joka häntä ympäröi. Erään monihaaraisen vaaleanpunaisen korallin ympärillä liikuskeli hiljalleen omituisia kultasilmäisiäkaloja, joiden suomukset olivat siniset ja hopeanväriset. Hän olisi tuskin hämmästynyt, vaikka olisi nähnyt merenneitoja istuvan valtavilla simpukankuorilla, joita oli hänen jaloissaan. Missä kohdin pohja ei ollut korallinen, oli suuria näkinkenkiä. Hän katsoi ylöspäin ja näki kuunarin ja veneen. Hän kulki raskaassa puvussaan hiljaa ankkurin luo. Kun hän pääsi lähemmäksi, erotti hän ravistuneen laivanrungon. Hän kulki gallionin ympäri ja etsi ankkurin. Hän näki sen lankkujen välistä ja huomasi, että oli mahdotonta saada sitä irti ilman kelavintturia. Hän antoi laivaan merkin ja alkoi vastausta odottaessaan uteliaana tutkia laivanhylkyä. Ankkurin lähellä oli jotakin, mikä muistutti hajonnutta kirstua. Hän kosketti sitä jalallaan ja huomasi siinä olevan puhdasta kultaa. Samassa hän näki toisen kirstun, jonka kansi oli kiinni. Hän tuumi, olisikohan siinäkin kultaa; ainakin se oli hyvin raskas. Tämän kirstun takana oli vielä yksi ilman kantta, ja Joyce näki äkkiä joukon kultatankoja sekä vanhanaikaisia astioita, ja eräässä kallisarvoisesti koristetussa ja jalokivillä varustetussa lippaassa oli merisiiliperhekunta.

Tähän aarteeseen kajoamatta Joyce tarttui kiinni ankkuriin ja ponnisti kaikki voimansa saadakseen irti sen vä'än. Hän tunsi sen liikkuvan ja aikoi käyttää sorkkarautaa, mutta samassa hän sai voimakkaan merkin nousta heti ylös.

Mitä se merkitsi? Oliko jotain hullusti? Vielä hetkinen, ja hän olisi ollut valmis nousemaan, mutta hän sai uuden merkin, edellistä ankaramman, ja hänen täytyi totella. Tie ylöspäin oli aivan vapaa laivan jätteistä, aparaatti oli hyvässä kunnossa, hän sai hengittää vapaasti, eikä hänen pukunsa painokaan häntä rasittanut. Hän tunsi, että hän olisi voinut olla siellä tuntikausia. Miksi hänet kutsuttiin takaisin?

Kun hän ajatteli tätä, samalla kun hän tunsi itseään nostettavan, oli hän kuulevinaan revolverin laukauksen.

29 BARRABLEN VIIMEINEN KEINO

»Olemme ankkuroineet juuri aarteen kohdalle, se on kummallisinta, mitä olen kuullut», tuumi professori itsekseen hytissä. Kepple oli lähtenyt kannelle. »Näyttää siltä, että kohtalo on meitä ohjannut. Arvelen, ettei herra Kepple anna velvollisuudentuntonsa tällä kertaa estää häntä hankkimasta vähän rikkautta. Olisihan luonnotonta antaa kullan olla käyttämättömänä merenpohjassa. Se ikäänkuin huutaa, että se nostettaisiin ylös ja saatettaisiin käytäntöön.»

Hän karisti tuhkaa sikaristaan, jonka savu nousi ulos kattoikkunan kautta, ja jatkoi mietiskelyään: »Olisi hauska tietää, kuinka hän aikoo saada sen laivaan. Hänen kekseliäisyyskykynsä pannaan koetukselle, ja luulen, että sukeltajanpuvusta on nyt hyötyä. Barrable toi sen laivaan, ja hän tulee varmaan vähän noloksi, kun hän näkee pettyneensä. Mutta joka tapauksessa hän on kyllin teräväjärkinen arvatakseen, että olemme lähellä gallionia».

Professori suoristautui. »Mutta jos hän sittenkin arvaa, mistä on kysymys! Tuskinpa hämmästyisin, vaikka hän koettaisi nyt toteuttaa suunnitelmansa. Lähdenpä kannelle ja katson, millainen ilme on hänen kasvoillaan».

Hän nousi hitaasti, sillä hänen jalkansa oli vielä hellä, ja hän meni hiljaa kannelle, katsahtaen sattumalta keittiöön. Kiinalainen ruuanlaittaja hommaili jotakin, ei kuitenkaan pannujen eikä patojen ääressä. Ilman silmälaseja professori oli hyvin lyhytnäköinen, jonka vuoksi hän laittoi ne silmilleen ja katsoi uudelleen. Tällä kertaa kiinalainen huomasi hänet, veti nopeasti kätensä mekkonsa sisästä ja koetti peittää kolmea patroonaa, jotka olivat pöydällä. »Suuri Washington!» mutisi professori itsekseen. »Taivaan valtakunnasta kotoisin oleva ystävämme on siis pirullisessa liitossa Barrablen kanssa. Mutta mistä hän ori saanut revolverin, jonka hän piilotti?»

Professori meni heti alas Kepplen hyttiin, otti asekaapin avaimen sovitusta paikasta, avasi oven ja huomasi, että kaappi oli miltei tyhjä. Pian hän oli uudelleen kannella, Kepple ja Chipperfield olivat veneessä kuunarin vieressä. Professori pureksi hermostuneesti sammunutta sikanaan kumartuessaan laivan laidan yli. Hän näytti suurella mielenkiinnolla seuraavan työn edistymistä, mutta hänen ajatuksensa olivat suunnatut toisaanne.

»Kuinka kauan aijotte antaa Joycen olla pohjassa, herra Kepple?» kysyi hän rauhallisella, matalalla äänellä, joka kätki hänen mielenjännityksensä.

»Vain hetkisen», kuului vastaus. »Kentiesi neljännestunnin».

Professori kurottautui laivan laidan yli niin paljon kuin pääsi, pani käden suulleen ja lausui: »Tahdotteko, herra Kepple, lähettää herra Chipperfieldin heti tänne laivaan?» Hän sanoi nämä sanat miltei käskevällä äänenpainolla, mutta kuiskaamalla, niin ettei kukaan olisi kuullut hänen puhettaan. »Olemme vaarassa».

»Mistä on kysymys, herra professori?» kysyi Chip hymyillen päästyään hänen luokseen. »Näytätte aivan säikähtäneeltä».

Vastaukseksi professori pisti ladatun revolverin pojan käteen. »Ottakaa tämä ja antakaa herra Kepplelle. Luulen, että hän tarvitsee sitä tuossa paikassa. Älkää antako kenenkään nähdä sitä, mutta menkää takasin veneeseen ja sanokaa herra Kepplelle, että olen katsahtanut asekaappiin ja huomannut, että joku on varastanut kuusi revolveria ja joukon patroonia».

Hän osotti kanssia jatkaen: »Barrable asestautuu tuolla liittolaisineen, joten saamme pienen maaliinammunnan. Olen hakenut muutamia ladattuja kiväärejä ja pannut ne noiden tyynyjen alle. Pian nyt herra Kepplen luo».

Hän otti uuden revolverin erään tyynyn alta. Hänen oma revolverinsa oli hänen taskussaan. Hän lähti kävelemään pitkin kantta ja sai kenenkään huomaamatta annetuksi revolverin Wraggille. »Olkaa valmiina ukonilman varalta, herra Wragg», sanoi hän ja iski merkitsevästi silmää. »Ja menkää herra Kepplen luo niin nopeasti kuin pääsette! Hän tarvitsee Teitä».

Kun hän kääntyi ympäri, huomasi hän Barrablen menevää ruhviin Trimblen ja Stretchin seuraamana. Tonga ja hänen haamunsa seurasivat pian perästä. Kun hän katsahti keittiöön päin, näki hän kokin tähystelevän ovella. Kokki vetäytyi kuitenkin heti syrjään, ja samassa professori kuuli jonkun porsliiniastian särkyvän.

Professori meni katsomaan, mitä tapahtui, vaikkakin hänestä tuntui, ettei astia särkynyt vahingossa, vaan että se oli sovittu merkki. Perämies seurasi häntä.

»Menkää alihangan puolelle!» sanoi professori, mutta Wragg, joka ei ymmärtänyt, että hän tarkoitti kokkia, juoksi keittiön ohi. Pamahti laukaus. Professori astui samassa keittiöön ylihangan puolelta ja näki kiinalaisen kädessä savuavan revolverin. Tavallisella nopeudellaan hän hyppäsi kokin luo, tarttui hänen ranteeseensa ja pani revolverin piipun hänen otsaansa vastaan. Syntyi painiskelu, mutta kiinalainen kompastui ja pudotti revolverinsa, jonka professori heti otti haltuunsa. Samassa hän näki Barrablen, Stretchin ja Trimblen juoksevan keulasta revolverit käsissä sekä Tonkan ja tämän varjon tulevan heidän perästään samalla tavalla asestettuina. Stretch laukasi revolverinsa juostessaan, ja professori kuuli luodin vinkuvan, mutta hän seisoi järkkymättömänä revolveri molemmissa käsissään ja sammunut sikari hampaissa.

»Seis!» komensi hän. »Lavington, tämä on Teidän työtänne. Te olette katala konna. Kädet ylös! Tähtään Teihin! Kädet ylös!»

Samassa kuului peräkannelta kiväärinlaukaus, ja Barrablen revolveri putosi kannelle samalla kun hänen oikeasta kädestään alkoi tippua verta. Tämä laukaus, Martin Chipperfieldin ampuma, oli se, jonka Joyce kuuli noustessaan merenpohjasta. Kepple oli jäänyt veneeseen hoitamaan köysiä. Kun Kep kuuli laukaukset, tuntui hänestä, ikäänkuin ei Joyce koskaan pääsisi ylös. Kun hän viimein pääsi veneeseen, meni pitkä aika kypärin irroittamiseen. Joyce näki Chipin, Wraggin ja professorin yhdessä kapinoitsijain edessä aseet näitä kohti ojennettuina.

Kokki kiemurteli kuten mato päästäkseen irti Liehakon käsistä, joka oli tarttunut häneen takaapäin ja piti häntä kuten ruuvipenkissä. Nonouti Tom ja Te Puna, jotka olivat kaataneet Barrablen kannelle, sitoivat hänet köysiin.

Kalpeana ja järkytettynä astui Kepple heidän luokseen. Hänen ei tarvinnut kysyä, mitä oli tapahtunut. »Trimble», käski hän, »antakaa minulle revolverinne!»

Trimble totteli heti. Mutta Barney Stretch ei ollut yhtä helposti lannistettavissa. Hän luuli Kepplen olevan aseettoman, ja, sensijaan että olisi antanut aseensa, tähtäsi häntä päähän, mutta Kep oli varuillaan ja hypäten eteenpäin tarttui häneen kurkusta kiinni. Barnayn luoti meni Kepin pään ohi samassa kun Kep ojensi revolverinsa Barnayn silmää kohti. Kep työnsi Barnayta taaksepäin askel askeleelta kanssia kohti ja otti häneltä revolverin. Sitten hän kääntyi professorin puoleen lausuen: »Pitäkää Barnayta silmällä älkääkä antako hänen liikahtaa paikaltaan!» Perämiehen hän käski tuoda hytistään parin käsirautoja ja Chipille hän sanoi: »Auttakaa sukeltajanpuku pois Joycen päältä ja tulkaa yhdessä tänne!»

Hänen huulensa olivat verettömät, ja hän hengitti syvään, mutta hän oli tyyni ja päättäväinen, kun hän loi katseensa tämän kapinan johtajaan. Hän katsoi, että tämä oli hyvin sidottu ja antoi hänen sitten nousta ylös. Barrable tunsi kipua haavoitetussa käsivarressaan, mutta nuora ei sallinut hänen liikuttaa sitä. Tommy ja Te Puna vetivät hänet kannen yli ja asettivat hänet seisomaan selkä keittiötä vastaan. Kepple astui hänen eteensä.

»Nyt saat syyttää itseäsi. Olet rikkonut lupauksesi ja väärinkäyttänyt vapauttasi, ja päällepäätteeksi olet tehnyt itsesi syypääksi julkiseen kapinaan. Sinut pannaan rautoihin siihen saakka, kunnes pääsemme Sydneyhin, jossa sinut jätetään viranomaisten käsiin, rangaistavaksi ansioittesi mukaan».

»Sydneyhin!» sanoi Barrable. »Ette ole vielä siellä. Olette pakotettu päästämään minut vapaaksi voidaksenne hoitaa kuunaria!»

Kep kääntyi katsokseen, joko perämies toi käsirautoja, mutta tulija oli Chipperfield, joka osotti salmelle päin. Kep katsahti osotettuun suuntaan, ja hänet valtasi uusi alakuloisuus, kun hän huomasi kokonaisen kanottilaivaston tulevan kuunaria kohti, joka kanotti asestettuja alkuasukkaita täynnä.

30 KOULUPOJAN TEMPPU

Perämies tuli paikalle tuoden käsiraudat. Kepple käski hänen vangita jälellä olevat neljä kapinoitsijaa ja viedä heidät pois kannelta sekä panna heidät vielä köysiin käsirautojen lisäksi. Tämän määräyksen hän antoi ilman että hänen kasvoillaan oli pienintäkään levottomuuden merkkiä alkuasukasten tulon johdosta. Liehakko, Te Puna ja Tommy auttoivat Wraggia, ja Kepplen käsky pantiin pian täytäntöön, sillä vangittavat eivät voineet tehdä vastarintaa. Kepple tarkasteli sillä aikaa levottomana alkuasukkaita, jotka vielä olivat penikulman päässä.

»Kuinka on ankkurin laita, Joyce?» kysyi hän. »Voimmeko nostaa sen ylös ja lähteä matkoihimme?»

Joyce pudisti päätään. »Saan mennä uudelleen pohjaan, sir. Kuinka olisin sen saanut irti, kun Te kutsuitte minut niin pian takaisin.»

»Olin pakotettu tekemään sen», vastasi Kep. »En voinut antaa Teidän olla siellä, kun täällä tapahtui tällaista.»

Joyce teki kunniaa. »Suokaa anteeksi, sir, mutta laiva näyttää olleen kultalastissa. Me voisimme helposti nostaa sen ylös keulavintturilla».

»Uskon sen», vastasi Kep. »Mutta me emme voi odottaa. Katsokaa lähestyviä kanootteja. Meidän täytyy katkaista ankkuriketjut ja lähteä.»

Joyce pudisti uudelleen päätään. »Se työ vaatii koko tunnin. Taltta on tylsä, sitä täytyy takoa.»

Kepin otsa meni ryppyihin. »Meillä on tavattoman huono onni. Mitä meidän on tehtävä? Ette voi laskeutua uudelleen pohjaan noiden villien lähestyessä!»

»En sir», vastasi Joyce. »Luuletteko sir, että he hyökkäävät kimppuumme?»

»Siltä näyttää. He jakaantuvat kahteen osaan hyökätäkseen molemmilta puolin.»

»Alihangan kuusinaulainen on ladattu, sir. Saanko ampua heidän päänsä päällitse ja säikäyttää heidät?»

»Ette», vastasi Kep päättävästi. »Pari rakettia pelottaa heitä yhtä paljon eikä tee mitään vahinkoa. Meillä on hyviä sellaisia. Hakekaa ne heti tänne!»

Sillä aikaa kun Joyce oli raketteja hakemassa, kokosi professori kaikki revolverit ja kiväärit kailetin taa, josta hän kaukoputkellaan tarkasteli kanotteja. »Voin selvästi erottaa ystävämme Jimmy Jamin ensimäisestä kanotista. Arvelen, että hän aikoo hakea täältä kallisarvoisen kaulakoristeensa. Mutta minä en pidä hänen seuralaisistaan. He näyttävät olevan vielä rumempia kuin Johnnien ystävät Guadalcanarilla. Olen nyt saanut lasketuksi heidät. Heitä on kaksisataa neljäkymmentäseitsemän, ja meitä on vain puolitusinaa, senjälkeen kun veimme nuo käärmeet alas. Sanon nyt jäähyväiset Chicagolle.»

Hän otti Winchesterkiväärin. »Saanko luvan, herra Kepple, pudottaa pari noista herroista? Luulen, että meidän on jo aika alottaa».

»Olkaa hyvä ja odottakaa vähän, herra professori», vastasi

Kep. »Emme voi vielä sanoa, että alkuasukkaat aikovat hyökätä kimppuumme. Mahdollisesti he saapuvat kaupantekotarkoituksessa.»

»Aijotteko säästää ruutia siihen saakka, kunnes he ovat päässeet laivaan ja alkavat surmata meitä?»

»En», selitti Kep. »Aijon koettaa erästä koulupojantemppua. Tulkaa tänne, Joyce!»

Joyce ja Wragg toivat rakettilaatikon ja alkoivat järjestää raketteja sytytyskuntoon, samalla kun Kep ja Chip kiinnittivät mesanipurjetta, ettei se olisi rakettien tiellä. Professori sytytti tulitikun, ja ensimäinen raketti lensi ilmaan ja kylvi kanotteihin hehkuvia säkeniä.

Kuului pelon huudahtus.

»Ottakaa punanen raketti ja sitokaa siihen joku paino», sanoi Kep. »Äskeinen meni liian ylös.»

Joyce sitoi seuraavaan rakettiin vasarapultin. Tämä putosi aivan kanottien eteen, ja kun sitä seurasi pilvi tulipalloja, valtasi villit kauhu.

Laskettiin perätysten kolme rakettia. Kanotit kääntyivät ympäri ja kiiruhtivat täydellisessä hämmingissä lähimpää saarta kohti. Joyce antoi yhäti rakettien sataa villien veneisiin, ja vielä senkin jälkeen, kun näitä ei enää näkynyt, kuului heidän ulvontansa.

»Jo riittää, Joyce», sanoi Kep.

»Se oli suuremmoinen idea, herra Kepple», lausui professori. »Kaksisataa neljäkymmentäseitsemän Salomoninsaarten villiä karkotettu vaarattomilla raketeilla. Muistan tämän tempun vielä kuolinvuoteellanikin, joka sittenkin tulle olemaan Chicagossa».

»Ja koristettuna Jimmy Jamin kaulanauhalla», lisäsi Chip.

»Oikein», vastasi professori.

»Ja nyt, Joyce», sanoi käytännöllinen Kep, »otetaan esille ankkurikysymys. Kuinka kauan menee aikaa sen irroittamiseen?»

Joyce katsoi aurinkoa. Päivästä on vielä tunti jälellä, ja voin kyllä irroittaa sen ennen pimeän tuloa. Ankkurin toinen väkä on mennyt talkapohjan alle, ja minä luulen, että on siirrettävä paikaltaan yksi rahakirstu, ennenkuin, saan sen irti.»

»Minä pyydän saada ehdottaa, että yritys jätettäisiin huomiseksi», sanoi professori. »Teillä on miehistön suhteen paljon toivomisen varaa, herra Kepple, etteka aivan paljon pääse eteenpäin pimeän aikana näin tyvenellä tällaisissa salmissa. Ja lisäksi merenpohjassa on aarre, ymmärrättekö. Ette voi puhdistaa tätä laguunia yhdessä tunnissa.»

Kep katsahti Joyceen. »Minäkin toivon, että odottaisimme aamuun asti», vastasi tämä. »Kun kokki istuu raudoissa olen minä ainoa, joka kykenen ruokaa laittamaan.»

»Minulla onkin jo vähän nälkä», lausui professori iloisena, kun oli saavuttanut tarkoituksensa. Hän kunnioitti Kepplen velvollisuudentuntoa, mutta kun hän tiesi uponneen aarteen olevan niin helposti saatavissa, ei hän voinut käsittää, miksi Kepple aikoi jättää sen kalojen saaliiksi.»

»Jätetään sitten huomiseksi», sanoi Kep teeskennellyllä välinpitämättömyydellä. »Näen, että Te kaikki haluatte päästä kultaan käsiksi. Ottakaa esiin keulavintturi, Joyce!»

Ennen illallista Chip ja professori menivät sairashyttiin, jossa Barrable ja kiinalainen olivat kahlehdittuina. Vangit olivat erotetut toisistaan säkeillä ja laatikoilla. Kokki nukkui. Barrable istui selkä

laipiota vasten, kahlehditut kädet polvella ja pää rinnalle painunee-
na ja oli perin surkean näköinen.

»Katson vähän kättänne, jollei Teillä ole mitään sitä vastaan,
Edward!» sanoi professori. »Aijoin tulla tänne jo aikaisemmin, mut-
ta meillä on ollut vähän puuhaa tuolla kannella, ja olemme karkot-
taneet salomoninsaarelaisten laivaston. Teiltä meni se näytös huk-
kaan. Ystävänne Jimmy tuli meitä tervehtimään koko sukunsa kera,
ja se olikin kaunista väkeä. Ah!» huudahti hän nähdessään Barrab-
len haavoittuneen käden, »tässä ei ole paljon jälellä! Luulen, että
jäätte nimettömästä sormestanne. Se luoti sattui juuri siihen, mihin
oli tähdätty, voin huomata. Voitte olla iloinen, ettette kadottanut
tärkeämpää ruumiinosanne?»

»Kun ei yritykseni kerran onnistunut», vastasi Barrable, »oli-
sin paljon kernaammin kuollut nyt kuin Sydneyssä.»

Chipperfield oli tuonut tarpeelliset esineet, ja kun hän oli
päästänyt käsiraudat irti, hän leikkasi vioittuneen sormen pois ja
sitoi haavan.

»Olette perin kätevä, Chip», lausui professori. »Olette väärällä
uralla. Teistä olisi pitänyt tulla eläinlääkäri.»

»No niin», sanoi Chip, kun hän oli sitonut Barrablen käden
lenkkiin. »Muuta en osaa tehdä. Sidon sen uudelleen joka aamu.
Otan pois käsiraudat, mutta ketjut täytyy tietysti jättää.»

»All right, sir», vastasi Barrable. »En kanna niitä ensimäistä
kertaa.»

»Ette todellakaan, arvaan sen», lausui professori hymyillen.

Illallisen jälkeen Chipperfield ja Kepple kävelivät yhdessä
kannella. Professori istui riippumatossaan ja poltteli sikariaan. La-
guuni oli pimeyden verhooma, sillä kuu ei ollut vielä noussut.
Kepple oli sangen harvapuheinen.

»Näytitte vähän tyytymättömältä illallisen aikana. Mistä se johtui?» kysyi Chip.

Kepple vastasi alakuloisena: »Kirottu kapina! Olin päättänyt saavuttaa ennätyksen matkalla Sydneyhin ja päästä sinne ennen Pingviniä. Kapteeni Mayhew antoi minulle päällikkyyden suosiollisuudestaan, ja jos matkani olisi onnistunut hyvin, olisin ollut varma ylennyksestä. Ette kenties käsitä sitä, mutta kapina alentaa meriupseerin arvoa. Sitä pidetään merkkinä siitä, ettei hän ole osannut pitää kuria.»

»Tyhmyyksiä!» huudahti Chip. »Saatte ylennyksen joka tapauksessa. Ettehän ole missään kohden epäonnistunut. Olette menetellyt kaikin puolin erinomaisen taitavasti. Pelastitte kuunarin viisaudellanne Valtamerensaaren luona. Järjestitte kaikki hyvin laivahylyn suhteen, laskitte salomoninsaarelaiset maihin ja tukahutitte kapinan ilman ihmishengen hukkaa. Ette ole millään tavoin vastuussa Stretchin ja Trimblen suhteen. He ovat vain pari retkaletta, jotka pelastitte ja joita olette käyttänyt laivanmiehinä. Mitä Lavingtoniin tulee, olen sitä mieltä, että kapteeni Mayhew teki väärin lähettäessään kuunariin hänen kaltaisensa lurjuksen; saatte kiitokset siitä, että olette saanut selville ja pidättäneet karkurin ja rikoksellisen, joka olisi jo vuosia sitten pitänyt saada vankilaan.»

He pysähtyivät ja katselivat valkimoivaan veteen. Näytti siltä, ikäänkuin merenpohjassa oleva kulta olisi loistanut veden läpi.

»Voitte olla varma siitä, että kun saavutte Sydneyn satamaan espanjalaisen kultalastin kera, saatte tunnustuksen toimistanne.»

»Mutta on muistettava Barrablen sanat, ettemme ole vielä Sydneyssä. Meillä on puute laivaväestä, ja ennen Sydneyhin pääsyä saattaa vielä tapahtua paljon. — Mutta mitäs tuolla on!»

Hän pani kätensä Chipin olkapäälle ja osotti laguunin toisella puolellaolevaa, pimeyden vielä verhoaman maata. »Mitä tuolla liikkuu hiljalleen?»

»Olen huomannut sen», vastasi Chip, »ja luulen, että se on kalastuskanotti. Alkuasukkaat kalastavat useia öisin. Mutta odottakas vähän! Saaren takaa tulee lisäksi toinen. Ja katsokaas tuonne! Siellä niitä on koko joukko. He ovat nähtävästi suunnitelleet yöllisen hyökkäyksen. Jimmy on tietysti sanonut heille, kuinka vähän meitä on.»

Rakettilaatikko oli vielä kannella, ja molemmat nuorukaiset ryhtyivät heti valmistuksiinsa. Ensin lauaistiin magnesiumiraketti, joka nousi sähisten suoraan ylös ja sitten synnytti mahtavan valon joka nousi sähisten suoraan ylös ja sitten synnytti mahtavan valon puut sekä villien koko laivasto. Villit päästivät kauhunhuudahduksen. Kun näky katosi, laskettiin pommiraketti, joka räjähti korviasärkevällä pamahduksella, joka kuului aina Gavutuun ja Guadalcanariin saakka. Villien huuto yhtyi pelästyneiden lintujen kirkunaan, ja kolmannen, punasen raketin valossa nähtiin suurten papukaija- ja kyyhkysparvien leijailevan ilmassa.

»Pitäkää varanne, Joyce», huusi Kep. »Olemme karkottaneet villien laivaston, mutta se saattaa tulla takaisin, kun he huomaavat, ettei kenellekään ole tullut mitään vahinkoa.»

»All right, sir», vastasi Joyce. »Meillä on riittävästi raketteja.»

»Sanokaa minulle herra Kepple», lausui professori, »panitteko merkille mitään?»

Kep katsoi kysyvästi professoria, jonka silmälasit loistivat lampun valossa. »Huomasitteko jotakin?»

»Luulin kuulleeni sirenin äänen, senjälkeen kun viimeinen raketti oli pamahtanut.»

31 LAGUUNIN AARTEET

Tuskin oli aurinko noussut seuraavana aamuna, kun Joyce oli veneessä, jossa Chipperfield ja Wragg auttoivat sulkeltaianpuvun hänen päälleen. Keulavintturi oli valmiina ja ketjussa riippui vahva rauta-astia, joka oli kiinnitetty neljästä kulmastaan. Joyce oli kaivanut levyyn reiän, josta vesi pääsi juoksemaan.

»Mihin tarkotukseen tuota astiata tarvitaan Joyce?» kysyi Chip hämmästyneenä, kun hän näki sen.

»Aijon kaivaa tämän laguunin pohjaa ja lähettää tänne ylös hiukan arvokkaampaa ainetta kuin mutaa.» Hän viskasi lapion levylle.

Sillä aikaa kun Chip järjesteli köysiä, Joyce selitti kuinka työ oli suoritettava.

»Ensin irroitan ankkurin ja heti senjälkeen lähetän hienoa soraa. Sillä aikaa kun Te nostatte ja tyhjennätte levyn, koetan kiinnittää ketjuihin suuret kirstut. Olen koko yön ajatellut asiata ja luulen tietäväni, kuinka minun on niiden suhteen meneteltävä. Te pidätte huolen nuorista, sir?»

»Olkaa huoletta, Joyce», vastasi Chip.

Kun he olivat sopineet eri merkeistä ja kypärä oli valmiina, puristivat he toistensa kättä. Joyce tiesi aivan hyvin, että hän pani henkensä alttiiksi. Mutta hän oli tottunut sukeltaja, joka tarkoin tiesi, kuinka venttiilejä oli käytettävä ja mitä hätätilassa oli tehtävä;

onneksi laguuni ei ollut aivan syvä. Lisäksi oli tarjona se vaara, että haikalat saattoivat tulla hänen kimppuunsa.

»Oletteko nyt selvillä kaikesta?» kysyi Kep laivasta. »Älkää antautuko tarpeettomasti vaaraan. Muistakaa, Joyce, että Teidän elämänne on arvokkaampi kuin koko aarre. Irroittakaa ankkuri, mutta antakaa kullan jäädä sinne jos siihen on vaikeata päästä käsiksi.»

»All right, sir» vastasi Joyce, ja kypäri asetettiin paikalleen.

»Hyvästi ja olkoon onneksi!» huusi Kep. Hän näki Joycen astuvan veteen ja painuvan näkymättömiin. Chip laski köyttä, kunnes hän tunsi, että sukeltaja oli päässyt pohjaan. Nonouti Tom sukelsi perästä ja ylös noustuaan ilmoitti, että Joyce oli ankkurin vieressä. Sitten laskeutui Rotuma Charlien pohjaan, ja niin he vuorottelivat, välillä auttaen Joycea ja antaen parempia tietoja työn edistymisestä kuin olivat ne, joita saatiin merkkiköyden avulla.

Jonkun ajan kuluttua Tom ilmoitti, että ankkuri oli irti. Tämä tapahtui aamiaisen aikana, ja Liehakko, joka tarjoili, kertoi uutisen Kepille. Kep astui nyt Chipin sijaan. Kello viiden tienoissa iltapäivällä Kep sai merkin, että oli hiljaa kierrettävä keulavintturia; voimakkaat kanakit tekivät sen. Kaikki olivat nyt saapuvilla, myöskin professori, joka seisoi Kepin vieressä ja piti silmällä jännittynyttä köyttä. Vähitellen tuli Rotuma Charlien pää näkyviin; hän ohjasi kuormaa. Astia näytti olevan täynnä helmisimpukoita ja päällimmäisenä oli komea ruusunvärinen meritähti, jonka professori pyysi. Astia nostettiin laivaan suurimmalla varovaisuudella. Kun sen sisällys kaadettiin kannelle, kimalteli auringonpaisteessa muutamia tuhansia kultarahoja.

»Suuri Washington!» huudahti professori ne nähdessään. Nonouti Tom lausui nauraen: »Monta, monta vielä jälellä!»

Kepple kosketti jalallaan loistavaan kasaan, kumartui ja otti kallisarvoisen helmen.

»Se on sopiva koriste lady Kepplelle, eikö totta?» lausui professori.

»Aivan varmaan äitini pitäisi tästä, mutta minä ajattelin juuri, että tällaisen koristeen pitäisi oikeastaan kuulua kuningattarelle.»

Chipperfield otti parhaillaan kypärää pois Joycen päästä. Kuten muutkin oli Joyce saanut nuhan sadekautena ja hän tuli nyt ylös yksinomaan sentähden, että sai niistää nenänsä. Kun hän oli sen tehnyt, lausui hän Chipille:»Sanokaa herra Kepplelle sellaiset terveiset, että hän pitäisi huolen eräästä helmestä, jonka lähetin ylös. Otin sen ammottavasta simpukankuoresta, joka oli niin suuri kuin hattu. Se on niin arvokas kuin kaikki muu tuossa lähetyksessä yhteensä — sen oikea paikka olisi Kuningattaren kruunu. Nyt lähden uudelleen alas; siellä on tavaraa enemmän kuin luulinkaan. Kestää pari päivää, ennenkuin kaikki on saatu ylös. Mitä Te ostatte kun pääsemme Englantiin, herra Chip? Huvijahdin ja automobiilin, luulisin? Minä tahtoisin saada rannikolta pienen mökin sekä ponivaunut eukolle ja pienokaisille».

Joyce lähetti koko päivän aarteita merenpohjasta Nonouti Tomin ja Rotuma Charlien avulla. Irtonainen kulta oli helppo nostaa, mutta kirstut olivat suuret ja raskaat, ja vaadittiin huolellisuutta sekä aikaa, ennenkuin ne saatiin onnellisesti laivaan. Joycen täytyi taittaa suuria kaaripuita, ennenkuin hän pääsi niihin käsiksi, ja hänen oli monasti noustava ylös korjaamaan aparaattia ja lepäämään. — Mutta hän oli ottanut työtään suunnitellessaan kaikki seikat huomioon, ja siksi työ joutui niin nopeasti,että ennen auringon laskua oli kuunarin kannella neljä valtavaa kirstua ja niiden vieressä kasa kultrahoja, kultaharkkoa ja helmisimpukoita. Työtä jatkettiin seuraavana päivänä ja nostettiin lisäksi kaksi kirstua. Mutta keskipäivällä aarteet alkoivat loppua, ja Joyce alkoi jo väsyä. Hän oli itse halukas vielä jatkamaan työtä, mutta Kepple pudisti päätään lausuen: »Ette saa enää mennä pohjaan. Riittää jo.»

Barrable istui alhaalla raudoissa ja kuunteli, mitä kannella tapahtui. Hän saattoi erottaa, kuinka keulavintturi työskenteli, ja kuinka väki hoilotti, kun raskasta kirstua nostettiin kannelle. Hän kuuli kultarahojen kilinää, joita mätettiin koprasäkkeihin ja puulaatikkoihin, ja hämmästyksen huudahduksia, milloin uusi odottamaton kalleus tuli näkyviin. Viimein hän kuuli ankkuria nostettavan. Kuunari lähti liikkeelle, ja hän tiesi, että hän oli nähnyt Rubianalaguunin viimeisen kerran. Kompuroiden seisomaan hän katseli ulos tuulen alapuolella olevasta pyöreästä ikkunasta ja sanoi jäähyväiset etenevän korallisärkän huojuville palmuille.

Kun kuunari oli päässyt avoimelle merelle, ryhtyivät Chip, Kepple ja professori avaamaan noita ruostuneita, rautakiskoilla varustettuja kirstuja. Vasaralla ja taltalla särettiin kiskot ja lukot. Kep ja professori olivat paikalla kun ensimäinen kirstu aukaistiin. Siinä oli ensin silkkiä, joka hajosi pienimmästäkin kosketuksesta. Kun se poistettiin, tuli näkyviin joukko halkinaisia sandelipuulaatikoita, joiden höysteet olivat kadottaneet tuoksunsa suolavedessä. Pohjalla oli kokoelma ruostuneita miekkoja, haarniska ja limsiölukkopistooleja.

»Tämä laatikko oli pahin kaikista saada ylös», huomautti Joyce, eikä tämä kuitenkaan ole juuri arvokkaampikuin tyhjä pakkalaatikko.»

»Ei», myönsi professori. »Luulen, että tämä olisi saanut jäädä merenneitojen omaisuudeksi. Tässä lippaassa olevat helmetkin ovat menettäneet arvonsa vuosisatojen kuluessa.»

Eräässä kirstussa, jonka avaamiseen kului monta tuntia, oli ainoastaan ihmisruumiin jäännökset ja ruostunut stiletti, ruususeppele ja raskas, jalokivillä varustettu kultaristi.

»Murhenäytelmän merkki», lausui professori pannen raskaan kannen jälleen kunnioittavasti kiinni.

Muiden kirstujen sisältö ei ollut yhtä kammottava, vaan oli arvaamattoman arvokas. Niissä oli säteileviä jalokiviä ja porsliinia sekä kallisarvoisia astioita ja maljoja.

»Minusta tuntuu miltei rikokselliselta viedä pois tämä rikkaus», sanoi Kep hiljaa. »Kuka tietää, mitä julmuuksia ovat harjoittaneet ne espanjalaiset jotka ovat tämän koonneet.»

»Lorua!» keskeytti hänet professori. »Luulen Teidän myöntävän, että on parempi, että se on laivassa, kuin se, että se olisi edelleen Rubianalaguunin pohjassa. Se on kokonaan Teidän; voitte menetellä sen suhteen miten haluatte. Te olette onnellinen; olette rikkain mies Tyynellämerellä. Te voitte sanoutua irti palveluksesta ja ottaa johtavan aseman rahamarkkinoilla tai vetäytyä tilanomistajana loistoisaan rauhallisuuteen. Koko maailma on jalkojenne juuressa; voitte tehdä, mitä tahdotte.»

Hän sytytti sikarin ja jatkoi:

»Mitä tulee rikoksiin, joita espanjalaiset ovat mahdollisesti tehneet vuosisatoja sitten — niin, minusta on samantekevää, millä tavoin tämä rikkaus on koottu. Jos tämä kulta on ollut ihmisverellä kastatettua, on se luullakseni kokonaan huuhtautunut pois. Ihminen, jolla on tällainen omaisuus, voi tehdä maailmassa paljon hyvää, tukea armeliaisuuslaitoksia, perustaa korkeakouluin j. n. e. Ja luulen että kotimaassanne on joukko köyhiä ihmisiä, joille yksikin näistä kultarahoista olisi suureksi avuksi.»

Kuunari oli nyt Florida-saaren kohdalla. Aurinko meni veripunasena Guadalcanarin Leijonavuoren taa. Kepple suuntasi kulkunsa Gavutua kohti toivoen ennen iltaa saavansa lisäksi pari merimiestä voidakseen purjehtia Sydneyhin. Yö tuli, ennen kuin hän näki päämääränsä, mutta pimeydestä huolimatta hän kulki puolin purjein ahtaaseen salmeen. Hän oli tuskin päässyt laguuniin, kun hän huomasi harmaan risteilijän olevan samassa paikassa jossa Nanumanga oli ollut ankkurissa. Sen hytit olivat valaistut, ja sieltä kuului orkesterin soitto. Nuoraportaiden vieressä oli höyrypursi. »Se on meidän oma laivamme Pingvini, sir», sanoi Joyce.

»Näen sen», vastasi Kep. »Kapteeni Mayhewillä on vieraita laivassa. Laskekaa ankkuri sen viereen, katsokaa että kaikki on järjestyksessä ja laskekaa vene vesille, sillä aikaa kun minä pukeudun.»

Samassa risteilijän valonheittäjä valasi kuunarin, joka tunnettiin heti. Muuan nuori upseeri astui höyrypurteen ja oli pian Nanumangan vieressä.

»Halloo, onko se Joyce? Onko kaikki hyvin? Missä on herra Kepple?»

Ennenkuin Joyce ennätti vastata huusi Kep hyttinsä ikkunasta: »Terve, Whitson! Tulen parin minuutin kuluttua, kun olen saanut itseni kuntoon. Kuinka kauan on Pingvini ollut täältä?»

»Vain parisen päivää. Olemme etsineet Teitä, mutta turhaan. Sinäkö laskit raketteja?»

»Minä. Näkyivätkö ne tänne?»

»Eivät. Mutta kuulimme rakettia muistuttavan äänen, kun annoimme merkin sirenillä, mutta kun Te ette vastanneet ettekä enää laskeneet uutta rakettia, luulimme erehtyneemme, koska ääni oli kuuluvinaan saarien keskeltä. Mutta kuinka sinun laitasi on? Onko kaikki hyvin? Meillä ei ollut aavistustakaan siitä, että olisit Salomoninsaarten luona, ennenkuin tulimme tänne ja saimme kaikki kuulla komisariolta. Kiirehdi nyt ja seuraa minua laivaan. Meillä on vieraita — seurue höyrypurresta, joka on tuolla edessämme.»

Komendantti Mayhew lausui Kepplen tervetulleeksi ja pyysi viipymään siihen saakka kunnes vieraat olivat lähteneet. Kep sai tovereiltaan tietää, että Pingvin tekisi matkan Englannin Uuteen Guineaan ennen Sydneyhin saapumistaan. Hän sai toistaa kertomuksensa Coo-ee'stä ja uponneesta gallionista useamman kerran illan kuluessa, ja myöhemmin yöllä hän sai kertoa sen kaikkine yksityiskohtineen komentajan hytissä.

»Olette selviytynyt kaikista erittäin hyvin, herra Kepple», sanoi kapteeni Mayhew. »Ja mitä tulee Lavington-lurjukseen, olen sangen iloinen, että olette saanut hänet vangituksi, olkoonpa hänen oikea nimensä sitten mikä tahansa. Varhain huomenaamuna lähetän pari miestä, jotka vapauttavat Teidät hänestä. Tein väärin antaessani Teidän vastattavaksenne sellaisen rikoksellisen, mutta en silloin vielä tuntenut, mikä hän oikein oli. Minun olisi pitänyt hänen asemestaan antaa Teille pari kolme kunnon merimiestä. Kuitenkaan ei ole tapahtunut muuta, kuin että olette erinomaisesti kunnostaneet itseänne. Saatte valita parhaat miehet, herra Kepple, ja lähteä matkalle uuden miehistön kera.»

»Kiitän Teitä, sir», vastasi Kepple nousten lähteäkseen. »On helpotus, kun pääsen vangeista.»

»Tietysti», vastasi komendantti ja ojensi hänelle kätensä. »Hyvää yötä. Saapukaa tänne takaisin aamulta. Tulkaa syömään aamiaista kanssani.»

Kep oli hetkisen kahdenvaiheilla. »Toivon sir, että sallitte minun tarjota Teille osan aarteista», sammalti hän sitten.

Mutta komendantti rypisti otsaansa. »En luule sen käyvän päinsä, poikani. Se on vastoin ohjesääntöjämme, sillä täytyy olettaa ettemme saa ottaa mitään henkilökohtaista palkkiota tällaisista toimista.»

»Siinä tapauksessa, sir», lausui Kep, »en niinäkään voi ottaa osaani.»

»Ette», sanoi komendantti hymyillen. »Ette saa koskea kalleuksiin. Te ymmärrätte, että aarteet kuuluvat Toiminimi Chipperfield & C:lle Liverpoolissa, jonka palvelukseen me tilapäisesti olemme antaneet sekä Teidät että Joycen. Minä pidän selvänä, että amiraliteetti vaatii kustannusten korvausta ja mahdollisesti myös pelastuspalkkiota, mutta asiassa on monta puolta, jotka täydellisesti voi selvittää ainoastaan tuomioistuin. Se asia on kuitenkin selvä, että aarre kuuluu mainitulle toiminimelle. Se saa palkita Teitä jos sen hyväksi näkee.»

Kepple kertoi kapteeni Mayhewin mielipiteen Chipperfieldille, joka tuli sen johdosta miettiväiseksi. Chip puolestaan keskusteli asiasta profssorin kanssa ja pyysi tältä neuvoa.

»Ei ole mitään syytä mietiskelyihin», vastasi professori. »Tallettakaa koko roska pankkiin Sydneyssä. Siten saatte tietää, mikä sen arvo on punnissa ja shillingeissä laskettuna. Pyytäkää sitten valtakirja Liverpoolista ja käyttäkää osa oman mielenne mukaisesti. Teidän on itsenne hoidettava tämä asia, ja minä arvaan, että Te teette sen paremmin kuin kukaan muu.»

32 JÄLLEEN KOTONA

Kun Kepple seuraavana päivänä palasi aamiaiselta Pingvinistä, vietiin vangit kuunarista risteilijään, ja heidän sijaansa astui Nanumangaan pari merimiestä, joista toinen oli Dogger. Kauppiaat, jotka aikaisemmin eivät tahtoneet kiirehtiä, tahtoivat nyt välttämättömästi päästä kuunarin mukana Sydneyhin.

Illalla Nanumanga lähti Gavutusta täysin purjein, kiiti kuten kevytsiipinen lokki Guadalcanarin ohi ja ohjasi kulkunsa Korallimerta kohti. Koko matkalla Salomoninsaarilta Uuteen Etelä-Walesiin tarvitsi tuskin ollenkaan kajota purjeihin.

Niin hyvällä säällä oli vähän huolta. Perästäpäin Kepple ja Chip muistelivat noita hauskoja päiviä, jolloin he juttelivat yhdessä kouluajoistaan ja tulevaisuustoiveistaan. Heidän ystävyytensä oli tullut lujaksi, ja he vannoivat pysyvänsä aina ystävinä.

Vihdoin he eräänä kauniina kesäpäivänä saapuivat Sydneyhin. Sen valtava satama välkkyi kuin meri auringonpaisteessa metsäisine rantakukkuloineen ja pienten lahtien poukamissa olevine kauniine huviloineen ja huvijahtineen.

Nanumanga ankkuroi keskelle kauppalaivastoa, ja kun ankkuriketjut rasahtivat, päästi Kepple helpotuksen huokauksen.

»Pääsimme tänne joka tapauksessa ennen Pingviniä, herra Kepple», sanoi professori. »Toivoisin voivani viipyä siihen saakka, kunnes se saapuu. Mutta näen tuolla sanfransiskolaisen laivan ja arvelen, että se lähtee heti matkalle. Olen pakannut tavarani ja olen valmis lähtemään Chicagoon suorinta tietä. Tuolla on höyryvene, joka voi kuljettaa tavarani.»

»Mutta miksi Teillä on niin kiire, herra professori?» kysyi Kepple.

Professori korjaili silmälasejaan. »Onhan totta, että haluan mennä maihin, herra Kepple. Pyydän Teitä ja Chipperfieldtä päivälliselle luokseni kaupunkiasuntooni, ja lähden nyt tilaamaan niin hienon sellaisen, kuin tästä siirtomaakaupungista voi saada. Se on oleva suuremmolnen, herra Kepple. Se on oleva muistossa pysyvä tilaisuus. Aijon järjestää asiat niin, että Teidän on helppo muistaa minua».

Kep pani kätensä professorin olkapäälle. »Luuletteko, että joskus unhottaisin Teidät, herra professori?» kysyi hän. »Muistan Teidät niin kauan kuin elän ja aina mielihyvin».

»Toivoin, että sanoisitte siihen tapaan», lausui professori surunvoittoisesti hymyillen.

Kep ja Chip menivät tietysti professorin päivällisille, ja niiden päätyttyä kaikki olivat iloisia niinkuin koulupojat.

Seuraavana päivänä professori matkusti matkustajalaivalla San Fransiskoon. Laiva kulki aivan Nanumangan ohi, jonka koko miehistö oli kannella huutaakseen professorille jäähyväisiksi voimakkaan »eläköön». Mutta he eivät nähneet häntä.

»Antakaa hänelle merkki, Te Puna!» sanoi Chipperfield. Mauri kiipesi mesanirikiin ja huusi niin että kuului yli koko Sydneyn sataman tuon kaikille Nanumangassa olleille tutun »Coo—ee!»

He näkivät professorin seisovan laivan etukokassa tapansa mukaan sikaria poltellen. Hän vastasi huutoon hattuaan nostaen.

Sitten Joyce heilutti tervehdykseksi punasta lippua, johon höyry-laiva vastasi kunnialaukauksella.

Kepistä ja Chipistä tuntui, että he näkivät professorin viimei-sen kerran. Mutta pari vuotta myöhemminhe kohtasivat toisensa lähemmän sopimuksen mukaisesti Lontoossa Chipperfieldien luo-na. Norman Kepple oli silloin luutnantti, ja Martin Chipperfieldistä oli tullut suuri laivanvarustaja. Professori oli tyttärensä kera mat-kalla Parisiin. Kaikki olivat satumaisen rikkaita.

»Niin, Chip», sanoi professori, kun he istuivat kirjastossa päi-vällisen jälkeen. »Minä sanon että järjestit tuon aarrejutun erinomai-sen hyvin. Muistit jokaista ruhtinaallisella anteliaisuudella herra Kepplestä alkaen kanakeihin saakka. Mitä Edward Barrableen tulee, olen häneen joka tapauksessa sovinnollisella kannalla, ja olen sitä mieltä, että jos häntä varten talletettaisiin rahasumma, jonka hän saisi nostaa vapaaksi päästyään, se olisi hyvä sijoitus, ja Teidän ase-massanne olisin tehnyt sen».

»Se on jo tehty», vastasi Chip hymyillen, »Kepin ehdotuksesta. Kep katsoi sen olevan velvollisuutemme, eikö totta, Kep?»

»Aivan niin», vastasi Kep. »Meidän oli tehtävä hänen hyväk-seen ainakin se».

»Arvelen siis, että kaikki ovat tyytyväisiä ja iloisia», lausui professori ja sytytti uuden sikarin.

JÄLKISANAT

Robert Leighton (1859-1934) oli elinaikanaan suosittu poikien seik-
kailukirjojen tekijä. Maine ei ole kantanut 2000-luvulle, sillä kirjailija
Leightonista ei ole edes mainintaa englanninkielisessä Wikipedias-
sa. Hän kirjoitti kymmenkunta teosta, joista suurin osa on saatavilla
alkukielellä *Project Gutenbergin* sivuilta. Suuria lukijamääriä ne eivät
ole keränneet. Teokset ovat kuitekin tutustumisen arvoisia seikkai-
lujen ystäville.

Leightonin tuotannosta taannoin valikoitui suomennettavaksi
teos Etelämereltä. Tyynenmeren kaukaisten ja huonosti tunnettujen
saarten elämään tutustui partiopoika apureineen. *Coo-ee* jäi ainoaksi
kirjailijan suomennetuksi teokseksi.

Coo-ee käännettiin suomeksi kaksi kertaa. Ensimmäinen suo-
mennos ilmestyi Mikkelissä julkaistussa lyhytikäisessä *Vivutar*-leh-
dessä 2/1912. Lehdessä ei tarinoiden suomentajia kerrottu, he ovat
jääneet tuntemattomiksi. Vivuttaresta vastasi mikkeliläinen kirja-
painonjohtaja Victor Taipale.

Uuden suomennoksen Coo-eesta teki Uuno Salander. Sen jul-
kaisi Kustannusosakeyhtiö Ahjo vuonna 1920. Teos sai nimekseen
Coo-Ee - seikkailukertomus Etelämeren saarilta. Vuonna 1933 sama suo-
mennos julkaistiin WSOY:n koulukirjastossa nimellä *Valtameren
aarre*. Kirja oli peräti 115. osa tuota kirjasarjaa.

Vaikka teos katsottiin 1930-luvulla koululaisille sopivaksi lu-
kemistoksi, niin nykyisin lukijalle pitää antaa varoitus vanhoista
asenteista. Maailma on muuttunut.

Salomonsaarelaisten asenne länsimaisia ihmisiä kohtaan on ymmärrettävä. Lähetyssaarnaajat ja britit "sivistivät" saarelaisia ankaralla kädellä. Kirjan tapahtuma-aikoihin saarilta vietiin 30 000 asukasta orjiksi Fidzin ja Australian sokeriruokoviljelmille.

Eristyneillä valtameren saarilla luonto on kehittynyt omaan, biologeja edelleen kiinnostavaan suuntaan. Nyttemmin erikoista faunaa ja floraa on voitu tutkia rauhallisemmissa merkeissä.

www.ingramcontent.com/pod-product-compliance
Lightning Source LLC
Chambersburg PA
CBHW051133020726
47501CB00005B/1490